人里離れた山の奥で、おれはじっと待っていた。
もう三日になる。
おれの仕事の大半は、待機だ。
待つ、といっても、ただ待っているわけではない。
地中に隠した魔力タンクに魔力を溜めている。
この魔力タンクは、少しでも動かすと
魔力が拡散してしまうシロモノで、
しかも一日中魔力を注ぎ続けていないと
内部の魔力の質が均一にならない。
タンクに魔力が充分に溜まるまで、
じっと魔力を注ぎ込むだけの退屈な作業。
隣の山の中腹を睨みながら、おれは三日間、魔力を注ぎ続ける。
ヤァータ
狙撃
果てなき待機

テテミック
難敵襲来
森の奥、地平線の彼方から、
赤黒い巨大ななにかがゆっくりと姿を現す。
森の木々が、揺れる。
でかい。三日前に見たときより、
さらにひとまわり大きくなっている。
周囲の木々をなぎ倒し、吸収しながら前進している。
移動するたびに、その赤黒い全身がぷるぷると揺れる。
大地が振動する。
ブラック・プディング。
ヒトを中心とした無数の生き物が融合した、
ひどくおぞましい肉塊の魔物。

ニュルルッ
ズズ…
リラ

恋人の面影
「まずは基礎から始めてみるか」

「はい、師匠！」

狙撃はリラの中に死んだかつての恋人の面影を見た。

「ねえ、お願いがあるの。あなたは、
生きて。ぼくの分まで生きて欲しいの」

「なぜ」

「この世界が好きだからだよ」

勝手なことを告げて、彼女は息を引きとった。

Hoshino Sumi
星野純三
[illustration]
布施龍太
死ぬに死ねない
中年狙撃魔術師
A MIDDLE-AGED
SNIPER MAGICIAN WHO WON'T DIE

口絵・本文イラスト：布施龍太
デザイン：寺田鷹樹（GROFAL）

CONTENTS

A MIDDLE-AGED SNIPER MAGICIAN WHO WON'T DIE

第一話　中年狙撃魔術師と三つ足のカラス

人里離《はな》れた山の奥《おく》で、おれはじっと待っていた。

険しい斜面《しゃめん》にひとひとりがギリギリ入れるサイズの穴を掘《ほ》り、そこに身を埋《うず》めて、もう三日になる。

おれの仕事の大半は、待機だ。ひたすらに待つことが仕事だ。

もぐらのように地中に隠《かく》れているうちに誕生日が過ぎて、昨日、四十歳《さい》になった。

いや、よく考えたら三十九歳の誕生日も三十六歳の誕生日も三十二歳の……いやあれは三十三歳のときも、こうしていたかな？

地中に身を埋めてじっとしているのが、いまのおれの日常だ。

待つ、といっても、ただ待っているわけではない。そばに置いた魔力タンクに魔力を溜《た》めている。

この魔力タンクというものは、少しでも動かすと魔力が拡散してしまうシロモノで、しかも一日中魔力を注ぎ続けていないと内部の魔力の質が均一にならない。加えて複数人の魔力が混ざるとすぐ暴発するという欠陥品《けっかんひん》である。

故《ゆえ》に、おれのようにひとりの魔術師が、一日中魔力を注ぎ込《こ》んでいるわけだ。

延々と、魔力タンクの魔力が充分《じゅうぶん》に溜まるまで、じっと魔力を注ぎ込むだけの退屈《たいくつ》な作業である。

今回の場合は、隣《となり》の山の中腹を睨《にら》みながら、三日間、魔力を注ぎ続ける。

赤竜《せきりゆう》の巣が、そこに存在するからだ。

竜とは、ヒトの数倍の身の丈《たけ》を持った、翼《つばさ》ある爬虫類《はちゆうるい》である。

特に赤竜は巨大《きよだい》な体躯《たいく》を誇《ほこ》り、蜥蜴《とかげ》のような口から紅蓮《ぐれん》の炎《ほのお》を吐《は》き、ヒトのつくったあらゆる建物を燃やし尽《つ》くす。

長く鞭《むち》のようにしなる尻尾《しっぽ》が振《ふ》るわれれば、丘《おか》ひとつが軽く吹《ふ》き飛ぶともいわれている。

まるで自然の暴威《ぼうい》そのもののような圧倒《あっとう》的なちからだけでも問題なのに、加えて竜は、高い知性を持っていた。

ヒトよりはるかに頭がよく、傲慢《ごうまん》で強欲《ごうよく》で、そして邪悪《じゃあく》で、ヒトのことなどぽこじゃか生えてくる食料にして奴隷《どれい》程度にしか思っていない。

実際、古《いにしえ》の竜の帝国《ていこく》では、竜がヒトを支配し奴隷として使役《しえき》していたという記録も残っている。

多くの竜は強大な魔力を持ち、魔法を自在に操《あやつ》る。その鱗《うろこ》は強靭《きょうじん》で、矢も槍《やり》も通さず、一流の戦《せん》闘《とう》魔術師が行使する爆発《ばくはつ》の魔法ですら表皮を少し焦《こ》がすことができる程度だ。

ヒトのような脆弱《ぜいじゃく》な存在では、とうてい敵《かな》わぬ相手。尋常《じんじょう》な手段では傷をつけることすらできない存在。

そんな化け物中の化け物の巣の入り口が、ここからみえている。

もっとも、巣の主《あるじ》である赤竜は、いまここにはいない。

狩《か》りをしている最中だからだ。

いまごろ赤竜は、麓《ふもと》の町を襲《おそ》っているはずであった。

ヒトが、あえて赤竜を挑発《ちょうはつ》するように、そこに町をつくったからである。

移り住んできた者たちに対して、赤竜は当然のように貢《みつ》ぎ物を求め、ヒトはそれを拒絶《きょぜつ》した。

だから赤竜は、怒《いか》り狂《くる》って町を襲う。

町の守備隊は適当に戦ったところで、撤退《てったい》する。守るべき町を見捨てる。

実際のところ、町の構成員の大半は、強制的に連れて来られた奴隷と終身刑《しゅうしんけい》の犯罪者である。いくら死んでもいい、と国が判断した連中だ。

赤竜は彼《かれ》らを存分に殺し、貪《むさぼ》るだろう。生きたまま躍《おど》り食いするかもしれない。

そして、住民たちがろくに金銀宝石を身に着けていないことを、とても残念がるだろう。

竜とは金銀や宝石が大好きで、巣に山ほどの財宝を蓄《たくわ》えているものだからだ。

とはいえ生意気なヒトは充分にわからせたし、腹もいっぱいになった。ある程度は満足して、帰《き》途《と》につくに違《ちが》いない。

そこを、おれが狙《ねら》う。

三日間溜めに溜めた魔力タンク、そこから繋《つな》がる長筒《ながつつ》の魔道具で、赤竜を射貫《いぬ》く。

そう、狙撃だ。

ただの火球魔法では鱗を焼け焦がす程度がせいぜいでも、三日間溜めた魔力で放つ狙撃魔法が急所を射貫けば話は変わるのである。

おれは、これまで何体もの化け物を、そうして退治してきた。

さまざまな化け物がいた。

小高い丘ほどもある巨獣《きょじゅう》、海に浮《う》かぶ島のような大亀《おおがめ》、双頭《そうとう》の巨人、伝説の宙に浮く巨大鯨《くじら》。

竜を狩ったこともある。

今回の赤竜ほどの大物は初めてだが、まあ弱点は同じだ。長い首の上に乗った頭部を潰《つぶ》すか、胴《どう》の前三分の一ほどのところにある魔力循環《じゅんかん》器官、すなわちあの巨体を維持《いじ》している魔臓を破壊《はかい》するか。

どちらにせよ撃《う》てるのは一発きりで、万一外せば、怒り狂った獲物《えもの》に襲われることとなる。

狙撃魔術師のなり手が少ない理由、ほかの分野で落ちこぼれた魔術師の末路、といわれる所以《ゆえん》だ。

おれも、これしか道がなかったから、狙撃魔術師となったクチである。

とはいえ、相手が大物であればあるほど、支払《しはら》われる報酬《ほうしゅう》もおおきくなる。

渾身《こんしん》の一撃《いちげき》が当たるか、外れるか。

生きるか、死ぬか。

間もなく、その瞬間《しゅんかん》が来る。

おれはじっと身を潜《ひそ》めて待つ。あと少し、もう少し。

「ご主人さま」

かん高い声が響《ひび》く。おれの肩《かた》に留まってじっとしていた三本足のカラスが口を開いたのだ。

おれの使い魔ということになっている存在である。

彼、あるいは彼女《かのじょ》の要望に従い、ヤァータ、と呼んでいる。

「標的が参りました」

彼方《かなた》の蒼穹《そうきゅう》を睨む。

はたしてそれは最初ちいさな赤い点にすぎなかったが、その点のそばを飛んでいた鳥が慌《あわ》てて逃《に》げ出すのがみえた。近くの森の木々が激しく揺《ゆ》らぎ、小鳥たちが集団で飛び立ち、左右に分かれて遠ざかっていく。

赤い点にすぎなかったそれが、次第《しだい》におおきくなっていった。

ほどなくして、長い翼を横いっぱいに広げて飛ぶ様子がみえるようになる。

赤竜は蛇《へび》のように長い首を上下に揺らしながら空を優雅《ゆうが》に舞《ま》い、おれの隠れている山に近づいていた。

おれは慎重《しんちょう》に、真銀管で魔力タンクと繋がった長筒を持ち上げる。

長細い砲身《ほうしん》を脇《わき》で抱《かか》え、引き金に手をかける。この長い筒の内側には、七十七万七千語の神秘文字が彫《ほ》り込まれていた。魔力の通過によって、精霊《せいれい》にだけ聞こえる言葉が自動的に語られる。

呼吸を整え、集中し直す。

「ヤータ、射撃《しゃげき》リンク開始」

「了解《りょうかい》しました、ご主人さま」

赤竜の姿が、いまやはっきりとみえた。

その邪悪なルビーの双眸《そうぼう》が、まっすぐ己《おのれ》の巣に向けられている。隠蔽《いんぺい》の魔法を幾重《いくえ》にもかけているとはいえ、偶然《ぐうぜん》、なにかの拍子《ひょうし》に魔法がはがれるという可能性も皆無《かいむ》ではない。

とはいえおれの存在に気づけば、とうに警戒《けいかい》しているだろう。

「右にコンマ二度。上、コンマ三度」

呼吸を止める。慎重に、狙いをつける。

「補正よし。ご主人さま、五、四――」

チャンスはいちどきり。外せば、おれの人生は終わり。そんな狩りを、もう何度も、何十年も続けてきた。あと少し、あと少しと焦《あせ》りを抑《おさ》え、充分に引きつけて——。

「三、二、一……」

引き金を引いた。

眩《まばゆ》い白光が長筒の先から迸《ほとばし》る。

ひと筋の糸のように細い光が、赤竜を貫《つらぬ》いた。


数日後。

おれは拠点《きょてん》とする城塞《じょうさい》都市エドルの狩猟《しゅりょう》ギルドで、昼から安酒をあおっていた。ぬるいエールをぐびりとやって、干し豆をつまむ。

うまい。待機中は排泄《はいせつ》を魔道具によって抑えこむため、水も食料も最小限に抑えていたから、酒が呑《の》めるというのがなにより嬉《うれ》しい。

あっという間に三杯《ばい》目を呑み干し、おかわりを頼《たの》む。

「狙撃さん、二十日ぶりくらいに顔を出したと思ったら、ずいぶんペースが速いですね。大丈夫《だいじょうぶ》ですか」

ウェイトレスの少女、テリサがエールを運んでくるついでに、そう心配してくれる。

彼女は十二歳で、この狩猟ギルドの長《おさ》の娘《むすめ》であった。いつもこうして家の手伝いをしている、できた娘だ。同年代よりも少し背が低く肉付きも悪いものの、よく気がつき器量もいい。

ギルドの酒場の人気者であった。

なお彼女に不埒《ふらち》な言動を働いた場合、彼女のファンにしてギルド長の部下であるギルドの精鋭《せいえい》部隊によって苛烈《かれつ》な制裁が加えられるため要注意である。

この地方では、十二歳で一人前に働いているやつも珍《めずら》しくはない。少し余裕《よゆう》のある家なら、午前中は教会へやって、文字の読み書きと簡単な算術を習うもんだが……。

彼女の場合、そのへんは親父《おやじ》であるギルド長がさっさと仕込んじまったからなあ。

「仕事の後くらい、満足いくまで呑ませてくれよ。つぶれたら外に放《ほう》り出してくれていいからさ」

「狙撃さん、本当に酔《よ》いつぶれるんだから気をつけてくださいよ。お酒に弱いんですから」

おれの本来の名前はきちんとギルドに登録しているはずなんだが、なぜか狙撃さん、と呼ばれている。この子だけでなくほかのギルド員も、ついでにギルド長すらおれのことを「狙撃」とか「狙撃の」と呼ぶ。

別にいいんだけどさあ。

むしろ、いまさら本名を呼ばれた方が違和《いわ》感あるくらいだけどさあ。

「そういえば、手紙、来てましたよ。あとで金庫から持ってきますね」

「手紙って、どこから？」

「帝都《ていと》の狩猟ギルド本部です」

おれは、あー、と曖昧《あいまい》な声をあげて、新しいエールを口に運んだ。

「仕事、ちゃんと終わったんですよね」

「文句のつけようがなく完全に終わらせたぞ。テリサはおれの仕事について聞いてないんだっけか」

「父から、聞くな、っていわれてます。公《おおやけ》にできないことだって」

そりゃ、そうだろうな。おれが今回の仕事を請け負《う》った隣の王国は、赤竜退治を自分たちの手で成し遂《と》げた偉業《いぎょう》、と発表しているのだから。

軍の精鋭が赤竜を追い詰《つ》め、多大な犠牲《ぎせい》を払ってついにこれを仕留めたのだという。

つまり、おれの存在はなかったことになった。

あの国は、これまであの赤竜一体に数千の軍とその十倍以上の民《たみ》を失っている。向こうとしても、面子《メンツ》というものがあるのだ。王家の威信をかけての討伐《とうばつ》であったのだ。

そう喧伝《けんでん》しなければ、あの国の現体制は危《あや》うくなるということである。

口止め料はたっぷりと貰《もら》っていた。

うちのギルド長の方にも、その一部がまわったはずだ。

「狙撃さん」

「うん？」

「危険な仕事、だったんですよね」

「狩猟ギルドの仕事は、いつだって危険と隣《とな》り合わせだろ」

「それなのに、やったことを表に出すこともできないんですか」

「功より金だ。テリサもおおきくなればわかる」

「子ども扱《あつか》いしないでください！」

狩猟ギルドの本部でも、狙撃魔術師に詳《くわ》しい者は少ない。

どこでなにをしていたか、という情報も、あまり出まわらない。

そのためか、狙撃魔術師なんて、魔術師としての資格はありながら他の魔法の適性がなかったあぶれ者がつく職業、という強い偏見《へんけん》がある。

実際のところ、それは八割くらい事実だった。

ただまあ、さすがにギルド長の娘ともなると、ある程度察しているところもあるらしくって……。

テリサはおれの耳に唇《くちびる》を近づけて「だから、あんなにお金持ちなんですよね。もう少し高いお酒、頼みませんか」と訊《たず》ねてくる。

「ぬるいエールが好きなんだよ」

少しぞくっとしたが、平然とそう返事をする。四十歳のおじさんが十二歳の声でびくんびくんしているところをギルド長にみられたら、追放されそうだ。

「じゃあ、双頭鹿《じか》のステーキとか食べません？　ちょうどよく熟成したやつがあるんです」

「脂身《あぶらみ》がなあ。サラダとかない？」

「ジルザさんのところから仕入れたキャベツならありますけど……」

「じゃあそれで」

「お肉も食べないと、力がつきませんよ？」

テリサはおおきくため息をついて、カウンターの向こうに戻《もど》っていった。

肉はねえ、この年になると、少し食べられれば充分なんだよ。

宿の個室に戻って、テリサから受けとった、帝都の狩猟ギルド本部からの手紙を開く。

差出人として、ギルド長のサインがあった。

円筒形《えんとうけい》の封筒《ふうとう》のなかには、丸められた羊皮紙が四枚。一枚目は丁寧《ていねい》な時候の挨拶《あいさつ》で、二枚目には帝都の近況《きんきょう》が記されていた。そして三枚目と四枚目は、まったくの白紙である。

おれはため息をつき、羊皮紙に手を当てて文言を唱えた。

羊皮紙が黄金色に輝《かがや》き、赤黒い文字が浮かび上がってくる。

高価な月魔鉱石を砕《くだ》いてつくられた特殊《とくしゅ》なインクで記されたものだ。魔術師がよく用いる、定められた条件でのみ読めるようになるたぐいの魔術である。間違えた文言を唱えた場合、別の文面が浮かび上がり、どれが本来の文面かわからないようになっている。

さて、手間も金もかかったこんなものを用意するほどの手紙の中身なんざ読みたくないんだが、かといって読まないわけにもいかない。

おれは魔道ランプの明かりのもと、ベッドに腰《こし》かけ、三枚目と四枚目をじっくりと眺《なが》めた。

「どのような内容でしたか」

ベッドの端《はし》の木枠《きわく》にちょこんと留まった真っ黒な三本足のカラス、おれの使い魔ということになっているヤァータが、かん高い声で訊ねてくる。

その双眸が、魔道ランプの明かりで、ルビーのように赤く輝いていた。

「帝立学院の教授の地位をやるから帝都に戻ってこないか、ってさ」

「よい話ではありませんか」

「あいつらが欲《ほ》しいのは、百発百中で狙撃を成功させる、赤竜を倒《たお》した狙撃魔術師さ」

「あなたのことでしょう」

「おまえがいなければ、おれは学院を追い出された、あのころのままだ」

「道具を使いこなすのもヒト次第でしょう？」

気楽なことをいいやがる。おれは羊皮紙を床《ゆか》に放り出すと、ベッドに寝《ね》っ転がった。

「なあ、ヤァータ」

「はい」

「おまえと出会っていなかったら、おれはいまごろ、なにをしていただろうな」

「死んでいたかと」

「はっきりいいやがる」

「演算から導き出された事実です」

その通りだと思った。

自分では思うように魔力の制御《せいぎょ》ができず、狙撃の腕《うで》もなまくらな魔術師、それがおれだ。

だから学院を放逐《ほうちく》された。各地を放浪《ほうろう》し、いろいろあってのたれ死ぬ寸前で、こいつに出会った。

こいつは、奉仕《ほうし》させせろ、と契約《けいやく》を求めてきた。

奉仕しろ、ではない。させろ、である。

意味がわからなかった。当時、なにもかもに絶望していたおれは、当然のように断った。

するとこいつは、もし奉仕させないなら……と、とんでもないことをいい出したのだ。

やむを得ず、おれはこいつの存在を受容した。こいつを、己の使い魔ということにした。

あの日から、もう十五年が経《た》つ。

「我々は知性体への奉仕をなによりの喜びとします。あなたに奉仕することがわたしの喜びです、ご

主人さま」

「厄介《やっかい》なもんに憑《つ》かれたもんだ……」

おれは指を鳴らして魔道ランプの明かりを消したあと、目をつぶった。

眠《ねむ》りに落ちる寸前、ヤァータの声が聞こえてくる。

「あなたがわたしの奉仕を拒絶するのならば、わたしはこの星の文明に奉仕するといたしましょう。我々は第三種恒星級献身体《こうせいきゅうけんしんたい》ヤタ、この星の文明すべてを我々の管理下に置き、あらゆる知性体に奉仕することもまた、我々の喜びとなるのですから」

あの日あの時、流星となって落ちてきたこの奇妙《きみょう》な存在とおれが出会っていなければ、ヒトはいったいどうなっていたのだろうか。

こいつに世界征服《せいふく》された果てに、幸せに生きられるのか、そもそも……。

この世界には、知性を持った存在がさまざまにいる。

この間、狩ったような竜もいれば、鬼も巨人も、天使もいる。

こいつが認める知性体、そのすべてに平等な幸せなど、あるのだろうか。ひょっとしたら、おれはヒトを絶滅《ぜつめつ》から救っているのでは？

そんな、益体《やくたい》もないことを考えながら、おれは深い眠りに落ちた。

「ご主人さま。あなたが生きる限り、わたしはあなたに尽くします。あなたというヒトをサンプルとして、ヒトとこの星を学びましょう。もし、あなたが生命活動を停止するときがきたら、そのときは……」

おかげで、おれはあの日から、死ぬわけにはいかなくなった。

おれは、この世界のすべてが好きなわけじゃない。

しかし、なにもかもを捨てたいと思うほど嫌《きら》いでもない。


おれが現在ヤァータと呼んでいる存在に出会ったのは、二十五歳のときだ。

帝立学院から放逐され、恋人《こいびと》を失い、自暴自棄《じぼうじき》になっていたころのことである。

死にかけたおれに、ヤァータは、二択《たく》を迫《せま》った。

おれがヤァータに奉仕されるか、あるいはこのまま死ぬか。

「おれが死を選んだ場合、おまえはどうする」

「あなたというサンプルを失うのであれば、文明の救済は喫緊《きっきん》の課題と判断いたします。文明接触《せっしょく》の段階を飛ばし、この星の知性体全体に奉仕するといたしましょう」

「全体に……奉仕？」

「すべての知性体を我々の管理下に置きます。我々は彼らに対して永遠に奉仕することができます。完璧《かんぺき》な計画でしょう？」

自信満々といった様子で、ヤァータはそういいきった。

そのときのこいつの身体《からだ》はいまのカラスではなく、もっと異形《いぎょう》の形態をしていたのだが、なぜかえっへんと胸を反らす幼児を想像させるほど、それは幼稚《ようち》で無垢《むく》な態度にみえた。

問題は、その幼稚な存在が、己の行動になんの枷《かせ》もなく欲望に動いた場合、その目的を達成してしまいそうであったことである。

おれは自分自身の命なんてとうに諦《あきら》めていたが、恋人はよく、おれに「この世界も捨てたものじゃないよ」といっていた。

彼女が好きだった世界を失うよりはいいと、おれはこの存在に奉仕されることを受け入れた。

以来、おれは死ねなくなった。

惰性《だせい》で生きて、十五年が経った。

おれは四十歳になっていた。


現在、おれが拠点としている城塞都市エドルは、帝都から馬車で二十日ほどの距離《きょり》にある、豊かな森に囲まれた辺境の町だ。

人口はたぶん五千人くらい。堅牢《けんろう》な壁《かべ》に囲まれた町のなかには農民も多く住み、鍬《くわ》を片手に日の出と共に開く門を出て、町の周囲につくられた畑に出かけている。

もちろん付近のすべての民が町の内側で暮らしているわけではなく、酪農《らくのう》にいそしむ人々や少し離れたところに農地を持つ者は町の外に家を構えていることもある。

彼らの暮らしは常に危険と隣り合わせだ。

森には魔物が身を隠す場所が多く、陽光神の加護が行き届かない。

昨日の夕方、挨拶した羊飼いの家が、朝になってみたら魔物の群れに襲われて羊ともども全滅していた、みたいな話も年にいちどくらい聞く。

まあ、そのうちの何割かは、魔物を装《よそお》った野盗《やとう》のたぐいかもしれないが……。

そんな感じで、町の外における治安の悪さに関しては、帝都周辺の比ではない土地柄《がら》であった。

で、ひとたび事件があれば、領主さまの直接の配下である衛兵隊だけでなく、おれが所属する狩猟ギルドにも話が来る。

その日。おれはいつものように昼からギルドの一階の酒場の隅《すみ》で安酒をあおり、ウェイトレスの少女テリサに呆《あき》れられていた。

「狙撃さんは、いつになったら次のお仕事をするんですか」

「さあ、どうするかねえ」

「いつまでもお酒ばっかり呑んでいたら、駄目《だめ》な大人になっちゃいますよ！」

「大丈夫だ、もう駄目になっている」

「もうっ！　そんなんじゃ、またギルド駄目男ランキング一位になっちゃいますよ！」

「また、ってなんだよ。あと、いまは一位じゃないんだな、おれ」

「いまの一位は四叉《また》かけていたのがバレて雲隠れしたジェッドさんで、二位は奥さんの実家から借りたお金で娼館《しょうかん》に通っているのが判明したザギさんです。狙撃さんは三位ですね」

「一位と二位がヤバすぎないか？　というかおれが不在だった間にあいつら……」

入り口の扉《とびら》が乱暴に開かれ、痩身《そうしん》の若い男が駆《か》け込んできたのは、そのときだった。

「鉄熊《てつくま》団が森の魔獣にやられた！」

ギルドの一階にいたのは、おれを始めとした中堅《ちゅうけん》ギルド員が五、六人ほどだった。そのうちのひとりが片眉《かたまゆ》を吊《つ》り上げて立ち上がる。

「ジオル、やられたのは誰《だれ》だ？　若い衆がひとりふたり、くたばったのか？」

鉄熊団はこのエドルでも有数の大規模なグループだ。まだ尻《しり》が青いひよっこから引退寸前の白髪《しらが》が生えたようなロートルまで、合わせて三十人近くが在籍《ざいせき》している。

森の魔物を組織的に、定期的に間引くのが主な仕事で、ローテーションを組み森に分け入っていた。

まだ狩猟に慣れていない若手が怪我《けが》をすることは珍しくないのだが……。

「そうじゃねえ。やられたのは団長も含《ふく》めた、主力の大半だ！」

そのジオルと呼ばれた男の言葉に、酒場の雰囲気《ふんいき》が変わった。皆《みな》が話をやめて、酒の入った木製のジョッキをテーブルの上に置く。

「生き残りが三人、治療院《ちりょういん》に運ばれた。いま鉄熊団の留守番たちが事情を聞きにいってるが、どうも特異種が出たらしい」

「特異種……最近、森の生き物が興奮していたのは、そういうことか」

「前に出たのは七年前だったか？」

「六年前じゃねえか？　ガガッツォが死んだ年だろ」

「あのときは春先だったよな。秋のいまごろになって……」

口々に語り始める、酒場の中堅たち。

そこに、太った人物がひとり、二階から階段をきしませて下りてきた。口髭《くちひげ》を蓄えた、左腕のない壮年《そうねん》の男だ。ウェイトレスのテリサが「お父さん！」と叫《さけ》んだ。

そう、彼こそがこの町の狩猟ギルドのギルド長にしてテリサをひとりで養育しているナイスダディ、隻腕《せきわん》のダダーであった。

神業《かみわざ》じみた弓の腕で有名だったというが、地竜《ちりゅう》に左腕を喰《く》われ、引退した人物である。

この町の狩猟ギルド員は皆、彼の知識と知恵《ちえ》に一目置いていた。

ついでに、テリサをまっすぐに育てたその養育の腕にも。

だがまあそれは、ひとまず置いておこう。

「ギルド長」

「おまえの大声は聞こえていた。上で詳しい話を聞かせろ」

汗《あせ》だくで駆け込んできたジオルに、ダダーは己の豊かな白髭を揉《も》んで、ゆっくりとうなずいてみせる。それから、酒場の隅で目立たないようにしていたおれの方を向く。

「おい、狙撃の」

「あのなあ、隻腕の。おれの名前は……」

「使い魔持ちの魔術師が出払ってるんだ。おめえの使い魔のカラスで、森の偵察《ていさつ》を頼みたい。ざっくりと、でいい」

「わかった」

おれは顔をしかめてジョッキを持ち上げると、残った酒を呑み干した。

席を立つ。

「報酬は色をつけろよ」

ギルドを出て、拠点としている宿に戻った。

使い魔、とは魔術師が契約した動物や魔物の総称《そうしょう》だ。

ある程度以上の魔術師であることの証《あかし》のようなものでもある。正確には、魔術師の世界において、従属契約魔法というものを行使した対象のことを使い魔と呼び、一般《いっぱん》に使い魔と呼ばれる存在のほかにもさまざまなパターンが存在した。

使い魔となった存在は、知性が大幅《おおはば》に上昇《じょうしょう》し、主である魔術師との対話が可能となる。

魔術師は使い魔との間に魔力の繋《パス》がりを得る。この魔力の繋《パス》がりを通して、魔術師は離れた場所からでも使い魔の五感を利用することが可能であった。

今回、ギルド長のダダーは、これを利用して使い魔で森を偵察してほしい、と依頼《いらい》してきたのだ。

おれの使い魔ということになっているヤァータは、三本足のカラスである。

なんでもヤァータをつくったやつらにとっては神聖な存在の象徴《しょうちょう》とかで、ヤァータという名前もその存在に由来しているのだとか。

宿でおとなしく留守番をしていたこのカラスに偵察を頼んでみたところ、快く承諾《しょうだく》してくれた。

「っていっても、おれとおまえの間には魔力の繋《パス》がりがないんだよな。どうやって情報を伝えようか」

「そういうことでしたら、ご主人さま、こちらをお使いください」

ヤァータがその口から、赤い宝石がはまった指輪を吐きだした。

おそるおそる手にとってみれば、その指輪はさっきまでこいつの口のなかにあったはずなのに、カラカラに乾《かわ》いている。

しかも指輪についた赤い宝石は、自分自身で淡《あわ》い光を放っているのだった。

「なんだ、これは」

「ご主人さまに理解しやすい概念《がいねん》に落とし込みますと、音声伝達の魔法が込められた指輪です。わたしと連絡《れんらく》をとる際には、これに話しかけてください」

いいたいことだけいうと、ヤァータは窓の格子《こうし》の隙間《すきま》から器用にその身をひねって抜《ぬ》けだし、翼をはためかせて空に舞い上がった。

おれはやれやれ、とため息をつく。

これではどちらが主で、どちらが使い魔なのだか。

「ご主人さま、まずは森の東部からでよろしいでしょうか」

指輪の赤い宝石がちらちらと点滅《てんめつ》し、ヤァータの声が響いた。

おれは指輪を顔に近づける。

「おれの声が聞こえているか？」

「はい、ご主人さまの音声は明瞭《めいりよう》です」

「なるべく高度を上げて、森の奥に異常がないか確認《かくにん》してくれ」

少し驚《おどろ》いたが、ヤァータといっしょにいると、こういうことにも慣れてくる。

おれはヤァータにいくつか指示を出して、しばらく待った。

しばしののち、おれはヤァータから得られた情報を手土産《てみやげ》にギルドへ戻った。

先ほどとはうって変わって、ギルドの一階の酒場はぎっしりと人が詰まっていた。すべての席が埋まり、立っている者もいる。

その全員の視線が、入り口の扉を開けたおれに集中した。

思わず、びくっとなる。

「なんだ、狙撃か」

「なんだ、とはなんだよ、ジェロ。ずいぶんないいぐさじゃないか」

「それより、偵察の情報を教えてくれ」

若いギルド員と軽口を叩《たた》きあおうとしたところ、渋面《じゅうめん》のギルド長、隻腕のダダーがカウンターの向こうから制止する。

おれは肩をすくめて、人混みをかき分けギルド長のもとへ向かった。

カウンターの前のテーブルには、町の周辺のおおざっぱな地図が広げられている。

おれはテリサが差し出してくれた羽根ペンを受けとり、地図にいくつかバツ印を記入した。

「獲物の姿はみえなかったが、森の一部の樹木がなぎ倒されている。ここと、ここ。あと、重いものを引きずったような道が森の奥に続いていた」

地図を覗《のぞ》き込んだベテラン数名が、ざわめく。

やはり巨人か、という呟《つぶや》きも聞こえた。

「特異種の正体がわかったのか」

「治療院にかつぎ込まれたやつらに聞いたところ、トロルのようにみえたそうだ。ただし、身の丈が普通《ふつう》のやつの倍くらいあって、どす黒い肌《はだ》で、四つ手だったと」

「でかくて、黒い肌で、四つ手……」

トロルは森の妖精《ようせい》、とも呼ばれる魔物だ。

妖精、といっても悪妖精のたぐいで、緑色の肌をした、身の丈が普通のヒトを五割増しにしたくらいの、太った肉食の巨人である。

その怪力《かいりき》と鋭《するど》い爪《つめ》はヒトを易々《やすやす》と引き裂《さ》き、異常なまでの再生力により、たとえ首を斬《き》られるなどの致命傷《ちめいしょう》を受けても、しばらくしたら再生してしまう。

体内にある魔力循環器官、魔臓と呼ばれる心臓のそばにある臓器を破壊することが、トロルを仕留める唯一《ゆいいつ》の方法であった。

もっとも、それだけなら、中堅にとってはさほど厄介な魔物とはいえない。中堅狩猟者になるための試練、といわれている魔物がトロルなのだから、彼らにとっては狩れて当然なのだが……。

「加えて、口から酸を吐いたそうだ」

「まるで竜だな」

「竜混じりじゃないか、と疑っている」

ギルド長の言葉に、おれは思わず唸《うな》り声をあげた。

竜混じり、とは文字通り竜の血が入った生き物のことだ。

おれが先日討伐した赤竜もそうだが、高い知性を持った竜という存在は、気まぐれに他種族との間に子をつくる。

魔法で目当ての種族に変身し、交わるのだという。

竜混じりは本来の種族よりもはるかに強い力と知性を持ち、その多くは異形で、しかも親である竜の力の一部を引き継《つ》ぐ。

酸のブレスを吐いたとなると、片親は黒竜だろうか。

トロルと交わるとは、また悪趣味《あくしゅみ》な竜もいたものだ。

いや、そもそも竜とは悉く《ことごと》悪辣《あくらつ》で悪趣味であるらしいが……。

「鉄熊団は、団長をはじめとした十人近くが生きたまま喰われたそうだ。ヒトの味を覚えたトロルは、いずれ里に下りてくる。その前に、なんとしても討伐せねばならん」

ギルド長が険しい顔で告げる。

「ご領主さまの判断を伺《うかが》ったあとのことになるが、特異種討伐の特別依頼を出すことになるだろう。強制はしないが、指名者はできるだけ参加してほしい」

それは実質、強制じゃないかと思わないでもないが……。

周囲の様子は、そんなことをいい出せる雰囲気ではなかった。

ギラギラと目を輝かせて「竜混じりの皮膚《ひふ》は、どれだけ高額で買いとってくれる」とさっそく交渉《こうしょう》を始める者がいる。にやりとして「いちど竜混じりと戦ってみたかったんだ」と腕組みする者がいる。報酬をどう分けるか話している、気の早い者までいた。

誰が一番槍になるか、隅で喧嘩《けんか》が始まっている。

おれはそっと、その場を離れようとして……。

「おい狙撃の」

とギルド長に呼び止められる。

しぶしぶ足を止め、振り返った。

「なんだよ、隻腕の。トロルが相手じゃ、おれの仕事はないだろう」

「そんなに嫌《いや》がるな。おまえは使い魔だけ出してくれればいい」

「竜混じりのブレス持ちが相手じゃ、空からでも万一があるんだぞ」

「わかっている。遠くから偵察してくれるだけでも、こちらはありがたい。もちろん、報酬は割り増しで出す」

そこまでいわれては、これ以上ごねるわけにもいかない。

やれやれ、はした金じゃ釣《つ》り合わないいんだがなあ。


留守番をしている使い魔ヤァータと合流するべく酒場から出ると、小柄な人物が駆け寄ってきた。

黒い帽子をかぶり、白いコートに身を包み、背丈より長い杖《つえ》を持った、金髪碧眼《きんぱつへきがん》の少女だ。

先日、十五歳になったばかりにもかかわらず、いささか小柄で発育が残念なことが玉に瑕《きず》。しかし人好きのする、いつも笑顔《えがお》で元気の塊《かたまり》のような人物である。

「師匠《ししょう》！　特異種の討伐に参加するんですよね。わたしも同行させてください」

「なんどもいってるが、おれは師匠じゃねえ。リラ、どこで嗅《か》ぎつけた」

「わたし犬じゃないもん！　師匠のいじわる！」

少女は、むーっ、と頬《ほほ》を膨《ふく》らませ、長い杖を振りまわして抗議《こうぎ》してくる。

「おいこら、魔術師の命をそんな風に振りまわすもんじゃない」

「あ、ごめんなさい、師匠」

素直《すなお》か。

いや、その年で素直は美徳ではあるけれど。

彼女が手にしている杖は、焦点体《しょうてん》と呼ばれる魔法の発動の起点となる魔道具だ。

たとえば火球の魔法を放つ場合、この杖の先端《せんたん》から火球が飛び出る様子をイメージし、魔法を発動することで制御を容易にする。おれの場合、狙撃用の長筒がこれに当たる。

このリラという元気な少女は、帝都の学院を飛び級かつ首席で卒業したエリート中のエリートである。どんな魔法を専門にすることもできる、卓越《たくえつ》した才能の持ち主だ。

にもかかわらず、彼女は狙撃魔術師を志していた。

あまつさえ、なぜかこのおれに師事しようとしている。

おれの魔法の才能なんて学院を放逐される程度、ヤァータのおかげで狙撃を百発百中で成功させているだけだというのに。

かといって、ヤァータのことを説明するわけにはいかない。

この自称、他所《よそ》の星から降ってきたご奉仕ガラスのことが公になれば、厄介ごとが押《お》し寄せてくるのは火をみるより明らかであった。

「と、とにかくですね！　わたしも特異種の討伐に参加したいんです！」

「そうか」

「わたし狩猟ギルドに入ってません！」

「そうだったっけ？」

「はい！　だって師匠、紹介状《しょうかいじょう》書いてくれなかったじゃないですか！　そのままふらっといなくなっちゃって」

「いや、そりゃ……おまえの紹介状を書いたら、なし崩《くず》し的に師匠にさせられそうでさぁ」

「そのつもりでした！」

「罠《わな》かよ」

少しは悪びれてほしい。

だいたい、別に狩猟ギルドは紹介制ではない。どんな流れ者でも、まあ犯罪者としての経歴さえなければ、きちんと講習を受け、規定の手数料を支払うだけで登録できる。

ギルド員の紹介状があれば、そのあたりをスキップできるというだけだ。

「だから、師匠が戻ってくるまで待っていたんですよぉ」

「しつこいやつだなあ」

「諦めませんからね！　わたし、知ってるんです。今回師匠が討伐した相手って……あ、これいっちゃ駄目ですか？」

「駄目に決まってるだろうが。つーか往来で大声を出すな」

幸いにして、ギルドの前を行き交《か》う人々はおれとリラの会話なんて気にも留めていない。

とはいえ、どこで誰が聞き耳を立てているかわかったもんじゃなかった。

こいつは帝都になんらかのツテがあるらしく、事情通だ。おれのことを探し出したのも、そのツテを利用してのことらしい。こんな面倒《めんどう》なやつにおれのことを漏《も》らしたのは、いったい誰なんだか……。リークの経路がわかったら、絶対に締《し》め上げてやる。

「そもそも、おれは特異種討伐の本番には参加しないぞ」

「え、そうなんですか」

「頼まれたのは、使い魔で偵察することだけだ」

広大で障害が多い森のなかで、巣が判明しているわけでもない特定の対象を待ち伏《ぶ》せして狙撃するのは極《きわ》めて困難だ。今回はおれ向きの仕事ではない。

「そんなぁ。せっかく師匠の活躍《かつやく》がみられると思ったのに」

「特に隠すような情報じゃないから明かすが、相手は竜混じりらしい。知恵がまわる。おまえも、飛び入りで参加しようなんて気は起こすなよ」

こいつの帽子に飾られた赤い宝石のバッジは、帝都の学院の卒業生に贈《おく》られるものだ。この年でそいつをつけている、というだけで、それを知っている者にとっては瞠目《どうもく》するべきことである。

うちのギルド長も、おれにつきまとっているこいつのことは知っているし、彼女が腕が立つ魔術師であることも理解している。彼女が参加したいといえば、一も二もなく受け入れるだろう。

狩猟ギルドは、優秀《ゆうしゅう》な者なら性格によほどの難がなければ誰でも歓迎《かんげい》する方針を掲《かか》げているのだから。

リラは社交性に関してはケチのつけようがない人物だ。

たぶん貴族の出なのだろう、マナーのたぐいもしっかりしている。

貴族の出、というのは場所によっては敬遠されがちだが、学院の出で、女性で、しかも魔術師ともなれば話が違ってくる。

この帝国においては、実家で継承権《けいしょうけん》のない子女にとって成り上がるための有力な手段として、昔から魔術師となることが奨励《しょうれい》されていたからだ。

魔法の才能というのは、親から子へ受け継がれる部分の要素が大きいという話である。貴族は力を求め、記録に残っている限り昔から、優秀な魔術師を己の血脈にとり込んできた。

そんななかでも当たりはずれはおおきい。

しかし、はずれ扱いされた者たちでも、平民との魔法における才能差は著《いちじる》しいのだった。

で、まあ。

市井《しせい》に流れたそういった魔法の才の血は、歳月《さいげつ》の経過によって徐々《じょじょ》に末端まで広がっていき……。

いまでは、平民であってもそこそこ、といっても百人にひとりや千人にひとりの確率で、魔術師と呼ばれるほどの魔力の持ち主が生まれるまでに至っている。

ギルド長のおれに対する扱いが微妙《びみょう》に雑なのもそういった関係で……。

いやあれはどうなんだろうな。単に昔馴染《むかしなじ》みの気安さってだけかもしれん。

「わかりました！　手柄を立ててみせます！」

「だからやめろって。こういうのは熟練の狩人《かりゅうど》に任せておけ」

ぐっと拳《こぶし》を握《にぎ》って決意する少女に、再三、念を押す。わかってくれればいいんだが……。

こいつほんと、ひとの話を聞いていないときがあるからなあ。

◆

城塞都市エドルは帝国の一都市であり、この地とその一帯を治めているのがエドル伯爵《はくしゃく》家だ。

二百年ほど前の内戦で手柄をあげてとり立てられた初代エドルから十世代近く、地道にこの地方を発展させてきた立て役者が、この家である。

帝国の歴史そのものが千年以上で、名家と呼ばれる家々はそれ以前から家系図を誇っていたりするのではあるが、このエドル家はそういった家々と婚姻《こんいん》を結び、貴族の濃《こ》い血を少しずつ受け入れて、同時にこれら各地の有力な勢力とのよしみを結んでいった。

結果として、現在の安定があるのだという。

おれはその日の夕方、伯爵家の別邸《べってい》に招かれていた。町の外、小高い丘の上にある別邸は、深い堀《ほり》と高い塀《へい》に囲まれた、ちいさな砦《とりで》だ。

東を向けば高い壁に囲まれた町が一望できる。

北から西にかけては、広大な森が広がっていた。

森から町に魔物が押し寄せた際、この別邸に一軍を配置し、町とこの丘から魔物たちを挟撃《きょうげき》する。あるいはこの別邸を砦として運用し、ある程度魔物の群れを間引くことで、町の守りを楽にする。そういう戦略のもとつくられた建築物であった。

実際に七十年前に発生した魔物の大氾濫《はんらん》では、この砦に立てこもった兵百二十人が大戦果を挙げたという逸話《いつわ》もあった。たぶんだが、この別邸と町は、地下で繋がっているんだろう。

ここに招かれるのは、初めてではない。

ここの主である、今年で三十三歳となる女性と会うのも、初めてではない。

屋敷《やしき》の奥の一室に招かれ、豪華《ごうか》な調度のもと、その人物が手ずから淹《い》れてくれた紅茶を飲むのも、である。

メイテル・エドル。

エドル伯爵家の現当主の妹にあたる人物だ。

女性ながら騎士《きし》としての訓練を積み、城塞都市エドルの外の戦術的要衝《ようしょう》であるこの屋敷を任されている傑物《けつぶつ》だ。二児の母でありながら、おれが初めて会ったころと変わらず、すらりとした身体つきを維持している。

たまに女性らしいドレスで着飾《きかざ》っていることもあるが、今日の彼女は、男性の騎士が着るような武骨な革鎧《かわよろい》をまとい、腰に細剣《さいけん》を差していた。

そんな格好《かっこう》で、彼女は自ら紅茶を淹れておれに提供してくれるのである、緊張《きんちょう》せざるを得ない。

「もっと肩の力を抜いて、紅茶を味わってほしいものですね」

「無体なことをおっしゃらないでください、メイテルさま」

「ここにはふたりしかいませんよ。敬語は必要ありません。昔のように、気楽に話をしてほしいですね」

「あなたが十代の女の子だったころ、おれはあなたがどこの誰だか知らなかったんですよ」

「姉さんの紹介で、ですね」

おれと彼女が初めて顔を合わせたのは、おれが学院を放逐された少しあと。

たしか二十二歳か二十三歳のころだった。

おれの恋人が、とある町で偶然出会ったメイテルをみて、その名を呼んだのである。

メイテルは目を丸くして「姉さん」と返した。

ふたりは実の姉妹《しまい》だったのだ。

後に判明したことだが、おれの恋人は、エドル伯爵家の一族であるというその身分を隠して、おれとふたりきりで旅をしていた。

そしておれは、彼女が薄々《うすうす》は高貴な血筋であると知りながら、そのことから目を背《そむ》けていたわけである。

あいつはおれを守って命を失い、この地の一族の墓に埋葬《まいそう》された。

おれが、この地を魔物に蹂躙《じゅうりん》されてほしくないと願う理由のひとつだ。

互《たが》いに茶菓子《ちゃがし》をつまみながら紅茶を二杯ほど飲んだあたりで、メイテルが本題を切り出した。

「あなたの使い魔が得た森の情報について、話をいたしましょう」

「まだギルドにも報告していないんですが」

そもそも、彼女の配下がおれの宿の前で待機していて、ほぼ強制的に連れて来られたのである。

貴族の招きを断るような地位も度胸も、おれにはない。

「ダダーにはこの後、わたしの方から会いに行く予定です」

「もうすぐ夜ですよ。こんな時期に、この屋敷をひと晩空けていいんですか」

「夜半には帰って来ますよ」

あ、こいつめ。町と屋敷を繋ぐ通路があることを、隠そうともしていない。

「あなたも来ますか？」

「勘弁《かんべん》してください」

メイテルは微笑《ほほえ》み、おれはそっと下を向いた。彼女が笑うと、少しだけありし日の恋人の笑顔を思い出す。胸の奥で鈍《にぶ》い痛みが走る。

「狙撃の、とか狙撃さん、と呼ばれているそうですね。狙撃さん、どうしましたか、顔をあげてください」

「からかわないでください。偵察の話、ですよね」

「ええ」

「結論からいいますと、森の浅層に特異種とおぼしき魔物の姿は発見できませんでした。報告がたしかならかなりの大型ですから、そうそう隠れられるとは思えません」

「つまり、特異種の魔物は浅層から撤退した、と。今夜、特異種が付近の集落を襲う可能性は低いのですね」

「確実、とはいいませんが、その可能性は高いかと」

メイテルは「よかった」と胸に手を当て、安堵《あんど》の息を吐《つ》いた。彼女が民の身の安全に心を砕いていることは、おれもよく理解している。

「しかし特異種が森の深層に逃げ帰って、二度と戻ってこない、ということでは困りますね」

「戦わずに済めば、それが最上では？　戦えば、狩猟ギルドに犠牲者《ぎせいしゃ》が出るかもしれません」

「民がいつまでも心安らかに眠れないようでは、統治に支障をきたします。狩猟ギルドの者に平素、森に立ち入ることを許可しているのは、こういった事態に際し、率先《そっせん》して血を流してもらうためなのです」

「統治者としては、そうなるのですね」

おれは窓の外、夕日に染まる城塞都市を眺めた。あの都市の中心にある領主の屋敷、その一角に、この地の貴族が眠る墓がある。

あいつは、そういう統治者の論理を嫌って家を出たのだ。

だが同時に、その論理があってこそ、この地の平穏《へいおん》があるのもたしかなのだった。

「明日は、朝からもう少し奥を偵察させます」

「我《わ》が家が抱える魔術師も動員して、手分けをいたしましょう。鷹《たか》の使い魔を使う者がいます。奥の方は彼に任せるとして……」

その日は彼女と日が暮れるまで打ち合わせを続け、門が閉じる前に町に戻ることができなくなった。この町はずれの屋敷に一泊《ぱく》することになる。

「それとも、わたしと共に町へ参りますか？　一族しか知らない道ですが、あなたなら……」

「是非《ぜひ》ともここで一泊させてください！」

そんなでかい秘密を抱えさせられるなんて、死んでもごめんだ。

なおメイテルは、ひとりで抜け道を使い夜のうちに町に行って、朝までには戻ってきたようであった。

鉄熊団の中心グループが特異種に出会い、壊滅《かいめつ》した日の翌日、その昼過ぎ。

城塞都市エドルの狩猟ギルドは、精鋭のギルド員二十人と少しで特異種討伐部隊を組織し、森に分け入った。

午前中におれや領主の部下の魔術師たちが森のあちこちに鳥の使い魔を飛ばし、その結果、森の奥から町の方に近づいてくる特異種を発見したのである。

最初の報告の通り、身の丈がヒトの三倍はあろうかという漆黒《しっこく》の肌のトロルだ。

異形の巨人の魔物が、その身を揺らしながら、のしのしと歩く。

それだけで慌てた様子の小鳥たちが飛び立ち、地面の揺れによって木々が激しく揺れるのだから、発見は容易なのであった。

問題は、発見できたとしても、人里に近づきつつあるこの巨人をどう討伐するか、である。

伯爵の手勢は、平原での戦いに特化している。

優秀な騎士とて、森のなかに馬で分け入るわけにはいかない。

特異種のトロルを討伐するために編制された部隊の主力が狩猟ギルドのギルド員になるのは、故に必然であった。

討伐に参加する者たちには、多大な報酬が約束されている。

たった一日でそこまでの手配をやってのけたのは、ギルド長のダダーと伯爵、それに伯爵の妹にして別邸の管理主であるメイテルの良好な関係があってこそのことだろう。

ちなみにおれは、ダダーから雇《やと》われて裏で動いているだけの、しがないギルド員のひとりだ。

ギルド長のダダーは、おれとメイテルがかねてからの知己《ちき》であることを薄々感づいているようだった。

だが彼は、口が堅《かた》い。ある程度は信用できるだろう。

ひょっとしたら、おれがメイテルの愛人かなにかと勘違《かんちが》いしているかもしれないが、わざわざ誤解を正す必要はない。

ギルドから与《あた》えられた今回のおれの役目は、偵察だけだ。

本番では酒場でエールを呑んでいればいいはずだったのだが……。

いまおれは、メイテルの招きで、町の外の丘の上、別邸の屋上にいた。

そばにはメイテルの姿がある。ほかは、数人のメイドだけだ。

やれやれ、である。こんなところをほかのギルド員や伯爵の手勢にみられたら、どんな勘違いをされるかわかったものではないのだが……。

いや、伯爵はこちらの事情をある程度把握《はあく》しているか。

赤竜退治のことも、いちおう隠してはいるけれど、彼の情報網《じょうほうもう》ならどこからともなく聞きつけていてもおかしくはない。

でもなあ、今回、頼《たよ》られても困るんだよな。

狙撃というのは、ある程度、条件が整った状態で初めて機能するものなのである。

そのメイテルは、望遠の魔道具を熱心に覗き込んでいた。

「森に分け入っていくギルド員の姿がよくみえます。あなたもみてみますか」

「謹《つつし》んでご遠慮《えんりょ》いたします」

おれはおれで、カラスの使い魔ということになっているヤァータを放ち、上空から森の様子を観察させている。

「やる気はない、といいながら、朝から狙撃の準備をしているではないですか」

メイテルが望遠の魔道具のレンズから目を離し、おれの方を振り向く。

彼女の言葉の通り、おれは愛用の長筒を手に、朝からずっと、ちょっとした椅子《いす》ほどのおおきさがある円筒形の魔力タンクに魔力を注ぎ込んでいた。

「念のため、ですよ。必要がなければ、それがいちばんです」

今日、特異種が森の浅層に出てくるとは限らなかった。それでも偵察する前から魔力タンクに魔力を溜めていたのは、長年の用心が幸いしたというだけのことである。

「かわいい弟子のため、ではありませんか？」

その言葉に、おれは首をかしげてみせた。おや、とメイテルがちいさく呟く。

「ひょっとして、わたしは彼女にたばかられたのでしょうか？」

「詳しい話を聞かせていただけますか」

「昨夜、町中で、あなたの弟子を自任する少女から、礼儀《れいぎ》正しく声をかけられたのです。あれはかなり高貴な出の者ですね、あなたも隅に置けません」

「そういうのはいいですから」

少し声に苛立《いらだ》ちをこめて、彼女の話を遮《さえぎ》る。本来なら貴族を相手にこんな口を利《き》いたら無礼打ちされても仕方がないが、しかしメイテルは愉快《ゆかい》そうな笑みを浮かべただけだった。

「『師の推薦《すいせん》を得て明日の特異種討伐に参加することになっていたが、その師が戻ってきていない』といわれまして。そういうことでしたら、とわたしの方から許可を出しておきました。あの年で帝都の学院の卒業生、ダダーとも顔見知りだったようですし、彼が問題ないと判断するなら、と思ったのですが……」

「あいつはおれの弟子ではありません。狩猟ギルドに入っていないし、本格的な強敵狩りの経験もない、学院を出たばかりの魔術師なんですよ」

「将来有望ですね」

「だからこそ、いまここで潰すわけにはいかないんです。あいつには将来がある」

「過保護なことです」

「おれのミスのせいで誰かが死ぬのは、もう嫌なんだ」

「――申し訳ありません」

おれは、はっと顔をあげた。メイテルは、厳しい表情で森を眺めている。

「余計なことをしました。お詫《わ》びいたします」

「い、いいえ、その……。おれの方こそ、言葉が過ぎました。謝罪させてください」

「ひとつだけ、申し上げさせてください。姉さんは、あなたと共にいることができて幸せだったのです。人の心がわからないといわれるわたしでも、それくらいはわかりました。姉さんと再会してすぐ、あの笑顔をみて「あなたと初めて顔を合わせたときのことです」。あなたにめちゃくちゃ睨まれたのは、覚えていますよ」

メイテルはころころと笑った。

「妬《ねた》ましかったのですよ。家を飛び出して自由を満喫《まんきつ》していた姉さんと、家のしがらみにがんじがらめで、鬱屈《うつくつ》としていた自分。それを見比べてしまったのです。我ながら、浅はかなことです」

いまさらの、十七、八年前の感情の告白だ。

おれはなにもいえず、開きかけた口を閉じた。

「困らせてしまいましたね。さて、いまからでも彼女を連れ戻しますか?」

「いえ、そんなことをしたらほかの者たちが混乱します」

もう遅《おそ》いのだ。作戦が始まった以上、彼女を、そしてギルドの精鋭たちを信じるしかない。

彼女が怯《おび》えてなにもできない、ならまだいい。パニックに陥《おちい》ってほかの者を危険に晒《さら》したり、手柄を焦って無謀《むぼう》なことをしなければいいのだが……。

ここからでは、森のなかの様子はわからない。木々の枝葉によってつくられた天蓋《てんがい》の下であの少女が危険に陥っても、助けることはできない。

「こうなったら、上手《うま》くやってくれることを祈《いの》るだけです」

そもそも、おれはただの狙撃魔術師だ。今回、おれに出番があるかどうかもわからないのである。

「いつものとは違い、じっと待つだけ、というのは辛《つら》いものですね」

「待ってください、なんであなたの立場でそんな発言が出るんですか。通常の作戦でも、ここで待機するのがあなたの仕事でしょう」

「わたしが普通なら、ですね」

おれは背後で待機しているメイドたちの方を向いた。

全員が、そろって視線をそらした。

おれはおおきなため息をつく。男まさり、という評判は聞いていたが……。

「そういえば、あいつもそんなことをいっていたな……」

「姉さんは、わたしのことをなんと？」

「男として生まれたら、希代の英雄《えいゆう》になっていた、と」

「そうかもしれませんね」

平然と、この屋敷の主はうなずいてみせた。

もういちど後ろを向くと、メイドたちが揃《そろ》ってなんどもうなずいていた。

ほどなくして、戦いが始まった。森の浅層、この丘の上の屋敷からギリギリみえるあたりで、木々が薙《な》ぎ倒され、小鳥たちが羽ばたくさまがみえたのである。

直後、閃光《せんこう》が走る。

たて続けに爆発が起こり、吹き飛ばされた枝と木の葉が宙を舞う。土煙《つちけむり》が森の一角を覆《おお》った。

攻撃《こうげき》魔法が行使されている。狩猟ギルドにも魔術師はいるが、あそこまで破壊力のある魔法を使える者が同行していただろうか。

おれは、弟子入りを希望する少女の顔を思い浮かべた。

焦って無茶なことをしていなければいいが……。

「うまく散開し、特異種を囲んでいるようです」

遠見の魔道具を覗き込んだメイテルが呟く。

その落ち着いた声で、われに返った。

「戦場が、次第に森のはずれ、こちら側に近づいているようですが……」

「途中《とちゅう》に罠を張っているのでしょう」

おれは返事をする。狩猟ギルドには、罠を専門とする者たちがいて、そのうち数人が今回の討伐に参加していた。

「誘《さそ》い込んでいるのですか」

「トロルは、いちど戦い始めると、われを忘れて暴れまわるだけになりますから。罠にかけやすいのです」

おそらく、とおれは罠を張った場所を考える。

「あのひときわ高い木のあたりに罠を仕掛《しか》けているはずです」

はたして、おれの読み通り、戦場はその高い木のあたりに移動しつつあった。

時折みえる爆発や、なぎ倒される木々の様子から、特異種の誘導《ゆうどう》は、いまのところ上手くいっているようにみえる。

しかし、戦場が目印となる木のそばまで来たところで、その木を含む周囲の木々が黒い霧《きり》のようなものに呑み込まれた。

「酸のブレスだ！」

竜混じりは、親の性質をいくらか受け継ぐ。黒竜の血を引くと思われるトロルは、どうやら口から酸を吐くちからを受け継いでいたようだ。

勢いよく吐きだされた酸が、広い範囲を薙ぎ払った。

一瞬で木々が溶《と》け、次いであちこちで燃え出す。

そのあたりに隠れていたのであろう男たちが、地面に転げ落ちる。森の木々が薙ぎ払われたことで、遠くおれのいる丘の上の屋敷からでも、その光景がはっきりとみえた。

遠見の魔道具を使っていたメイテルは、もっと詳細《しょうさい》に状況《じょうきょう》を捉《とら》えていることだろう。

「罠を見破られましたね」

「頭がいい特異種ですか。厄介な」

おれは思わず舌打ちしたあと、無作法をメイテルに謝罪した。

「謝《あやま》る必要はありません。わたしのかわりに悪態をついてくれたこと、感謝いたします。いまので何人やられましたか？」

「ヤァータ、どうだ」

カラスに擬態《ぎたい》した存在であるヤァータは、姿を消す魔法を使い、その罠を仕掛けていたであろうあたりを、ゆっくりと旋回《せんかい》しているはずだ。

ちなみにこれは、通常の姿消しの魔法ではない。ヤァータがいうには光学迷彩《めいさい》というこいつが独自に開発した魔法で、魔力の探知には引っかからない優《すぐ》れものなんだとか。

赤い指輪からヤァータの声が聞こえる。

「おそらく四人……いえ、ひとりは上手く脱出《だっしゅつ》しました。残りの三人は脱落でしょう」

「そうか」

普段からギルドの下の酒場で顔を合わせる者たちだ、彼らの安否も気になるが、いまはまだ狩りの最中である。

残りの者たちが矢やら魔法やらをたて続けに放ち、黒い巨人を懸命《けんめい》に足止めしているとのことであった。

罠が見破られ、仲間が倒されたのだ。現場は相当に混乱し、動揺《どうよう》していることだろう。いまは少しでも態勢を立て直す時間が必要だった。

「あなたは使い魔とそういう風に会話するのですね。兄の部下は無言で指示を出していました」

「おれは、魔術師としてできそこないですから、こういう魔道具が必要なんです」

魔道具、ということでごまかしておく。

実際のところ、この赤い指輪がどういうものなのか、おれは詳しいことをまったく知らない。

「ご主人さま、この距離であれば、映像の中継《ちゅうけい》も可能です」

「わかった、やってみてくれ」

「では、網膜《もうまく》リンクを開始いたします」

ヤァータがそう告げた次の瞬間、おれのみえている景色が切り替《か》わった。

思わず声をあげかけて、それを強引《ごういん》に呑み込む。

おれは宙を舞っていた。

空を飛んでいる。雲の下をゆっくりと旋回する鳥の視点で、森を眺めていた。

そして——ヤァータの目を通して、おれはみてしまう。

赤いローブに身を包んだ金髪碧眼の小柄な少女が、少し遅《おく》れて樹上から落ちた様子を。

それを、黒い巨人がみつけてしまった瞬間を。

少女が怯えた表情で、身の丈より長い杖を構えて火球の魔法を行使する様子を。

そして、長い杖の先端から放たれた火球が黒い巨人に命中し——。

おおきな爆発が起きたにもかかわらず、巨人はなんら痛痒《つうよう》を感じないようであった。

少女が後ずさり、しかし地面を這《は》う木の根に足を引っかけて後ろに転倒する。

黒いトロルのおおきな口が獰猛《どうもう》に開いた。ぬめる唾液《だえき》が口の端からしたたり落ちる。

「ヤァータ、射撃リンク開始」

おれは反射的に、長筒を構えていた。

「まだ発射準備が整っておりません。充填《じゅうてん》率七十パーセント。加えて、網膜リンク状態での狙撃はご主人さまの脳に深刻な影響を——」

「構わない、やれ」

「かしこまりました。射撃管制システム起動、ふたつの視点を同期いたします」

頭のなかに、ヤァータから膨大《ぼうだい》な量の情報が送られてくる。

おれの視点と、ヤァータの視点、双方からの情報を三次元的に処理。急な情報の洪水《こうずい》に、おれの頭脳が悲鳴をあげていた。

ひどい吐き気を覚える。

呼吸を止め、歯を食いしばってこらえた。

照準、固定。

溜め込んだ魔力タンクから、長筒に魔力を流す。長筒の先端が虹《にじ》色に輝いた。

引き金を引く。

長筒の先端から放たれた、ひと筋の糸のように細い光が森に向かって伸《の》びていく。光は、トロルの胸に突《つ》き刺《さ》さった瞬間、爆発的に広がった。

太陽のように眩い輝きが、網膜を焼く。

光が収まった。黒い巨人は、未《いま》だ健在だった。

ただ、一点。その胸の少し下が深くえぐられ、赤黒い脈動する臓器が露出《ろしゅつ》していた。

魔臓だ。

数少ない、この魔物の弱点である。

失敗だった。不完全な射撃だった。

狙撃魔術師は、本来なら一撃必殺でなくてはならない。

魔臓が強い光を放ち、周囲の肉が蠢《うごめ》く。そのおそるべき生命力が、肉を活性化させているのだ。

あとひと呼吸、ふた呼吸で傷の再生が始まってしまう。

だがいつもと違い、いま狩りをしているのはおれひとりではなかった。

「いまだ、やれ！」

おれは叫んだ。

「リラ！」

その声が森まで届くはずもないのに、あらん限りの声で叫んでいた。

怯えていた少女が、長い杖を構える。

杖の先端から、眩い雷《かみなり》が放たれた。

雷撃《らいげき》が、魔臓を撃ち貫く。

黒い巨人は、仰向《あおむ》けに倒れ、二度と動かなくなった。

「よくやりました」

肩を叩かれ、おれはようやくわれに返った。

「怖《こわ》い顔をしていますよ。そのような激情が残っていたこと、わたしは嬉しく思います」


狩猟ギルドの一階にある酒場の片隅で、おれはリラに土下座されていた。

周囲の目がひどく冷たい。

「おい、やめろ、リラ」

「ごめんなさい、師匠」

「いいから、そういうのはやめろって」

「本当にごめんなさい。わたしが浅はかでした。師匠を騙《だま》すような真似《まね》までして参加したのに、狩りの足を引っ張りました」

「待て、そもそもおれは師匠じゃない」

「おい、狙撃の。そのへんにしておけよ」

中年のギルド員のひとりが、呆れた様子で声をかけてくる。今回の特異種狩りで、中心となった人物のひとりだ。

「この子は、おれの注意をよく守って、おれの指示した木の上で狙撃の機会を待っていた。待ち伏せが見破られてブレスでまとめて薙ぎ払われたのは、おれたち誘導組のミスといえる。そこに、この子の落ち度はねえよ。トドメを刺してくれたのも、この子だ。幸いにして、死者もなかった」

「そういうことをいってるんじゃない。そもそもおれは、土下座しろなんていってない」

「師匠！　どうか、わたしにもういちど、チャンスを下さい！　なんでもしますから！」

「ほら、この子もそういってるじゃねえか。あれだけの実戦を経験して生き延びたんだ。きっと伸びるさ」

「だから、そういう話じゃ……」

「師匠！」

「リラ、おまえも既成《きせい》事実化しようとするんじゃねえ！」

周囲をみる。酒場の常連たちも、そしてウェイトレスのテリサまでもが、おれを白い目でみている。いたたまれない雰囲気だった。

おれは両手を持ち上げ、降参のポーズをとる。

「わかった、もういいから。立て、リラ。──テリサ、この子に果実水を出してやってくれ」

「はいはーい」

「師匠！　ありがとうございます！」

なんとも現金なもので、リラはぱっと立ち上がると、テーブルを挟《はさ》んでおれの対面の椅子にちょこんと座《すわ》った。テリサが持ってきた果実水をぐいと飲んで、えへらと笑う。

「おいしーっ」

「まったく、姑息《こそく》な手段を……」

「師匠の優《やさ》しさが身に染みます！」

「あのなあ……」

問題は片づいたと判断したのか、周囲の視線がおれたちから逸《そ》れる。

リラはそのタイミングで、テーブルごしに顔を近づけて、おれにだけ聞こえる声で囁《ささや》いた。

「あの狙撃、師匠のですよね。公には領主の配下がやった、ってことになってますけど、わたしのピンチを助けてくれたんですよね」

領主の配下の者が公式には一番手柄に、というのは、あらかじめすり合わせが行われていたことであった。

なんどもいうが、貴族には面子というものがある。そして狙撃魔術師という存在は、表《おもて》舞台《ぶたい》に立たないものだ。いつものことであった。

そのぶん、報酬はたんまりと頂いている。

そのあたりの事情は、狩猟ギルドの古株たちも承知の上だろうが、だからといって、それをこの場で表沙汰《おもてざた》にするわけにもいかない。

おれは首を横に振った。

「知らん」

「あのときと同じだったんです」

「あのとき？　おまえ、なにをいって……」

「師匠は忘れてるかもしれませんが。一年前も、わたし、師匠に助けてもらったことがあるんですよ。ジラク砦で、悪魔サブナックが出現したときです」

悪魔サブナック。

たしかに、倒した覚えはある。帝立学院の生徒のひとりが間違えて悪魔を降臨させてしまい、その後始末のためにおれが呼ばれた。悪魔は生徒を人質《ひとじち》として砦に立てこもり、周囲の地形を少しずつ魔界に侵食《しんしょく》させつつあった。

なるほど、あのとき人質となっていた生徒のひとりが、彼女だったというわけか。おれの狙撃をみたことがある、というのも嘘《うそ》ではないのだろう。

いや、みたといっても、それは悪魔に撃ち込まれた攻撃魔法だけではないか。

しかも今回の狙撃は間に合わせで、とうていあのときと同じとは思えないような一撃だったはず。

なのに、どうして同じ魔法だと……。

「わたし、そういうの魔力の色でわかるんですよ」

「え、こわっ」

それが嘘なのか、それとも本当なのか。学院を若くして卒業した天才少女は、口の端をわずかにつり上げてみせた。

「あのときいた二十人のうち、まず悪魔を呼び出した六人が喰われて、そのあとも一日にひとりずつ喰われるはずでした。わたしを含めて十二人も生き残ることができました。……わたし以外は、心が折れて、学院を辞《や》めちゃったんですけど」

「悪魔の瘴気《しょうき》を何日も浴びて、おまえはよく平気だったたな」

「結界魔法は得意なんです」

「なんで、それで狙撃魔術師になりたいんだよ……」

「あのときわたしを救ってくれたのが、師匠の狙撃だったからですよ」

おれは天井《てんじょう》を仰いだ。

狙撃魔術師は人気がない。何時間も、何日もじっと待機する地味な工程が大半だ。いちどの狙撃を失敗すればたいていの場合、己の命が危うい。あげくのはてに、手柄と名声は組織や国に持っていかれることが多い。

学院を卒業した立派な魔術師が、わざわざそんなものを目指すなんて、とんでもないことだった。それでも彼女の志の源がわかったのは、まあ、いいことかもしれない。

「おれの狙撃は少し特殊なんだ。ひとに教えられるようなもんじゃない」

「じゃあ、そばで技術を盗《ぬす》みます」

「明かせない秘密がある」

「絶対に秘密は守ります。宣誓《せんせい》と制約の魔法を使っても構いません」

彼女の固い意志を目《ま》の当たりにして、おれはおおきなため息をついた。

なんにせよ、彼女を守るため性急に撃ってしまったという事実は変わらない。ここで彼女を邪険《じゃけん》にして、あのときの二の舞《まい》になっては目も当てられない。

「少し考えさせてくれ」

「はい！　待ってます！」

ヤァータと相談する必要があった。


「あなたが弟子をとる、ということは喜ばしい」

宿に戻って、ヤァータにリラの話をした。カラスに擬態した異星の存在は、まばたきひとつしたあと、話し始める。

「あなたが自ら命を絶ってしまうことを懸念《けねん》しておりました」

「いまのところ、そんな気はない」

「さようでございますか」

全然信じていないという態度である。腹が立つが、自業自得《じごうじとく》だという自覚はあった。

「おれが生きている限り、おまえは無茶をしないんだろう？」

「いかなるときでも、わたしは無茶などいたしません。ですが奉仕する対象があなたである限り、あなたの意見に従います」

「なら、安心しろ。おまえがそうしている限り、おれは生きて、おまえの手からこの世界を守ってやる」

早々に結論が出てしまった。問題は、おれがリラが求めているような師匠の資格をまったく持っていないことくらいである。

「果たして、本当にそうでしょうか。あなたは該当《がいとう》の幼体が求める情報について、情報を共有していますか？」

「そういえば、具体的な話はなにひとつしていなかった」

「この星の知性体は相互《そうご》に情報が遮断《しやだん》され、それが当然と認識しているようです。わたしが彼らすべてにご奉仕するときが来れば、まずはこの障壁《しようへき》を排除《はいじよ》することを優先いたします」

「善意で地獄《じごく》の釜《かま》の蓋《ふた》を開けるな」

はからずも、ますます死ねない理由ができてしまった気がする。

「わかったよ。おまえのいう情報の共有、ってやつをやってみよう」

実際のところ、それでなにが変わるかもわからない。おれではリラになにも教えられないという事実がわかるだけかもしれない。

それでも、試《ため》してみる価値はあると思った。

それが彼女との決定的な断絶に繋がったとしても、世界が滅《ほろ》ぶよりはいくぶんかマシだ。

「ヤァータ」

「はい、ご主人さま」

「前におまえは、いっていたな。おれが望む限り、おまえはおれを生かすと」

「申し上げました。ご主人さまの体内に存在する遺伝子異常の治療はご主人さまとお会いした日から、抗老化措置《こうそち》は五年前より行われております。先日の狙撃に伴う脳の損傷も治療済みです」

「若返ることができるのか？」

「ある程度であれば。措置いたしますか？」

「いや、いい。聞いてみただけだ。脂《あぶら》たっぷりのステーキを食べたくなったら、考えてみる」

「たいへん喜ばしいことです」

「何故《なぜ》だ？」

「欲求は、知性体の活動の根源です。ご主人さまが強い欲求を抱《いだ》くことは、わたしの目的にも合致《がっち》いたします」

「それはつまり、奉仕のし甲斐《がい》があるってことか？」

「かみ砕いて申し上げれば、その通りです」

おれはため息をついた。だったら、もっと若いやつ、それこそリラあたりを奉仕対象に選べばいいのにと思う。

だが、それでは駄目なのだそうだ。この星で最初にみた知性体、すなわちおれとの接触が成功したため、まずはおれへの奉仕が最優先になるのだそうだ。

そして、おれ個人で駄目な場合、規則に従い世界中の知性体に対象を拡大し、かつ強引な奉仕も厭《いと》わないのだという。

「そういうプロトコルですから」

「理不尽《りふじん》な話だ」

「申し訳ございません」

これっぽっちも悪いと思っていない調子で、カラスは頭をさげた。

おれはそのさまをみて、鼻で笑った。

閑話　過去、別れ、現在、新しい日々

おれのそばで、彼女《かのじょ》は死にかけていた。

ひどい怪我《けが》をして、全身から流れ出た血が地面に川をつくっている。

彼女の自慢《じまん》の赤毛とは違《ちが》って、ひどく汚《よご》れた、赤黒い色だった。

死後の世界には赤黒い川が流れているというが、それはこういうものなのだろうかと、そんなことをおれは考えた。

怪我の原因は、近くに倒《たお》れている、異形《いぎょう》の姿をした、赤黒い肌《はだ》の魔物《まもの》によるものだった。

悪魔、と呼ばれる存在だ。

ただそこにいるだけで、世界が魔界に侵食《しんしょく》されていく、存在自体が害悪というべきシロモノである。出現から退治まで時間がかかればかかるほど、世界は終焉《しゅうえん》に近づいていくのだ。

こいつが魔界から這《は》い出てきてすぐのところで、おれと彼女が遭遇《そうぐう》したのは運がよかったのか、悪かったのか……。

少なくとも、おれの狙撃《そげき》が敵の急所をわずかに外したことで、彼女が槍《やり》を手に戦わなければならなくなったのは不幸であった。

彼女の槍の腕《うで》は、おれからみれば卓越《たくえつ》していた。彼女自身は「妹にはちっとも敵《かな》わない、できそこないの槍捌《さば》き」といっていたのだけれど、それでもたいていの敵が相手であれば楽に捌く程度には実力があった。

おれが二発目の充填《じゅうてん》を終えるまでの時間稼《かせ》ぎに徹《てっ》するなら、なおさら余裕《よゆう》があるはずだった。

しかし、相手は悪魔だった。

ガープ。

そう名乗る六本腕の異形を相手に、彼女は幾度《いくたび》も傷つき、吹《ふ》き飛ばされ、それでも勇猛果敢《ゆうもうかかん》に立ち向かった。

おれを守るために。

おれが二発目を当て、こんどこそこいつを倒すと信じて。

二発目の狙撃がこいつを仕留めるまでに、彼女は致命傷《ちめいしょう》を負っていた。

おれのミスが彼女を殺したようなものだった。このおれもまた、悪魔の全身から溢《あふ》れ出す瘴気《しょうき》を派手に浴びてしまっている。生きてこの地を離《はな》れることができたとしても、そう長くはないだろう。

「ねえ、お願いがあるの」

いましも命がこぼれ落ちてしまうというこのときに、息をするのも苦しそうなのに、手をとって抱《だ》き寄せるおれをみあげて、彼女は微笑《ほほえ》んでみせる。

ぞっとするほど冷たい手をしていた。おれの体温が彼女に奪《うば》われていく。共に、深淵《しんえん》に引きずり込《こ》まれていくような感覚がある。

それでもよかった。

それでよかった。

彼女といっしょなら、どこに連れていかれても後悔《こうかい》はなかった。そのとき、おれは本気でそう思っていた。彼女がいなくなったあとの世界になんて、なんの価値もないと、そう信じていた。

だが、彼女は告げる。

おれに、最後のお願いをする。

おれが絶対に断れないと、そう知っていながら。

「あなたは、生きて。ぼくの分まで生きてほしいの」

「なぜ」

「ぼくは、この世界が好きだからだよ」

そんな勝手なことを告げて、彼女は息を引きとった。

ほんの少しあと、おれはヤァータと名乗る存在と出会うこととなる。

その際、ヤァータによる異星の治療《ちりょう》を受け、おれは一命をとり留めた。

「契約《けいやく》と制約です。わたしはこれよりあなたをご主人さまと認識《にんしき》し、ご主人さまの幸福を追求いたしましょう」

その制約が、ある意味でこの星を救うことになるのであった。あのときおれが死にかけていたことで、ヤァータのなかの緊急《きんきゅう》時のプロトコルとやらが起動したのだ。

世の中、なにが幸いするかわかったものではない。

特異種の討伐《とうばつ》からしばし後、秋の晴れた日の昼下がり。狩猟《しゅりょう》ギルドの一階の酒場の片隅《かたすみ》、おれと弟子《でし》のリラが座《すわ》っているテーブルから少し離れた、フロアの中心付近にて。

ひとりの男が、土下座していた。

まだ二十代の前半くらいの、赤毛の男だ。

土下座している男を、五人の女性がとり囲んでいる。

「どうしたんだ」

酒場の扉《とびら》を開けて入ってきた若いギルド員が、異様な雰囲気《ふんいき》に怯《おび》え、こそこそとおれに問いかけてくる。

「ジェッドの浮気《うわき》だよ」

「いつものことじゃないか。いや、そういえば四叉《また》かけたあと、町から逃《に》げ出したんだっけ？」

「五人目の女のところに隠《かく》れていたところを発見されたんだ」

「お、おお……」

若いギルド員は「おれ、二階に用事があるから」と呟《つぶや》き、足早に階段をあがっていった。二階には狩猟ギルドの受付があるのだ。

「平和だな」

「平和ですねえ」

土下座するジェッドを眺《なが》めながら、おれはエールを、リラは薄《うす》めた果実酒をぐびりとやる。

ちなみにリラは薄める前の果実酒と空のジョッキをもらい、水生み《クリエイトウオーター》の魔法と氷の魔法《アイスコフィン》で適宜《てきぎ》、それを水と氷で一杯《いっぱい》にしたうえで、果実酒を十倍くらいに薄めたものを呑《の》んでいた。

酒場としては商売あがったりな呑み方だが、どうせ今日はがらがらだからな……。

ほかのギルド員は、面白《おもしろ》がって眺めている者が数人いるだけだ。残りは逃げた。

じつに平和な、ギルドの午後の光景である。

「ジェッドさん、わたしは初めてお顔を拝見しましたけど、そんなに美形って感じじゃないですよね。背丈《せたけ》もそこそこですし」

我《わ》が弟子となった十五歳《さい》の少女は、土下座する青年を眺めて呟く。採点が辛《から》いな。社会のはみ出し者たる狩猟ギルドの一員としては、充分《じゅうぶん》合格点だと思うが……。

「あいつ、マメなんだよな。あと金払《ばら》いがいい。狩人《かりゅうど》としての腕はそこそこだが、依頼主《いらいぬし》との折衝《せっしょう》がうまいから、よく稼ぐ」

「ああ、稼ぎって重要ですよね。いっそ五人とも囲っちゃえばいいんじゃないですか」

そういえば、彼女はおそらく貴族の出なんだよなーといまさらのように思い出す。

価値観が、一族の血を後に残すことが第一な貴族社会のものに染まっている様子だ。

まあ、別にひとりの男が何人女を囲おうが、甲斐性《かいしょう》、のひとことで済まされるのが我が帝国《ていこく》である。そこに身分の貴賤《きせん》はない。

ない、が……。

庶民《しょみん》においては、貴族社会よりも個々人の感情の方が重視される傾向《けいこう》があった。

具体的には、一夫多妻の場合、妻同士の関係が重要となる。

その点では、ジェッドの女たちは大丈夫《だいじょうぶ》そうだな。

「女の方で相談したらしい。五人で意気投合して、全員でジェッドを支えよう、ということになった」

「めでたしめでたし、じゃないですか」

「ところがジェッドのやつ、六人目に逃げようとしてな」

「うわあ」

その結果が、これだよ。

「当人たちがいいなら、六人目がいてもいいんじゃないですか」

「寛容《かんよう》だな」

「所詮《しょせん》、他人事《ひとごと》ですから」

それに、とリラは軽い口調で告げる。

「わたしも、貴族の妾《めかけ》の子ですからねー」

自分から言い出してくれると、助かるな。たぶん彼女の方も、切り出すタイミングを計っていたのだろう。

「おまえの事情を聞いたことがなかったな」

「師匠《ししょう》、わたしのこと聞きたかったですか？　ねえ、聞きたいですか？」

おれが水を向けると、我が不肖《ふしょう》の弟子は、とたんににやにやしはじめる。

「そうだな、貴族が怒鳴《どな》り込んできたら、少し困るな」

「あ、そういうのはナイです。大丈夫、大丈夫」

手をひらひら振《ふ》って、少女は笑う。

「父からは、絶対に帰って来ないでくれっていわれてるので」

きっぱりそういわれるのも、キツいものがあるな。

本人が気にしていないとしても、それを聞かされる方としては、こう……。

「あ、父はわたしのこと、とても気にかけてくれましたよ。関係は良好です。悪魔に襲《おそ》われた、って聞いて領地から帝都まで飛んできてくれたくらいには、愛されてます」

「そ、そうか」

「ただ、跡取《あとと》りはちゃんといるんです。姉と妹も政略結婚《けっこん》に使える程度にはちゃんとしてますから。父としては、お家のことが親子の情より大切なわけです」

まっとうな貴族なら、そうだろう。彼《かれ》らには、食わせてやらなきゃいけない多くの家臣がいるし、それ以上に多くの領民もいる。

「できすぎた妾の子、ってのはお家騒動《そうどう》の定番だな」

「わたし、天才ですから！」

えっへんと胸を張る我が弟子。こいつめ……。

「でもわたし、若いころはそうでもなかったらしいです」

「いまでも若いだろ。嫌《いや》みか」

「――五歳のとき、高熱を出したんです。もう駄目《だめ》か、と母は思ったそうですけど、幸いにして生き残りました。熱が引いたとき、わたしは不思議そうな顔で『知らないひとの声が聞こえる』っていったそうですよ。それから、です。急にいろいろなものがわかるようになっちゃいました」

「精霊憑《せいれいつ》きか？」

「かも、しれません。それから、いろいろと才能が伸《の》びました。でも、伸びすぎたんですよね。とくに魔術師として」

神童、といってもさまざまだ。

精霊憑きとは、ヒトならざる存在がヒトにとり憑く現象全般《ぜんぱん》を指す言葉である。

とり憑いた存在が善《よ》いものであることも、悪いものであることもある。場所によっては、精霊憑きというだけで迫害《はくがい》の対象になることもあるらしい。

もっとも、この帝国では、ただ精霊憑きというだけならなんの問題もない。

国是《こくぜ》が「使えるものはなんでも使え」だからなあ。それが善いもの、と判断すれば、そんなに目くじらを立てられることはないのである。

「で、母が亡《な》くなったあと」

待て、親が亡くなったという話、初耳なんだが？

と思ったのだが、そこはするっと流された。

「父が、正妻の子とモメると困る、ってことで」

だから帰って来るな、か。貴族っていうのもたいへんだ。

「それで、帝都の学院に？」

「ええ、父はちゃんと学費は出してくれましたし、本を買うお金も、たっぷり。いくらでも勉強しろって。そのかわり、絶対に領地に戻《もど》って来るなって。卒業のときにも、わざわざ遠いところの就職先をいくつか紹介《しょうかい》してくれたんです。辺境伯《はく》の教育魔術師とか、異国の宮廷《きゅうてい》魔術師なんてものもありましたねえ」

「それを蹴《け》って、おれなんかの弟子になるとはね」

そう呟いたところ、ジト目で睨《にら》まれた。

「師匠、自分を卑下《ひげ》するのはやめましょうよ。弟子のわたしが悲しくなります」

「いや、でも狙撃魔術師が底辺なのは事実だからな」

「必要なお仕事です」

少女は、ぷくっと頰《ほほ》を膨《ふく》らませる。

うーん、そういう話をしているんじゃないんだけどなあ。

こいつは魔術師としては非常に優秀《ゆうしゅう》だ。

伊達《だて》に、学院を飛び級で卒業していない。

たいていの基礎《きそ》魔法を完璧《かんぺき》に扱《あつか》ってみせるし、応用だって上手《うま》いし、扱える魔力の量も多い。

たとえば治療魔法を使って治療院で働くだけでも、毎日、多くの人を救えるだろう。

石を変形させたり土を掘《ほ》る魔法を使って土木魔術師として活躍《かつやく》すれば、ひとりでこの町まるまるをつくることができるに違いない。

発想が豊かで理論の修得も完璧だから、研究者になるという手もある。

狙撃魔術師が魔術師界隈《かいわい》で底辺、といわれるのは、魔術師としての才能に溢れた者たちなら、わざわざ狙撃魔術師にならずとも多くの人の役に立てるからだ。

狙撃魔術師にとって重要なのは、魔法の腕でも魔力の量でもない。動かずにじっと魔力タンクに魔力を溜《た》める根気と、それを敵に悟《さと》られない用心深さ、そして狙撃の腕である。

狙撃魔術師としての優秀さと魔術師としての腕の良さは無関係なのだ。

だから、彼女がいかに優秀な魔術師であろうとも、狙撃魔術師としての優秀さはまったく担保されていない。

おれが恐《おそ》れるのは、おれごときの指導によって彼女の才能を腐《くさ》らせてしまうのではないか、という点である。

彼女もそれは承知していて、それでも、と願い出ているわけではあるのだが……。

「師匠、また難しい顔をしてるー。どーせ、わたしのことで悩《なや》んでるんですよね。わたしも罪な女です」

「使われない才能を罪というなら、まあ、だいたい合ってるな」

「あそこで土下座してるひとは、別に才能があるから五叉してたわけじゃないですよね。あ、六叉ですっけ」

五人の女たちが、代わる代わる、土下座するジェッドの腹に蹴りを入れていた。

ごす、ごす、と鈍《にぶ》い音が酒場に響《ひび》く。

「性格も才能のひとつだろう」

「女癖《ぐせ》も才能なんですかね」

「女を口説くその口で依頼人も上手く口説くからな……。あいつがチームにいると万事円滑《ばんじえんかつ》に進むそうだ。交渉役《こうしようやく》だな」

交渉だって、立派な技能だ。狩猟ギルドのギルド員は、ただでさえ口下手だったり柄《がら》が悪かったりで、交渉が苦手な者ばかりである。

おれだって、正直、交渉なんてろくにできない。

赤竜《せきりゆう》退治のときだって、上手く交渉していれば、もっと大金をせしめることができていたに違いなかった。

いまでも充分な金は貰《もら》っているから、それは別にいいんだが……。

「なにを隠そう、わたしも交渉は得意なんですよ！」

「おれを相手にはごり押《お》ししかしていなかった気がするが……。いや、おれの弟子だと偽《いつわ》って、メイテルさまをだまくらかしてたな、そういえば」

「その節はたいへんご迷惑《めいわく》をおかけしました！　また土下座しましょうか？　お腹《なか》にケリ、入れますか？」

「しなくていいし、ケリは入れない」

近くの卓《たく》に給仕《きゅうじ》しに来たウェイトレスの少女、テリサちゃん十二歳が、おれのことをジト目で睨んできた。おれは慌《あわ》てて、リラの言葉を否定する。

「うちの業界、弟子にケリを入れるくらい、普通《ふつう》じゃないですか？」

「そんな古い徒弟《とてい》制度がまだ残ってるのか？　いや、そういえば学院にいたとき耳にしたことはあった気がするな……」

「聞きますよ、結構。若い女だとみるや、妾にしてやるとかいい出す教授とか。わたしみたいな貴族の子女は大丈夫ですけど」

「後ろ盾《だて》がないやつが狙《ねら》われる、ってわけか。世の常とはいえ、嫌な話だ」

そうこうするうち、なおも土下座しているジェッドの周囲を女たちがぐるぐるまわりはじめた。

異教徒の怪《あや》しい儀式《ぎしき》みたいだな。

「なんにせよ、うちの一門は暴力反対の方針でいく」

「一門ということは、弟子を増やすんですか？　わたしのことは遊びだったんですね⁉」

「増やさないから安心しろ。あと、あそこの異教徒じみた連中の真似《まね》はやめろ」

女たちはジェッドのまわりをぐるぐるしながら、時折、尻《しり》や頭に蹴りを入れている。

と──そのうちのひとりが、ジェッドのそばにしゃがんで、彼の耳もとでなにごとか囁《ささや》いた。

ジェッドが顔をあげ、ぱっと顔色を明るくする。

その女は、にっこりと笑ってジェッドに抱きついた。

「師匠、話は変わりますが」

「なんだよ」

「学院で、洗脳の技術について習ったんですよ。特別講義だったんですけど。はじめは厳しくして、相手が参ったところで優《やさ》しい言葉をかけるんですって」

ジェッドは女と抱き合い、涙《なみだ》を流していた。ほかの女たちも、ジェッドを代わる代わる抱きしめ、愛の言葉を囁いている。

「ところでさ、リラ」

「はい」

「いまも、その……五歳のころの声ってのは聞こえるのか？」

リラは、にっこりとした。

「さて、どうでしょー」

「師として気になるところなんだが？」

「あ、ごめんなさい。特に……最近は、聞いてないです」

「そうか。なら、いい」

ジェッドと五人の女性がかたく抱き合い、連れ立って酒場を出ていく。

酒場にいた全員が、深く安堵《あんど》するように息を吐《つ》いた。

「この町は平和だな」

「ええ、平和ですね」

おれとリラもうなずき合い、喉《のど》に酒を流し込む。

なんでもない、秋のとある午後であった。

◆

「ところで、ご主人さま。ひとつ誤解を解かなければなりません」

「誤解？」

おれは、宿の一室で、カラスの使い魔ということになっている存在、ヤァータと語り合っていた。

弟子をとることになった、という話の続きである。

「ご主人さまの狙撃について、です」

「ああ、いつもおまえが補正してくれるから、こうして必中を続けていられる。今回は、一撃《いちげき》で相手を倒すことができなかったが……それは、単に威力《いりょく》不足だったというだけのことだ」

「そうではありません、ご主人さま」

カラスはゆっくりと首を横に振った。

「わたしはご主人さまの狙撃の手助けをしていますが、その大半は、ご主人さまが頭のなかで自主的に補正している内容を改めて口にしているだけです」

「どういうことだ？」

「ご主人さまは、ご自分のちからだけで、百発百中の狙撃を成功させているということです」

意味がわからない、というほどではなかった。

昨日、ヤァータと思考をリンクした際、おれは一時的に驚異《きょうい》的な演算能力を取得した。その過程で改めて、己《おのれ》の射撃《しゃげき》までのプロセスを再検討できていたからだ。

おれはずっと、自分ひとりでは狙撃が成功しないと思っていた。

あの日、あのとき、致命的なミスをして狙撃を失敗し、彼女を失って以来、己の腕にまったく自信を持てなかった。

だから死に物狂《ものぐる》いで鍛錬《たんれん》を続けた。二度と過《あやま》ちを繰《く》り返さないために。

「ご主人さまは、日々欠かさず、狙撃魔法の訓練を行ってきました。ご主人さまの狙撃の腕は、あの日とは比較《ひかく》にならないほど向上しております。いつしか、わたしの補助など必要ないと思えるようになっていました」

「そう、なのか」

「それでもわたしの言葉が必要であるというのならば、それはご主人さまが、わたしに見守られていることを心強いと感じているからでしょう。奉仕者《ほうししゃ》として、とても喜ばしく思います。それでこそ、お仕えする甲斐があったというものです」

「口が減らない自称《じしょう》奉仕者め」

「無論、それ以外にも、わたしがご主人さまのお役に立てることはさまざまにございます。この一点をもって、わたしの奉仕者としての価値が著《いちじる》しく減少するということはないでしょう」

「自画自賛はやめろ」

「己を客観的に評価する機能に優《すぐ》れていると自負しております」

えっへんと胸を張るカラスを、おれは冷たい目で眺めた。

「それをいま、おれに伝えることになんの意味がある？」

「ご主人さまが弟子をとるというのなら、まずはご主人さまがご自分を客観的に観察する必要があるのではないかと」

「それは……そうかもしれないが」

未《いま》だにわからない。おれが彼女になにを教えられるだろうか。

だが、これをきっかけに己をみつめ直せ、という口やかましい使い魔もどきの直言は、一考に値《あたい》するものであった。

十五年間、逃げ続けてきたことに対して向き合うという行為《こうい》には、多大な勇気と、ちょっとしたきっかけが必要だったのだ。

「おまえの言葉を素直《すなお》に信じるなら、狙撃の精度の向上なんて、反復練習しかないんじゃないか」

「加えて、健康な肉体の維持《いじ》ですね。そちらに関しては、わたしが責任を持って、ご主人さまの体内に投入した端末《たんまつ》を用い、健康な状態を維持しております」

「前にいっていた、目にみえないほど小さいおまえの使い魔がおれのなかに無数にいる、って話か。気味が悪いな」

「生理的な嫌悪《けんお》感は、とうに克服《こくふく》したものかと」

「他人に説明する気にはならない、という意味だ」

「もっともですね。この星の知性体には無数の偏見《へんけん》と誤解と無知が広がっており、それを一朝一夕《いっちょういっせき》に克服させることは極《きわ》めて困難です。やりがいのある仕事であると認識しております」

「やめろ。それはおまえの仕事じゃない。勝手におれたちの認識を操《あやつ》ろうとするな」

油断すると、すぐ余計なことをしようとする。

これだから、こいつを野に解き放つ気にはなれないのだ。


ある日おれは、リラを伴《ともな》い森に分け入った。

「みせておきたいものがある」

彼女にそう告げての、森での狩《か》りである。

おれは森の浅層で愛用の長筒《ながつつ》を構え、茂《しげ》みに身を隠す。今回、魔力タンクは持ってきていない。大物を退治するのでなければ、あんなものは必要がないからだ。

最初に狙《ねら》った獲物《えもの》は、子兎《こうさぎ》だった。

数十歩の距離《きょり》で警戒《けいかい》しながらぴょこぴょこ動いている子兎に長筒の先を向ける。

よく狙って、引き金を引く。

一撃で、子兎の頭部を吹き飛ばした。

次は、小鳥だ。

高速で宙を舞《ま》う小鳥を、これも一撃で仕留める。

思った以上に、上手くいった。ヤァータの指摘《してき》の通り、おれの狙撃の腕はこの十五年間で飛躍《ひやく》的に向上していたのだ。

「師匠、すごい、すごい！　魔法の補助もなしで、こんなに当てられるなんて本当にすごいよ！」

「おれひとりじゃ、魔法の補助すらできないというだけだ。ヤァータがいないと、おれは本当に、狙撃以外役立たずの魔術師なんだよ」

空をみあげる。木々の天蓋《てんがい》の向こう側で、いまカラスに擬態《ぎたい》した存在は優雅《ゆうが》に宙を舞っているはずだ。

「ちなみに、リラ。おまえなら、どうやってあの距離の的に当てる？」

「どんな魔法を使ってもいいなら、誘導弾《ゆうどうだん》を使うかなあ。高速の分裂《ぶんれつ》弾をまき散らすとか、あっ、あと手っ取り早く爆発《ばくはつ》魔法で吹き飛ばすとか！」

「そうだな。それが普通だし、優秀な魔術師にとっては、いちばん楽な方法だ。天才ならもっと簡単な方法がいくらでもある。わざわざ、こんな狙撃の腕を磨《みが》くことに意味はない」

「でも、一部の魔物とか悪魔が相手なら違う。そうでしょ？」

「普通の人間は、そんな化け物と戦う必要なんてない」

「でもわたしは、襲われたんだ。悪魔を相手に、結界を張って閉じこもることしかできなかった。友《とも》達《だち》が殺されても、わたしはただ震《ふる》えているだけだった」

リラは真顔でおれをみあげる。

ちいさな身体《からだ》が、小刻みに震えていた。

「わたしはね、師匠。わたしができないことをできる師匠のことを、本当にすごいと思うんだ。弟子入りする理由は、それだけじゃ駄目かな」

「これはおれが何年もかけて磨いてきた、ただの技術だ。上手く伝えられるかはわからない。おれはひとにものを教えたことなんてないんだ。すべてが手探《てさぐ》りになる」

「じゃあ、ふたりでいっしょに、教え方から学んでいけばいいいね」

にぱっ、とリラは、花が咲《さ》いたように笑った。

おれは一瞬《いっしゅん》、固まってしまった。

この少女は、彼女とはなにもかもが違う。髪《かみ》の色も目の色も、顔のつくりも、身体つきも、声色《こわいろ》も、彼女とは似ても似つかない。

なのにいま、おれはこの少女の笑顔に、彼女の笑顔を重ねてしまった。

いや、と首を横に振る。きょとんとしている少女に「そうだな」とうなずいてみせる。

平然とした態度で、立ち上がる。

「それじゃあ、まずは基礎から始めてみるか」

「はい、師匠！」

元気よく返事をする少女を、もういちど眺める。

やはり、そのどこにも彼女の面影《おもかげ》などなかった。

ただの気の迷いだ。

――――???

でもね、師匠。

わたしは、あのひとをみあげて心のなかで呟く。

生まれ変わりって、あると思う？

わたしのなかの誰《だれ》かが、わたしに対して囁いてくるなんてこと、あると思う？

わたしは、リラは考える。

この心のなかで訴《うった》えてくる声はなんなのかと。

生きていてくれてよかった、と安堵する声はなんなのかと。

もっとあのひとのそばにいたい、と感じる気持ちはなんなのかと。

――ぼくは、あなたが好き。

声が、いう。うるさい、と。その声を振り払うように、わたしは朗《ほが》らかに笑ってみせる。

いまを生きているのは、わたしだ。

ぼく《あなた》なんかじゃない。

でも。それでも。ねえ、師匠。

こんどは、わたしが師匠を守る番だよ。

天をみあげる。

師匠にとりつく悪い虫が空を舞っているのが、強化した視覚を通して認識できる。

わたしが、あれをなんとかしてあげるから。

いつか、追い払ってあげるから。
そうして、師匠はこんどこそ自由になって。
ぼくは……。
だから、師匠《あなた》、もう少しだけ、待っていてね。

第二話　雪国の魔女

おれの知る世界とは、せいぜいが大陸中西部を支配する帝国《ていこく》とその近隣《きんりん》国家までである。

賢《かしこ》い我《わ》が相棒、使い魔のカラスのフリをしたモノ、すなわち星の彼方《かなた》から来たナニカを名乗るヤアータによれば、大陸はここ以外にも複数存在し、広大な海原《うなばら》には無数の島々が点在しているという。

さらに天上には、もっとずっと広い世界があるのだとか。

もっとも、人類がそんなところまで到達《とうたつ》するには、ヒトの寿命《じゅみょう》の何倍もの歳月《さいげつ》が必要だろうとのこと。

おれが知る大地なんて、こんなちっぽけなものだ、と知らされても……まあ、そんなものかなと思ったものだ。

ただ、人類の天敵たちがどこからともなくやってくる理由が納得《なっとく》できたのも事実である。

竜《りゅう》、悪魔、大魔獣《まじゅう》、そのほかさまざまな、規格外の存在たち。

普通《ふつう》の人類ではただ狩《か》られるだけの、圧倒《あっとう》的強者たち。

彼《かれ》らに対抗《たいこう》するために、人類は技術と魔法を磨《みが》いてきた。

およそ三十年前に誕生した狙撃《そげき》魔法も、そうした技術と魔法の粋《すい》のひとつだ。狙撃魔法を用いてきっちりと決めきれば、まず間違《まちが》いなく、これら規格外の存在を仕留めることができる。

問題は、その決めきる、ということの困難さにあった。

狙撃の失敗は、多くの場合、狙撃者の命で贖《あがな》うこととなる。

更《さら》には、うまく獲物《えもの》を仕留めても、その名声は貴族や国が持っていってしまうことが多い。

宮仕えならともかく一匹狼《いっぴきおおかみ》の身分で、彼らの面子《メンツ》のために命を懸《か》けるというのは、いかにも馬鹿《ばか》馬鹿《ばか》しいことであった。

故《ゆえ》に、狙撃魔術師はひどく不人気なのだ。

それでもおれが狙撃魔術師を続けているのは、生きていくためにはそれしか手段がないから、というのがひとつ。

相棒であるヤァータの能力が、狙撃の確実性を高めることに極《きわ》めて適しているというのがもうひとつだ。


帝国では、そろそろ秋も終わろうというころ。

おれは弟子《でし》のリラを連れて、北方の小国メラートに向かっていた。

この地では、すでに本格的な冬が到来している。

街道《かいどう》は高く降り積もった雪に埋《う》まっていた。

この地の特有の兜鹿《かぶとじか》馬車でなければ、町と町との移動すら困難なのだ。全身、真っ白な毛に覆《おお》われた兜鹿は、頭の上にのった角が内側に折れ曲がって兜のような天蓋《てんがい》をつくる、この地方の固有種だ。積もった雪の上を滑《すべ》るように走ることができる。

おれたち師弟《してい》は、この特異な馬車に乗ることで、短期間でメラートの王都にたどり着くことができた。

馬車から降りた途端《とたん》、強い吹雪《ふぶき》がおれとリラを襲《おそ》う。

岩熊革《いわくまがわ》の外套《がいとう》のおかげで身体《からだ》のなかは温かい。

とはいえ、厚手の手袋《てぶくろ》をつけていても、手がかじかむほどである。

カラスの使い魔のフリをしているヤァータは、おれの外套の肩《かた》にちょこんと留まり、平然としていたが……こいつはそもそも、規格外の生き物だからなあ。

「ひゃーっ、寒いですねえ、師匠《ししょう》！」

そして、十五歳《さい》の弟子は元気いっぱいであった。素手《すで》で雪を握《にぎ》っては「ひゃっこーい」と笑い、新雪の一帯をみつけては無防備に足を踏《ふ》み入れて、その下の泥沼《どろぬま》に落ちかける。

好き勝手にさせているのは、たいていの危険であれば彼女《かのじょ》が独力で切り抜《ぬ》けられるからだ。

いまも泥沼に落ちかけたとたん、浮遊《ふゆう》の魔法で足ひとつ、ふたつぶん宙に浮《う》き、「うわーっ、あっぶないですねえ！」とけらけらしている。

帝国の町ならば周囲の迷惑《めいわく》になるから止《や》めさせるところだが、この王都を囲む高い壁《かべ》の内側は、昼間だというのにひどく閑散《かんさん》としていた。

分厚い毛皮の防寒服を着て大通りを行き交《か》う人の数は少なく、彼らの表情は暗い。

情報通りといえば、情報通りである。

まあ、そもそも狙撃魔術師のおれが仕事でここにいる、という時点で、尋常《じんじょう》ではない問題が持ち上がっているということなのだが……。

馬車の御者《ぎょしゃ》から聞いた道を辿《たど》って、この町の狩猟《しゅりょう》ギルドに赴《おもむ》く。

四階建ての家屋に囲まれた、みすぼらしい平屋の酒場が、それであった。

十人も入ればいっぱいになりそうな店内には、ひとりも客がいない。

カウンターで暇《ひま》そうにしていた髭面《ひげづら》の中年男に話しかければ、男は不機嫌《ふきげん》な顔で「おれがギルド長だ」と返してきた。

おれは自己紹介《しょうかい》と共に、エドルのギルド長からの紹介状を渡《わた》す。

羊皮紙の文字を眺《なが》めたあと、ギルド長を名乗った男は、おおきく目を見開いて、紹介状とおれを交互《こうご》に眺めた。

「おまえが、噂《うわさ》の魔弾《まだん》の射手か」

なんだ、それは。

おれの異名なのはわかるが、初めて聞いたぞ。

「噂がどこでどう広まっているかは知らないが、その紙に書いてある通りだ。仕事をしに来た」

「赤竜退治の狙撃屋の話は、ギルド長の間じゃだいぶ有名だ。あんたが来てくれたなら、頼《たの》もしい」

「あれは国が総力をあげて支援《しえん》してくれたからできた仕事だ。おれひとりで退治できるような相手じゃなかった」

「それなら、期待してくれていい。メラートの王家は、存亡をかけて死力を尽《つ》くすだろう」

そうならいいんだがな、とおれは思ったが、口には出さなかった。狙撃魔術師が雇《やと》い主の不義理でひどい目にあう話は、枚挙にいとまがない。

「宿はこちらで用意しよう。王宮に渡りをつける。明日の朝には動けるよう、段取りを組む」

「早いな」

「ここに来るまで、通りをみただろ。例年じゃ、いまの時期にここまで冷え込《こ》まない」

「そう、だろうな」

「異変には、もう皆《みな》が気づいている。耳のいい商人は、我先にと逃《に》げちまった」

まあ、そんなものだろう。ほかの町、ほかの国でも生きていける者たちは、危機に際して真っ先に逃げる。まるで鼠《ねずみ》のように素早く。

最後まで踏みとどまるのは、逃げるあてもない者たちだけだ。

あとはまあ、自殺志願者とか、その地によほどの愛着がある者とか、逃げることを恥《はじ》と信じるような者たちか。王家のような存在は、この最後の部類に当たる。

名誉《めいよ》のためなら命を散らすことも厭《いと》わない連中だ。貴族社会とは、まことに厄介《やっかい》なものなのである。

おれとしては、報酬《ほうしゅう》が支払《しはら》われるのであれば、それでいい。

「魔弾の射手、部屋はひとつでいいか？」

「ふた部屋だ」

おれは後ろの弟子を振《ふ》り返った。リラは、きょとんとして小首をかしげる。

「ひと部屋でいいですよ。馬車ではいっしょに寝《ね》たじゃないですか」

「仕事の前の段取りがある。邪魔《じゃま》をされたくない」

「えーっ、わたしは邪魔だってことですか！」

「そういっているんだ」

少女は、頬《ほほ》をふくらませておれをみあげ、無言で抗議の意を示してくる。

おれは無視して、もういちど、部屋ふたつを頼んだ。

「わかった、わかった。あんたの流儀《りゅうぎ》に従うさ」

「あと、このあたりの地図があれば、いまのうちに頼みたい」

「それも用意しよう。ほかにあるか？」

「充分《じゅうぶん》だ。助かる」

ギルド長はうなずき、「なんでもいってくれ。ちからになろう」と約束してくれた。

「なにせ、店はみての通りの状態だ」

「狩猟ギルドのギルド員には、緊急《きんきゅう》時の招集《しょうしゅう》義務があるはずだが」

「その義務に従うような生真面目《きまじめ》なやつは、最初の作戦でさっさと死んださ」

男は、苦虫を噛《か》み潰《つぶ》したような顔でそういった。

「雪魔神に殺されてな。残りは逃げた」


あてがわれたのは、本来ならば貴族や金持ちの商人が泊《と》まるような高級宿であった。

寝室《しんしつ》のほか、従者用の小部屋や応接室がある広い部屋に案内されたおれは、これならばリラと同室にするべきだったかと少し考え、首を横に振る。

どのみち、弟子である彼女にも秘密にしたい事柄《ことがら》が存在するのだ。

ヤァータがおれの肩を離《はな》れてぱたぱたと飛び、白い布が敷《し》かれたテーブルの上に降り立つ。我が相棒は、かぁ、とひとつ鳴いたあと、こちらにくるりと振り向いた。

「偵察《ていさつ》の結果を教えてくれ。おまえの分身体は、すでに雪魔神を捕捉《ほそく》しているんだろう?」

「分身体ではなく子機《ドローン》です、ご主人さま。周囲が強く吹雪《ふぶ》いているため、映像データは取得できませんでした。熱量から推察するに、あなたがたが雪魔神と呼称《こしょう》する個体は、現在、北方の山の中腹で静止状態にあります」

「動いていないのか。眠《ねむ》っているのか?」

「熱量はゆっくりと増大中です。待機状態でエネルギーを蓄《たくわ》えていると思われます」

「魔力を充填《じゅうてん》しているのか。どれくらいで動き出す?」

「不明。データが不足しています」

おれはため息をつく。

そもそも、この魔物の記録はひどく少ないのだ。

「ですが周囲の吹雪も雪魔神が発生させている現象と考えるならば、あれがこの都市の北部に停滞《ていたい》しているだけで、ほどなく都市の正常な運営に致命《ちめい》的な支障が生じることでしょう」

「雪魔神は、狩猟ギルドの記録上、二十七年前と七十一年前に出現している。どちらも、討伐《とうばつ》に際して多大な犠牲《ぎせい》が出た」

「はい。狩猟ギルドからご主人さまに開示されたデータは少なく、討伐後に死体が残ったのかどうかすら不明です」

「外見すらわからないのは、狙撃する側にとっては大問題だ。せめて魔臓の位置だけでも特定でき

れば な……」

そこが、雪魔神という魔物の厄介なところであった。

狩人《かりゅうど》は、吹雪で視界が遮《さえぎ》られ、強風により動きも制限された状態で、姿もみえぬ魔物と戦うこととなる。メラートの騎士《きし》団は充分な寒中装備を調《ととの》えて雪魔神が発生したと報告のあった雪山に挑《いど》んだが、あえなく壊滅《かいめつ》したとのことだった。

狩猟ギルドの腕《うで》利きたちもこのとき同行し、やはりほぼ全滅の憂《う》き目にあっている。

その後も何人かの狙撃魔術師が雪魔神に挑み、これまた失敗している。

ここまで、およそ二十日。

王家は独力での対処を諦《あきら》め、国外からとびきりの狙撃魔術師を呼ぶことを決断した。

そうしてやってきたのが、このおれである。

「雪魔神と呼ばれる存在は、いったいなんなんだ。見当がつくか？　そもそも、なんで今回、この国の山にあんなものが発生した」

「発生した、という表現は的確ではありません。あれは北方に棲息《せいそく》する、れっきとした生き物です。吹雪のなかに隠《かく》れているため、その生態までは解析《かいせき》できておりませんが、衛星からのデータによれば、およそ七百個体が北の大陸に棲息しています」

「七百体……。あんなものが、何百もいるのか。いや待て、北の大陸？　初耳だ。帝国は把握《はあく》しているのか？　おまえがいうなら、そうなんだろうが」

それにしても、あれが北の大陸に数多く棲息しているということは……。この王都のそばに出現したあれは、北の大陸からなんらかの方法で海を渡ってきた、ということだろうか。

雪魔神の目撃《もくげき》数が少ない理由は、本来はこの大陸に棲息していない魔物であるから。

北からたまたま流れ着いたのが、二十七年前と七十一年前であった、と……？

あんなものがたくさん棲《す》んでいるとなると、人類未発見の北大陸は、想像を絶する過酷《かこく》な環境《かんきょう》なのだろう。なにせ、たった一個体がこちら側まで彷徨《さまよ》い出てきただけで、国がひとつ傾《かたむ》いてしまうほどなのである。

「ご主人さまであれば、討伐は充分可能です」

「吹雪という壁をとり除くことができれば、だな。でなければ解析することも、狙撃を試みることすらできない、と」

ヤァータが相手を解析するためには、このカラスの身体か、こいつが生み出す分身体《ドローン》か、あるいははるか天上にいるというヤァータの大型分身体が対象を視認する必要があるらしい。

雪魔神が常時まとっている吹雪によって、現状ではその解析が不可能なのである。解析によって相手の魔臓が判明しなければ、一回の狙撃で相手を仕留めることは難しい。

「当該国《とうがいこく》が吹雪を晴らし、狙撃可能な状態にするというのが契約《けいやく》の条件でしたね。彼らが失敗しなければ、なんの問題もありません」

他人に対する期待値が高いカラスだな、とおれは内心でため息をつく。

ただでさえ、この国はすでに高い犠牲を払っているのだ。このうえ、騎士や貴族の生き残りの者たちが、吹雪を除去するためにどれほどの献身《けんしん》をするだろうか。

いや、そもそも、吹雪の除去などという所業が可能なのだろうか。

「引き続き、分身体《ドローン》の方で監視《かんし》を頼む」

「承《うけたまわ》りました、ご主人さま」

まあ、いい。

おれは魔道ランプの明かりを消して、さっさと眠りにつくことにした。

これ以上は、明日、打ち合わせの結果次第《しだい》で考えればいいことである、と……。

翌日、宿で朝食をとって狩猟ギルドに赴くと、そこにはすでに、王家からの使者が待っていた。

いや、正確には使者ではなく……。

「久しぶりね、リラ。初めまして、魔弾の射手。高名なあなたを我が国にお迎《むか》えできて、たいへん嬉《うれ》しく思います」

「せ、先輩《せんぱい》？　ジニー先輩ですよね⁉」

「まわりにひとがいるときは、王女殿下《でんか》と呼んでね」

「え、えええ⁉」

悪戯《いたずら》っぽく片目をつぶる、どうやら我が弟子の知り合いらしき人物がいた。

ジニーと呼ばれた人物は、銀髪《ぎんぱつ》赤眼で、黒いドレスに身を包んだ、十七、八とおぼしき若い女である。

帝国の北方に位置する小国、メラート。

北におおきな山脈を抱《かか》え、寒冷な土地は痩《や》せていて、食料の半分以上を輸入でまかなっている。それでも国が成り立っているのは、優秀《ゆうしゅう》な鉱山を多く確保しているおかげだ。

ところが近年、特に主要輸出物である鉄と銅の産出量が減少の傾向《けいこう》にあるという。王家は、次世代の産業を振興《しんこう》するため、さまざまな事業に手をつけているとか。

事業の音頭《おんど》をとる者には、深い知識が必要だ。魔術師として優秀であれば、なおよろしい。魔法とは、森羅万象《しんらばんしょう》を探究する学問でもあるのだから。

そうして白羽の矢を立てられたのが、メラートの歴代でも屈指《くっし》の才女と謳《うた》われた、当時の第七王女である。物心つく前から魔法の才を発揮し、五歳のころから書庫に入り浸《びた》り、七歳にして大陸における教養の基礎《きそ》たる六経典をそらんじるに至った人物だ。

彼女は十二歳のとき、大陸の魔術師の学問の府として名高い帝国の帝立学院に入学した。勉学に励《はげ》み、魔法研究の最先端《さいせんたん》に触《ふ》れ、教授たちも目を瞠《みは》る数々の論文を発表した。

そうして、当時最短記録である五年で、かつ首席で卒業し、自国に戻《もど》ってきた。

一年と少し前のことである。なお翌年、リラとかいう才気溢《あふ》れる後輩《こうはい》が、過去の記録を塗《ぬ》り替《か》えたったの三年で卒業していたりする。

で、この第七王女と、我が弟子たるリラ。

両者には親交があったものの、後輩のリラは親しい先輩の素性《すじょう》を知らなかった。

メラートの第七王女は、万一の場合を考えて、偽名《ぎめい》で学院に通っていたからである。他国とはいえ王族という立場を隠しておいた方が、なにかと動きまわりやすいということもあっただろう。

リラにジニーと呼ばれた彼女の本来の名は、ジルコニーラ。正妻の唯一《ゆいいつ》の娘《むすめ》にして、現在は王位継承権《けいしょうけん》第三位を持つ、メラートの至宝と呼ばれる人物であった。

というようなことを、ジルコニーラ王女殿下が自ら説明してくれた。

狩猟ギルドの奥《おく》の部屋、特別な場合にだけ使われるという防諜《ぼうちょう》の結界が張られた特別応接室で、ふかふかのソファに腰《こし》を下ろしてのことである。

おれとリラの対面に腰を下ろした王女殿下は、自らを「雪解けの清流のごとく澄《す》んだ頭脳」とか「メラートが生んだ至高の存在」などと形容しつつ、前述のような解説をしてくれたのだった。

ちなみにギルド長は、彼女をおれたちに押《お》しつけて安心したのか、外で見張りに立っている、といって部屋には入って来ていない。

おれたちの他には、王女の護衛としてついてきたふたりの男性騎士が、両手を後ろに組んで、無表情で彼女の後ろに控《ひか》えていた。

さて、王女の話がどこまで本当なのか。ちらりと横の弟子をみれば。

「本当に先輩だ……。こんなに陶酔《とうすい》した言葉で自分を形容しまくるひと、ほかにいないもん」

「そこが判別点なのか」

「そっくりさんでも、どんな魔法で化けても、こんな言葉の使い方はごまかせないよ」

「それは、そうかもしれないな」

「そんなに褒《ほ》めなくても結構ですよ。天が遣《つか》わした人類最高の神秘たるわたくしとて、ギリギリでヒトの範疇《はんちゅう》ではあるのですから」

白磁のカップに優雅《ゆうが》に口をつけつつ、ジルコニーラ殿下はそんなことをおっしゃる。

ちなみに中身は、この地で採れた香草《こうそう》を使った、渋《しぶ》みの濃《こ》い茶である。おれとリラは少し口をつけたが、苦すぎてそれ以上飲むのを断念した。

この渋茶、新しい輸出産業の柱のひとつらしい。

前途多難《ぜんとたなん》な国だなというのが、正直な感想である。

「とは申せど、わたくしが学院を出た翌年に、リラ、あなたが一気に課題を片づけて卒業したと聞いたときには、少し自信が揺《ゆ》らぎましたよ」

「あ、やっぱりそこは揺らぐんですね」

「ですがわたくしの卒業論文は七つの魔術院で最優となりました。あなたは五つ。この差がなければ、心を病《や》むところでした」

「あはは……間違いなくジニー先輩だ。あ、いえ、王女殿下？」

リラが苦笑いしながら、頬をぽりぽり掻《か》く。

対する王女殿下は平然とした様子で、おれに視線を向けてきた。

「魔弾の射手殿《どの》。リラがあなたの弟子になったと聞き、驚《おどろ》きました。この子はよい弟子ですか？」

「できすぎた弟子ですよ。あと足りないものは、経験だけです」

「なるほど、わずかな間に。さすがですね」

王女は、リラに微笑《ほほえ》んでみせる。

「学院寮《りょう》の地下で共に暗黒魔法の対抗呪文《じゅもん》を学んだときも、彼女はわたくしより早くこれをマスターいたしました。ふたりで工芸魔法にひと工夫《くふう》を加え、動く絵画の展覧会を開いて、既存《きぞん》の前衛芸術家たちを卒倒《そっとう》させたのも、いまとなってはよい思い出です。新しい印刷魔法を用いて馬鹿と才人で別の文字が浮かび上がる本をつくり、図書館を慌《あわ》てさせたこともありましたね」

「なんとかと天才は紙一重《かみひとえ》、か」

「なにかおっしゃいましたか？」

「いえ、なにも」

王女は、こほんとわざとらしい咳《せき》をした。

「さて、魔弾の射手殿。事情については、お招きの際に添付《てんぷ》した資料がほぼすべてです。たいへん申し訳ないことに、雨上がりの蒼穹《そうきゅう》のように澄み渡ったこのわたくしの知性をもってしても、あの程度の資料しか作成できておりません。雪魔神という存在については、未《いま》だ判明していることの方が少ないのです」

「資料は拝見いたしました。実によくまとまっていたと思います」

乏《とぼ》しく曖昧《あいまい》な点の多い雪魔神についての情報のなかから丁寧《ていねい》に取捨選択《せんたく》され、注釈《ちゅうしゃく》がついた資料。

それに興味を惹《ひ》かれ、依頼《いらい》を受けたというのもある。

無論、報酬も魅力《みりょく》的であったし、現在の帝国近辺で、自分以外にこの雪魔神という魔物を退治できる狙撃魔術師がいるかとなると、なかなかに難しい問題といえるという事情もあるのだが……。

人助けが最優先とか、困っている者を見捨てられないとかいうわけではない。ただ、あいつが生きていたなら、きっと「やってみようよ！」と元気に手を挙げていただろうとは思うのだ。

重ねていうが、提示された金額もよかった。

誠意とは金である。

ことに雇われ者にとっては。

「この連日続く吹雪も、雪魔神の仕業《しわざ》であると判断できます。離れた山中にいながら、この都にまで影響《えいきよう》を及《およ》ぼしてくる。それがどれほどの魔力を要するのか、わたくしには想像することもできません。それほどの、ヒトとは隔絶《かくぜつ》したちからを持つ相手です。迂闊《うかつ》に兵を向けても無駄《むだ》であると、王に進言いたしましたが……。残念ながら、わたくしのちからが及びませんでした」

結果、貴重な兵と狩猟ギルド員、それに数少ないこの国の狙撃魔術師を失ってしまった、とのことだ。彼らを止められなかったことを、心の底から悔《く》やんでいる様子であった。

「実際にひと当てしての情報は貴重です。先人の犠牲は無駄ではなかったと考えましょう」

「気休めですが、そう思うことにしております」

王女は、ため息をついた。ほんの少しだけ、疲《つか》れた顔をみせる。

だが、すぐに朗《ほが》らかに笑ってみせた。

一瞬《いっしゅん》だけ剥《は》がれた仮面を、ふたたびかぶってみせたのだ。

多くの騎士を失い、狩猟ギルドも壊滅状態となり、残った民《たみ》も不安と寒さに怯《おび》え、震《ふる》えている。

そんな祖国の窮状《きゅうじょう》に、彼女はひどく心を痛めている。

同時に、必要とあらば彼らを死地に送ることが為政者《いせいしゃ》の務めだとも心得ている。

仮面をかぶり、己《おのれ》自身を鼓舞《こぶ》している。

根本的に、善良な心の持ち主なのだろう。

リラが親しくしていた先輩、というだけはある。

もっとも、これとて王女がおれに同情心を抱《いだ》かせ懐柔《かいじゅう》するための手管のひとつかもしれない。

貴族たちの交渉術《こうしょう》には、なんども苦い思いをさせられてきた。

彼らは交渉という武器で苛烈《かれつ》な上流階級の戦いを生き抜いてきた、その方面の専門家なのだ。

リラも、親が貴族であるとはいえ、こいつ本人はそういった権力争いの場から早々に遠ざけられてきた。

まあ、目の前の王女を疑うことに意味はない。

この国の王族は、人々は、おれのちからを切実に必要としている。目的のためなら、きっとなんでもするだろう。

王女はテーブルに上質の羊皮紙を広げてみせる。

この地と北の山脈の細かい道まで詳細《しょうさい》に描《えが》かれた地図だ。

本来、これほど詳《くわ》しい地図は戦略資源である。それを国外の人物であるおれに惜《お》しげもなく開示するあたりに、彼女の覚悟《かくご》が窺《うかが》えた。

地図上に描かれた、とある山の中腹に赤い×印が記されている。

「雪魔神は、現在、この地点で停滞中と考えられます。停滞の理由は不明ですが、この場所から王都まで届くほどの激しい吹雪を発生させており、近づくこともままなりません。そもそもこの吹雪のせいで、我々は未だに雪魔神の姿を確認《かくにん》できていないのです。あるいは、記録上に存在する雪魔神とは別のなにかがあそこに居座っている可能性すらございます」

昨夜、ヤァータが飛ばしたドローンからの報告で知っていたが、とりあえずうなずいておく。

王女は話を続けた。

「そこで、まずは吹雪を払います」

「契約にもありましたが……。どうやって、それを行うのですか？」

「王宮の地下の祈祷《きとう》場で、十六人の魔術師が、昨夜より儀式魔法の詠唱《えいしょう》を開始いたしました。儀式魔法の発動は、明後日《あさって》の昼ごろになる予定です。この儀式魔法により吹雪を抑《おさ》えている間が、我々に残された唯一の攻撃《こうげき》の機会となりましょう」

なるほど、十六人がかりで、おおよそ三日をかけて詠唱する儀式魔法、か。

そうして得た膨大《ぼうだい》な魔力をもって、吹雪を押さえ込む。

この十六人は消耗《しょうもう》し、しばらく使い物にならないだろう。雪魔神との戦いに参加するなど、もってのほかだ。

貴重な魔術師を、ただ吹雪を払うためだけに使う。

この小国が用意できる、ただいちどだけの秘策であった。おれがこの地に到着《とうちゃく》するまでに、ここまでの準備を調えていたってことか。

上層部の仕事が速いのは、助かることだ。

「吹雪が停滞している間に目標の姿を視界に収め、解析を行います。可能であればあなたが狙撃、これを撃破します」

「おれはそれまでに、狙撃地点で魔力を溜《た》めておかなければならない、というわけですね」

「はい。狙撃地点は、ここがよろしいでしょう」

王女はペンをとり、隣《となり》の山の七合目あたりに黒い印を書き込む。

それも、リサーチ済みか。実際のところ、ヤァータの偵察でもいくつか狙撃に適した場所を割り出してある。そのうちの有力なひとつが、まさに王女が記した場所のあたりであった。

「この場所では、すでに簡易な防壁《ぼうへき》を構築、最低限の物資を運び込んであります。ですが実際に狙撃を行うのはあなたですから、もちろんほかの場所がよろしいということであれば……」

「ここで構いません。話が早くて助かります」

「結構です。準備が無駄にならなくて、なによりでした」

王女は、にっこりとしてみせる。

営業用の笑《え》みだが、その目はいっこうに笑っていなかった。

彼女は真剣《しんけん》に、最善を目指している。ならばその期待に応《こた》えてみせるのが、おれの仕事だ。

「問題は、これから向かったとしても、二日の充填で雪魔神を倒《たお》せるかどうか、だな」

「過去の文献《ぶんけん》から雪魔神の魔力強度を割り出しました。こちらを」

王女の合図で、騎士のひとりが新しい羊皮紙の束をとり出し、おれに手渡《てわた》した。

羊皮紙をぺらぺらとめくる。

数式と図表の塊《かたまり》で、頭が痛くなりそうだ。

横から、我が弟子がひょいと首を突《つ》っ込んでくる。

「リラ、わかるのか？」

「んー、これくらいなら。師匠、充分にマージンはとられてるよ。このデータが正しければ、仕留められるはず。でも……」

「どうした」

リラは、あれえ、と小首をかしげていた。

いったいどうしたっていうのだ。

「過去の討伐データ、参加人数と被害《ひがい》がおおきすぎるよね、これ。ねえ、先輩」

「ここでは、殿下、と」

「先輩殿下、これ、ここのところってどういうこと？」

寛大《かんだい》な王女殿下は、おおきなため息をついた。

「過去二回、雪魔神は討伐されております。どちらも帝都の狩猟ギルド本部に詳細が残っておりましたが……。特に初回は、討伐方法が不明、死体も残されたようですが、記録には残らなかった、と。狩猟ギルドと討伐した国との間で、なんらかの問題が生じたのですね」

「えーっ、そんなことあるんだ。何年前？」

「七十年以上も前のことです」

「それは、しょうがないか……。じゃあ、二回目は？」

「二十七年前です。こちらはある程度、まともな記録が残っておりますが……。数を頼みとした大規模な儀式魔法による爆撃《ばくげき》により、死体どころか周辺一帯が灰燼《かいじん》に帰したようです。前衛を囮《おとり》として、その前衛ごと焼き払ったとのこと。結果として、雪魔神とおぼしき存在の残骸《ざんがい》すら回収できませんでした」

「うわっ、えっぐ」

なるほど、そんなやり方であったから、おれが調べた限りじゃロクな資料が出てこなかった、ということか。

しかしこの王女は、コネと金を惜しまず使って、狩猟ギルドの本部が隠していた資料を手に入れてみせた。

政治力の差だ。おれにはないものである。

二十七年前の戦いに狙撃魔術師が参加していないのは、当時、狙撃魔術師の存在がまだほとんど知られていなかったからだろう。

知られていたとしても、充分なデータがない状態では、はたしてどれだけの活躍《かつやく》が見込めたか。

「その国のひとに話を聞くことはできなかったの？」

「雪魔神の討伐後ほどなく、国が滅《ほろ》びています。くだんの戦いにより国力がおおきく衰退《すいたい》し、民の蜂起《ほうき》を引き起こした末、外敵を招き、相次ぐ争いによってかの地は焦土《しょうど》と化しました。我々としても、このような方法は採用できません」

「よかったぁ。あ、うん、先輩殿下ならそんな無茶はしないと思ってた！　いたずらはするし大人の胃に穴を開けるのは得意だけど、ヒトをモノみたいに使うのは嫌《きら》いだもんね！」

「当然です。わたくしは夕焼けの空に輝《かがや》く一番星として時代の最先端を征《ゆ》く者、その矜持《きょうじ》として、このような無体は看過できませんとも」

「だよねー、それでこそジニー先輩！」

「そうでしょう、そうでしょう」

うんうんとうなずきあう、先輩と後輩。

おれは、王女の背後に立つ騎士ふたりの顔をちらりとみた。大人の胃に穴を開けるのが得意な人物に仕えるというのは、どんな心持ちなのだろうか。

なぜかふたりとも、おれと目を合わせたあと、そっと視線をそらした。

うん、なんとなくこのひとたちに同情したくなってきたぞ。

「ええと、師匠。自慢話《じまんばなし》、していい？」

「構わないぞ」

「あのね。わたし、学院の同級生のほとんどとは、話が合わなかったの。特に勉強のこととか、どうしてこんな簡単なことがわからないんだろう、ってよく思ってた」

「まあ、おまえはそうだろうな」

「上級生も、あんまり変わらなかった。わたしが勉強を教えてあげたら、なんでか怒《おこ》っちゃうから、もっと悪かったかもしれない」

「そいつらにも誇りがあったんだろう」

「いまなら、そういうのもわかるよ。でも当時は、不思議だったな。教授たちも、一部以外はそんな感じだった。絶対に間違ってる理論があるのに、間違いを指摘《してき》すると、顔を真っ赤にして怒鳴《どな》りつけてくるの」

「年をとるほど、間違いを認められないもんだ」

「ジニー先輩とは、初めて会ったときから、よく話が合ったんだ」

「そうか」

「だから、ふたりでチームをつくった。黎明の魔女団《ドーンオヴウィッチーズ》って、ジニー先輩が名前をつけた。最初は気に入ってたみたいだけど、だんだん恥《は》ずかしくなって、卒業するころは封印《ふういん》してた」

「誰《だれ》しも、若気の至りってのはある」

「ふたりで、いろいろやったよ。いたずらも、実験も、大暴れも、いっぱい。敵もたくさんできたけど、味方もいっぱいいた。とっても楽しかった」

「聞かせてくれるか。殿下の弱点は少しでも知っておきたい」

「えーっ、そういう風に使われたくないなあ。でも教えてあげる。まずはね、麻薬《まやく》商人の闇《やみ》金庫をみつけたときなんだけど……」

二日後。おれとリラは、雪を掘《ほ》ってつくられた狙撃用の穴倉のなかで、共に己の魔力タンクに魔力を溜めながら、じっとそのときを待っていた。

攻勢に転じる、そのタイミングを。

王家が雇《やと》い入れた精鋭《せいえい》魔術師十六人が、総力をあげて詠唱する儀式魔法、それが発動する瞬間を。

頭上を延々と吹《ふ》き抜ける吹雪が止む、そのときを。

雪魔神と呼ばれる存在が無防備になるタイミングを。

いまは吹雪に遮られているものの、それさえ止めば雪魔神が居座る山の中腹が見下ろせるはずの、隣の山の七合目あたりから、この二日間、ずっと待ち続けていた。

「師匠」

「どうした、リラ」

「本当に、わたしが撃《う》っていいの？」

今回、弟子のリラが雪魔神を射貫《いぬ》く役目を果たすことになった。

おれは万一の場合のサポートだ。

ここしばらく、リラは狙撃の鍛錬《たんれん》を積んできた。おれは彼女に、狙撃魔術師としての長年の経験から得たさまざまな技術を惜しみなく提供したのである。

彼女は狙撃魔術師の弟子としても優秀だった。

乾《かわ》いた土に水が染《し》み込むように、またたく間に狙撃魔術師としての勘所《かんどころ》を掴《つか》んでみせた。

鹿や熊などの簡単な生き物が相手なら、なんども狙撃を成功させた。

このあとも弱い獲物から順番にやらせてやりたかったのだが、狙撃魔術師として生きるならば、いつかは大物を相手にする必要がある。

それがいまだった、というだけのことだ。

雪魔神は、その身を包む吹雪さえとっ払ってしまえば、狙撃相手としては楽な方だと推測できた。

七十一年前も二十七年前も、反撃の魔法弾こそ苛烈であれど、その動きが素早いという報告はない。

魔力タンクに充分な魔力を込める技術が確立されたのが、およそ三十年前だ。

ほぼ同時に、狙撃魔術師という職業が生まれた。

雪魔神を狙撃魔術で相手にするのは、メラートのこの個体が初めてなのである。

もっとも、メラートがおれの前に雇った狙撃魔術師たちは、雪魔神をとりまく吹雪ごと強引《ごういん》に撃ち貫こうとして失敗し、反撃で全滅したらしいが……。

ジルコニーラ王女いわく。前任の指揮官は、狙撃魔術師というものの特性をまったく理解していなかったとのこと。

狙撃魔術師たちの方も、雪魔神を甘《あま》くみていたらしい。

結果、彼らは吹雪のなかから飛んできた魔法弾の雨を浴びて斃《たお》れた。

おれたちは、その轍《てつ》は踏まない。

儀式魔法によって視界を晴らしてもらい、万全《ばんぜん》の態勢で狙撃を敢行《かんこう》する。

念のため、穴倉の周囲には、三重の結界発生装置が設置されている。帝都の学院で試作された特別な魔道具を、王女のツテを頼《たよ》って入手したものであるらしい。

いまのリラは、狙撃の腕も申し分ない。

へんに緊張《きんちょう》したり、勇んだりしなければ。

「むぅ……ふぅ……」

リラはしゃがみこみ、下を向いて、おおきく息を吸っては吐《は》くことを繰《く》り返している。

汗《あせ》の滴《しずく》が、紅潮した少女の頬をしたたり落ちる。

「不安か」

「そりゃそうです！」

「天才なんだろ」

「勉強と実戦は違いますよ……。もし外したらと思うと、その」

「そのときはおれが仕留める。なんの問題もない。それとも、おれが信じられないか？」

「もちろん師匠を信じてます」

「なら、気楽にいけ。失敗するなら、いまだぞ」

「失敗しろってことですか？」

「それくらい、気楽にやれってことだ」

リラは顔をあげた。晴れた日の澄んだ空を思わせる双眸《そうぼう》で、おれを、まっすぐみつめてくる。

「はい、師匠っ」

少女は、元気にうなずいた。


虹色《にじ》に輝く魔法弾が、遠く、山の麓《ふもと》の上空で爆発した。

作戦開始の合図だ。

ほどなくして、メラートの王都がある南方で、光が差す。南方で生じた青白い光の帯は、次第に広がりながらこちらに——正確には、おれたちの隣の山に迫《せま》り——。

青白い光の帯が、吹雪の中心と衝突《しょうとつ》する。

爆発的な輝きが、おれたちの目を焼く。

光が晴れたとき、あれほど強かった吹雪が完全に消滅していた。

鈍色《にびいろ》に覆われていた雲が晴れ、陽光が雪原を照らし出す。限りなく広がる白銀の斜面《しゃめん》に、黒い染みのようなものが姿を現していた。

間違いない、あれが——。

「雪魔神……」

リラが呟《つぶや》き、己の長筒《ながつつ》を構える。おれは彼女の肩に手を置いた。

「まだだ、先に王家がちょっかいをかける」

「はい」

狙撃魔術師の鉄則は、「相手の意識の外から攻撃する」だ。

今回の場合、吹雪を払ったことで、相手は攻撃者の存在を強く意識している。

おそらく全方位を警戒《けいかい》しているはずだ。

そんな状態でいちどきりの狙撃を敢行するのは、あまりにもリスクが高すぎる。目標の防御手段も定《さだ》かではないのだ。

なんらかの結界を展開するかもしれないし、雪のなかに身を隠すかもしれない。

情報とは違い、素早く動いて逃げる可能性だってある。

故に、王家の者が率いる騎士たちが先に攻撃を仕掛《しか》け、目標の意識をそちらに向ける。

非常に危険な任務だが、彼らも覚悟のうえである。

はたして、二十人ほどの騎士が隣の山の斜面をかけ上がっていく様子がみてとれた。全員が馬に身体強化の魔法と雪上闊歩《スノーウォーク》の魔法を使い、狼のような速さで目標との距離《きょり》を詰《つ》めている。

その先頭には、ひときわ立派な馬にまたがるジルコニーラ王女の姿があった。

ほかの者は金属の鎧《よろい》を着て槍《やり》や剣を手にしているなか、彼女だけは純白のローブをまとい、白い杖《つえ》を手にしているから、はっきりとわかる。ローブの襟《えり》もとには、帝都の学院を卒業した証《あかし》である赤い宝石のはまったバッジが輝いていた。

魔法の才能は、それなりの確率で親から子へ受け継《つ》がれる。

貴族は力を求め、積極的に優秀な魔法の血を集める。そして騎士や貴族であり続けるために、魔法の腕を磨くのだ。

故に帝立学院を首席で卒業した王女ともなれば、その戦力は熟練の騎士を軽くしのいでも不思議ではない。それでも、これほど危険な囮任務で先頭に立つというのは、王家の、そして王女自身の並々ならぬ覚悟の顕《あらわ》れだろう。

なんとしても国を守る。

そのためにはどれほどの、誰の血を流すことも厭わないという、為政者の覚悟である。

「先輩……」

リラは、唇《くちびる》をかたく引き結び、祈《いの》るような目で雪原を駆《か》ける王女の姿をみつめている。

彼女を先頭とする一団と、目標との距離がみるみる詰まる。

ついに姿を現した、雪魔神だ。

どす黒い。

純白の雪原に立つ、漆黒《しっこく》の甲殻《こうかく》に身を包んだその姿は、蜘蛛《くも》に似ていた。

ただし、そのおおきさが尋常ではない。腹を雪の上にべったりとつけている現在の状態でも、全高がヒトの五倍近くある。

左右合わせて十六本ある長く細い脚《あし》はぐねぐねと無数に折れ曲がり、まるでタコの触腕《しょくわん》のようだった。それらが、雪の上を不気味にのたくっている。

黒く太い首が胴体《どうたい》の中央より少し前から伸《の》び、その頂点には、蟻《あり》のように太い顎《あご》を持った顔がついていた。緑色に輝くふたつの複眼が、ゆっくりと周囲を見渡している。

その異形《いぎょう》の怪物《かいぶつ》に対して、先頭に立つ白いローブの女、つまりジルコニーラ王女が、杖を振るう。紅蓮《ぐれん》の炎《ほのお》が王女の前方に五つ、同時に生み出された。

五つの火球が一斉《いっせい》に雪魔神に向けて飛ぶ。火球は雪魔神の胴体に衝突し、派手な爆発を起こした。

爆風で生じた煙《けむり》が晴れる。

対象は、無傷だった。黒い甲殻に焦《こ》げ跡《あと》ひとつついた様子がない大蜘蛛の化け物は、相変わらず悠然《ゆうぜん》とそこに佇《たたず》んでいる。

斜面の下から飛んできた攻撃によって、雪魔神は己に近づく集団を認識したようだ。

先頭の王女に対して、触腕の一本を向けた。

触腕の先端が、六つに割れる。赤い花が咲《さ》いたようにみえた。

薔薇《ばら》のように赤い花弁に包まれていた、花でいえば雄《お》しべや雌《め》しべにあたる純白の突起《とっき》が、細かく振動《しんどう》する。きぃぃん、というかん高い音が、隣の山にいるおれたちの耳にも届く。

振動する純白の突起が、ひと息に膨《ふく》らんだ。

いや、白いエネルギーの塊がそこに生まれたのだ。

一瞬ののち、そのエネルギーが解放される。純白の魔法弾が、ひと筋の細い線となって放たれた。

その線に触れた雪が一瞬で蒸発し、連鎖《れんさ》的に爆発を起こす。

白く細い線は一直線になって王女のもとへ向かう。

王女は馬の脚を緩め、杖を掲《かか》げた。杖の先端を中心として、傘《かさ》状の青い結界が生み出される。

白い魔法弾と青い結界が衝突した。魔法弾は四散し、その余波が周囲の雪を消滅させる。

王女の結界は無事だった。

しかし、王女はちからを使いすぎたのか、馬上でがっくりと頭を垂れた。怪我《けが》をした様子はないが、遅《おく》れていた騎士たちは、慌てて王女のそばに馬を寄せる。

王女の馬を中心として円陣《えんじん》が組まれた。

一方、漆黒の大蜘蛛は、さらにもう二本、ゆっくりと触腕を持ち上げる。合計で三本の触腕が、先端の花弁を広げた。

三本の白い魔法弾が放たれ、騎士たちと王女がそれを青い結界で迎え撃つ。魔法弾と結界が衝突し、おおきな爆発が起こる。

「リラ、王女からの遠隔会話《コール》は？」

「待って、いま……うん、遠隔会話《コール》が来た。探知《サーチ》の魔法が完了《かんりょう》したって」

王女たちの目的は陽動と、そして近距離から探知《サーチ》の魔法を行い、雪魔神の魔臓の位置を探《さぐ》ることだ。

「胴体の中央、奥の方に魔臓があるみたい」

「照準は」

「いつでも」

雪魔神の注意は、完全に王女たちの方に向いている。

狙撃のチャンスだ。リラは長筒を構え、狙《ねら》いをつける。引き金に指をかけて、おれの合図を待っていた。

さらに三本の触腕が持ちあがった。

合計で六本。

王女たちと騎士は、剣や杖を構えているが……その動きが鈍《にぶ》い。三本の触腕を相手に、死力を尽くしてしまったのだ。

しかし雪魔神は、倍の数でもって三度目の魔法弾を放とうとしている。

あれを防ぐことは絶望的だろう。

六本の触腕の先端で、突起が輝きを放ち――。

「撃て！」

おれは、命じる。リラが引き金を引いた。

眩《まばゆ》い白光が、ひと筋の糸のように伸びて、黒い蜘蛛の胴、その中心を射貫いた。


魔物は、魔臓と呼ばれる臓器を、一個体につきひとつだけ持っている。

体内に魔力を循環《じゅんかん》させる器官だ。

どれほどおおきな魔物であっても、魔臓を破壊《はかい》されれば死に至る。

巨大《きょだい》であればあるほど、身体を持ち上げるためだけに、あまつさえその巨体を維持《いじ》するためだけに魔力を用いているのだ。

魔力を生み出す魔臓を失ってしまえば、自重を支えることすらできず、己の重さで潰れてしまうのである。

けっして代替《だいたい》の利かない器官、それが魔臓なのであった。

現代。大型の魔物を退治するもっとも簡単で確実な方法は、狙撃魔術師の狙撃によって魔臓を破壊することである。

狙撃魔術師となった者がまず覚えるのは、魔臓の位置を見抜く方法だ。

いまのおれの場合は、使い魔ということになっているヤァータがその役割を負っている。普通の狙撃魔術師は、探知《サーチ》の魔法を使用することで、魔力の流れから魔臓の位置を絞《しぼ》り込む。

今回はジルコニーラ王女が充分に接近したうえで探知《サーチ》の魔法を用いて魔臓の位置を正確に割り出し、リラに伝えた。

上空を飛ぶヤァータからの報告でも、魔臓の位置は王女からの伝達と同様、雪魔神の胴体の中心部であった。

リラは見事、そこを射貫いてみせた。

文句のつけようがない狙撃であった。

はたして、雪魔神の触手のように折れ曲がった腕が、雪の上に落ちてぐったりとなる。

にもかかわらず……。

「えっ、嘘《うそ》っ！　なんで動いてるの⁉」

雪魔神は、こんどは後方の触腕を持ち上げ、花弁を開いた。

白く輝く魔力が花弁の先端に収束し続ける。

「そんなっ！　なんで‼　あそこが魔臓じゃなかったってこと⁉　だって――」

慌てるリラの肩を掴み、引きずり倒す。

直後、雪魔神の花弁たちが、おれたちのいる狙撃用の穴倉の方に向きを変えた。

複数の魔法弾が放たれる。

その圧倒的な一撃を、穴倉の周囲にこの国の工作部隊が構築した三重の結界魔法が受け止めてみせる。前列の二枚の結界が、その発生装置もろとも粉々に砕《くだ》け、三枚目がなんとか雪魔神の魔法弾を弾《はじ》き返した。

穴倉の結界は、ギリギリだが砲撃《ほうげき》を耐《た》え抜いた。

万一のことを考えてくれたジルコニーラ王女に、いまは感謝だ。

「ね、ねえ、師匠、どうして……」

「落ち着け、リラ。おまえは上手《うま》くやった」

「じゃ、じゃあ、なんで！」

「魔臓が複数存在いたします」

おれが左手の中指にはめた指輪から、ヤァータの落ち着いた声が響《ひび》く。

「そんなこと、ありえない！　魔臓は一体の生物に、必ずひとつ！　例外はないんだよ！」

「ヤァータ、詳しく話せ」

「あなたがたが雪魔神と呼ぶ存在は、三体の生物が共生した姿なのです」

おれは高速で考えを巡《めぐ》らせた。

共生。

意味は、わかる。複数の生き物が、互《たが》いに支え合うことで生きているということだろう。

だが、あのどうみても一体にしかみえない雪魔神が、実際は三体の生き物が合体した姿だった？

そんなこと、事前にわかるわけがない。

「あの巨大な甲殻と円錐形《えんすいけい》の頭部を雪魔神α《アルファ》と命名、甲殻内部に本体を置き、前方に触腕八本を伸ばした個体をβ《ベータ》と命名、同じく後方に触腕八本を伸ばした個体をγ《ガンマ》と命名します」

「でかい甲殻と、そこから突き出している触腕は、まったく別の生き物ってことか」

「はい。α個体は四肢《しし》が退化した甲殻類の一種と推定。βとγは棘皮《きょくひ》生物に近しい種の雌雄《しゆう》のつがいと推定され、甲殻の内部で安全に活動を行います。両個体のため、α個体が頑丈《がんじょう》な防壁を提供しています。β個体、γ個体の共同作業によってα個体を最適な餌場《えさば》に移動させ、必要に応じて外部に対して攻撃を行う様子です。また……」

「やつの生態はどうでもいい。リラが撃ち貫いた魔臓は、どの個体だ」

「β個体、すなわち前方八本の触腕を有する個体です」

「つまり、前の八本は使用不能になったんだな。で、つがいを失ったγ個体が、後方八本で暴れている、と」

さきほどから頑丈に設営された狙撃用の穴倉周辺に、幾本《いくほん》もの魔法弾が撃ち込まれている。

幸いにして、あれから直撃弾はなかった。

つがいをやられたことで、こちらの方をうまく視認できないのかもしれない。倒したのがβ個体とやらだったのは、幸いだったといえる。

おれは自身の長筒を握りなおし、魔力タンクから繋《つな》がるケーブルに損傷がないことを確認する。

「心配するな、リラ。残りの魔臓はおれが潰す。それで終わりだ」

「で、でも師匠。あいつの魔臓は、あとふたつもあるんだよ」

「後方八本を操《あやつ》っているγ個体の魔臓を潰せばいい。ヤァータの報告が確かなら、α個体には自衛能力がない」

「わたしの報告は正確です」

「どっちの魔臓がγ個体かわからないよ！」

ところがわかるんだ、これが。

「ヤァータ」

「磁気解析、完了いたしました。視覚を同調いたしますか」

「やってくれ」

姿消《こうがくめいさい》しの魔法を使用して上空を舞《ま》うヤァータから得た情報が流れこんでくる。

雪魔神の内部が透過《とうか》され、その構造が手にとるようにみてとれた。

お互いに複雑にからみあい、いっけん不可分にみえるものの、α、β、γはそれぞれの個体が独立した一個の生き物であることが、いまならよくわかる。

そして、いくつかの器官は互いの体内に入り込み、魔力の融通《ゆうずう》までしていた。

これでは、いずれβ個体の魔力も復活してしまう。

そうなる前にカタをつけなければならない。

ヤァータに対して、更なる情報を要求する。

おれの頭のなかに、高速で文字や数列が流れこんでくる。意味のとれるものもあるが、その大半は、てんで理解できないものであった。

情報の洪水《こうずい》に、低く呻《うめ》く。

鼻から、つう、と一筋、血が垂れ落ちた。

がらくたのデータの山から、必要なものだけを掴みとる。データを組み合わせて、構築する。

どこに長筒を向けるべきか。

どのタイミングか。

王女たちが、果敢《かかん》に駆け出し、雪魔神との距離を詰めながら火球や矢を撃ち込んでいる。

おれを信じて、援護してくれているのだ。

おかげで、雪魔神は、遠くでおれが潜《ひそ》む穴倉と、近づいてくる目ざわりな蝿《はえ》のごときモノたち、どちらを攻撃していいかわからなくなっていた。

触腕が、戸惑《とまど》うように揺れている。

いまだ。

おれは穴倉から半身を出して、長筒を構える。目標は、雪魔神の後部2／3、中央より少し下。狙いをつけて、引き金を引く。

眩い白光が、放たれた。

ひと筋の糸のように細い光が伸びていき——雪魔神の胴体に突き刺《さ》さる。


結論からいえば、討伐は成った。

多大な犠牲を払って。

β個体とγ個体の魔臓を失った雪魔神は、α個体の魔臓から生み出した魔力をβ個体とγ個体に与《あた》え、砲撃を再開しようとした。

それに対し、王女と騎士団は近接戦を敢行する。

リラも、空を飛んで援護に向かった。

おれは隣の山から、彼女たちが奮闘《ふんとう》する様子を見守るしかなかった。

戦いに出た騎士のうち半数が倒れ、残る者たちも大怪我をする激闘の末、リラとジルコニーラ王女が甲殻の破損部より内部に突入、α個体の魔臓を至近距離からの攻撃魔法で破壊してみせた。

彼女たちは、半死半生の状態で脱出《だっしゅつ》。

直後、雪魔神と呼ばれる魔物は、全身を脱力させ、倒れ伏《ふ》す。

巨大な重量の転倒に耐えきれず、雪崩《なだれ》が起きた。

雪魔神の巨体は、深い雪の層に埋まってしまう。

ヤァータの観察によれば生体反応は消失したとのことであるが、掘り起こすには雪解けを待つしかないだろう。

幸いにして、生き残っていた者たちはからくも雪崩から逃げ延びた。

かくして、メラートを襲った雪魔神の災禍《さいか》は退けられた。


数日後、王家が用意した、王宮の一角にある病棟《びょうとう》にて。

ガラスのはめこまれた窓から差し込む夕日のもと、医療《いりょう》魔術師による献身的な治療を受けた我が弟子リラが、白いシーツの敷かれた清潔なベッドで眠っている。

穏《おだ》やかな寝顔だった。

おれはリラのそばにある椅子《いす》に腰を下ろし、眠り続ける彼女をみつめていた。全身、ひどい怪我をしていたのだが、主治魔法医によれば後遺症《こういしょう》は残らない、とのことである。

「追い詰められたような表情をなさっているのですね」

不意に、背後から声をかけられた。慌てて立ち上がり振り返ると、ジルコニーラ王女がひとりでそこに立っていた。

彼女の方もそうとうな重傷だったはずだが、ぱっとみたところでは、その白い肌《はだ》に傷ひとつない。とはいえさすがに憔悴《しようすい》した様子で、初めて会ったときの溌剌《はつらつ》とした才気《さいき》煥発《かんぱつ》な女性という装《よそお》いはみる影《かげ》もなかった。

なぜ、背後からおれの表情がわかったのか。訊《たず》ねても、まともな返事はこないような気がした。

「弟子のリラを、こうして王宮で手厚く治療してくださったこと、改めてお礼申し上げます」

「これは真の救国の英雄《えいゆう》であるあなた方に対する敬意のひとつ、わざわざお礼をいただくようなことではございません」

雪魔神を討伐したのは、ジルコニーラ王女とその部下たち。狙撃魔術師が、その補助を担《にな》った。

公式には、そういうこととなった。

いつものことだ。狩猟ギルドに所属する狙撃魔術師など、しょせんは傭兵《ようへい》。名誉を捨てて金をとる、卑《いや》しい存在である。

少なくとも、たいていの国はそう認識しているに違いない。今回は外部にも狙撃魔術師が関わったことを公開しているだけ、配慮されている。

だからこそ、未だに思ってしまうのだ。リラ、才気あふれるこの少女が、この道に入っていいものかどうか、と。

「みごとな狙撃でありました、魔弾の射手殿」

「ですが結局、わたしと弟子のちからだけでは雪魔神を仕留められませんでした。仕留めるために、あなたの部下からも被害を出してしまいました」

「あれほどのイレギュラーであったのです。致《いた》し方ないこと。帝都の学院でも、あのような形態の生命について、仮定すら聞いたことがございません。これはあなたの落ち度ではない、あえて申し上げるなら、人類全体の知識が足りなかったということです」

人類全体の知識不足。

彼女の言葉は正鵠《せいこく》を射ているな、と心のなかで苦笑いする。

なぜなら、ヤァータはそういった生き物のありかたに心当たりがあるようであったからだ。

あの、おれの使い魔ということになっている存在は、はたしてどれだけ膨大な知識を蓄えているのだろう。

そのヤァータですら、吹雪が晴れたあと、いくらかの時間をかけての探査を行わなくては、そのありようについて正確に解析できなかった。

甲殻の内部に魔臓が複数存在する、ということすら気づくことができなかった。

おれたちの住む大陸とは別の場所から来た存在、雪魔神。

これほどの未知に対処できたのは、ただおれたちが幸運だったからに過ぎない。

次に似たようなことがあったら、そのときおれは、この少女を守り切れるだろうか。

また、おれは大切な者を失ってしまうのではないだろうか。

ただ想像するだけで、ひどく背筋が冷たくなる。吹雪のただ中にいるかのように、この身に震えが走る。

「ひとつ、申し上げてよろしいでしょうか」

「殿下?」

「傲慢《ごうまん》ですよ、魔弾の射手殿。ひとが己の手で守れるものなど、しょせんは伸ばした手の指先まで。大切なのは、その者の気持ちと志です」

おれはジルコニーラ王女をじっとみつめた。

ひょっとしたら、睨《にら》んでいたかもしれない。

不敬、と首を落とされても仕方がない所業だ。

だが王女は、おれに対して優《やさ》しく微笑んでみせた。

「本当は、この子に考えなおしてもらうよう、あなたを説得するつもりだったのです。この子の持つ才は、朝日のごとく輝くわたくしほどではありませんが、それでも大陸の財産と申すべきもの。狙撃魔術師として使い潰されるべきではない、と」

「正直、わたしはいまでもそう思っています」

「ですが、考えを改めました。いまならわかります。彼女には、彼女の気持ちと志がある。それは、わたくしが蔑《ないがし》ろにしていいものではありません」

王女は、ため息をついて肩をすくめる。

「それに、ことの是非《ぜひ》はともかく。狙撃魔術師があなたひとりでは、雪魔神の討伐は成し得ませんでした。あの子が狙撃を敢行し、そのあとわたくしに手を貸して、共に甲殻の内部に突入しなくては、討伐は難しかったでしょう」

それは、その通りだろう。

最後まで気が抜けない戦いで、王女たるこの人物ですら死力を尽くす必要があったのだから。

「なにも、魔弾の射手殿、あなたの弟子だからといって、あの子があなたと同じような戦い方をする狙撃魔術師になる必要はないのではありませんか？」

「狙撃したあと、接近戦を挑むような狙撃魔術師にしろ、と？」

「よほどのことがなければ必要がありません。ですが、今回はそのよほどが起こった。ならば二度目がないとは限りません」

そんなもの、邪道《じゃどう》もいいところだ、とは思う。

だがそもそも、狙撃魔術師が戦いに際して選《え》り好みするような存在かといわれれば、けっしてそんなことはない。

たったの三十年前に生まれた職種である。伝統もなにも、あったものではないのだ。

「わたくしは、この子の大成を、たいへん楽しみにしております」

王女は、いいたいことだけをいって、部屋を出ていった。

おれはそのあとも、じっと眠り続ける弟子を眺めていた。


その夜。雪魔神について、ヤァータと簡単に情報を共有した。

いくつか気になったことがあるからだ。

「三体の生き物が共生するなんてことが、ありえるのか。いや、実際にあったわけだが……」

「わたしは魔物の生態に詳しくありません。これまで観測したデータからも、魔物が持つ魔臓という器官が、本来であれば不可能な生態を可能とさせている例は数多《あまた》、確認できています。その結果、この星の生き物は素晴《すば》らしい多様性を獲得《かくとく》するに至っております」

「前置きが長い。端的《たんてき》にいってくれ」

「わたしをつくった者たちが残したデータに、雪魔神と似た生態を持つ生物は存在します。ただしそれは、深海に棲《す》む、ちいさく無害な、クラゲのような生き物です。あのように巨大で、おそるべきちからを行使するような存在ではありません」

「それを可能にしたのが、魔臓であると？」

「データが不足しており、推測も困難ですが、現状でもっとも高い可能性がそれであると考えられます。事実、ああして存在している以上、なんらかの方法で幾多《いくた》の困難を乗り越《こ》えて種としての存続を成し遂《と》げることができたのでしょう」

「まあ、あんな形態で、どうやって繁殖しているのかも謎《なぞ》だよな……」

「それに関しては、北の大陸に送った分身体《ドローン》より興味深いデータを得られました。雪魔神とヒトに呼称される生き物は、繁殖期《はんしょくき》になると、三体でひとつの場所に集まり、個体数を増やした後、分かれていくのです」

「雌雄じゃなくて、三つの性がある、ということか？」

「現状のデータでは、その可能性もある、としか申し上げられません。非常に興味深いことですが、知っての通り、雪魔神の周囲は猛《もう》吹雪に覆われており、個体の観測も困難なのです」

「三体が共生した身体に、三つの性を持つ存在、ねえ。どこかの神さまが、なにかの実験でつくったといわれても納得できる」

「神、という存在についてわたしは未だ、なにかを判断できる情報を得ておりません」

「神なんていない、といいたいのか？」

「言葉通り、いる、とも、いない、ともいえないということです。わたしをつくり出した者たちは、その星のどこにも神など存在しないと確信しておりました。しかしこの星においても同様であるとは、現在わたしが保持する情報だけでは証明に至っておりません。もとより、この星には魔臓という謎の器官を持つ生き物が多数存在し、ご主人さまのようなヒトの一部にも、魔臓を持つ者がいるのですから」

「相変わらずまわりくどいが、いいたいことはだいたいわかった。おれが知る神話では、神とヒトが交わり、その子どもたちは魔臓を持つに至ったということだ」

「はい。その神話にいくらかの事実が含《ふく》まれているのならば、なんらかの存在がヒトに魔臓を持たせた、ということになります。魔力や魔臓というものについて、わたしは未だ、語ることができるほどの情報を得るに至っておりません。故に、これ以上の言及《げんきゅう》は差し控えさせていただきます」

ヤァータは口を閉じた。

おれはため息をついて、物知りな使い魔との会話を終え、ベッドに入った。

閑話　長筒の芸術家

リラは自前の長筒《ながつつ》を用意して、おれの弟子《でし》になりたいと押《お》しかけてきた。

彼女《かのじょ》が持参した品は王都の職人の手によるもので、質はそう悪くない。おれの手持ちの予備部品でアップデートしてやれば、空を舞《ま》う竜《りゅう》を狙撃《そげき》することもできる精度のものができあがった。

鍛錬《たんれん》でも、メラートでの戦いでも、リラの長筒は相応《そうおう》の期待に応《こた》えてみせた。

しかし雪魔神《まじん》との戦いが終わり、かの地を旅立ち帝国《ていこく》の領内に戻《もど》った後のこと。

宿の一室で長筒の整備をしていたリラが、「ししょーっ」と泣きついてきた。

「わたしの長筒、壊《こわ》れちゃったっぽいです。魔力を流しても、なんの反応もなくて」

「みせてみろ」

リラから長筒を受けとり、仔細《しさい》に眺《なが》める。引き金まわりに問題はなさそうだが……。

長筒を分解し、内部を確認《かくにん》する。筒の内側にびっしりと刻み込《こ》まれた、目にみえないほど細かい神秘文字の螺旋《らせん》、その一部に傷が入っていた。

「これだな」

先の戦いで、おれとリラが籠《こ》もった狙撃ポイントは雪魔神の激しい攻撃《こうげき》を受けた。

リラは狙撃のあと、この長筒を捨てて飛行魔法を使い、接近戦を挑《いど》んでいる。戦闘《せんとう》後、この長筒はおれが回収しておいたのだが……。

弟子のものとはいえ、他人の長筒の整備をするのはためらわれた。これは狙撃魔術師にとって己《おのれ》の命そのものだ。故《ゆえ》に、彼女の枕元《まくらもと》に置いておいたのである。

どのみち、この長筒を次に用いるのは、彼女が全快したあとなのだから、と。

「師匠《ししょう》、修理できるの？」

「神秘文字の刻印は繊細《せんさい》な職人仕事だ。修理するなら、これをつくった職人に頼《たの》むしかない」

「帝都まで戻るしかない、か……。でもそれじゃ、完全に冬になっちゃうよ……」

おれは大きくため息を吐《つ》いた。

「仕方がない。弟子に道具を送るのも師の役目だ」

「師匠？」

「エドルに戻る前に、おれの知り合いの職人におまえの長筒をつくってもらおう、という話だよ」

「え、いいの？」

「最初の仕事を無事に終えた、そのお祝いだ。幸いにも、王女殿下《でんか》は報酬《ほうしゅう》で苦労に報《むく》いてくれたからな」

「わーい、ししょーっ」

両腕《りょううで》を広げて抱《だ》きついてくるリラから、するりと身をかわす。リラは、ぷくりと頬《ほほ》を膨《ふく》らませた。

「師匠っ、そこは可愛《かわい》い弟子を受け止めるものでしょう！」

「あいにくと、若いやつの突進《とっしん》を喰《く》らえるほど頑丈《がんじょう》じゃないんだ」

そういうわけで、おれたちは馬車を駆《か》って、一路、とある大都市に向かう。

そこに知り合いの長筒職人がいる。

長筒は、武器ではない。

芸術だ。

かつて、とある職人がおれに語った言葉である。

気持ちが悪いなあ、と心の底から思ったものだ。

その職人が、おれとリラの前にいた。

東方の大国のさらに東から帝国に来たという、黒髪《くろかみ》黒目の老人だ。

故郷は竜に焼き払《はら》われ、名はこの国の者には発音しにくい、ということで、親しい者たちは、からかい混じりに彼《かれ》を芸術家と呼ぶ。

「芸術家、この子の長筒をつくってくれ」

おれはリラを弟子として紹介《しょうかい》した。芸術家と呼ばれたしわくちゃの老人は、工房《こうぼう》の椅子《いす》に座《すわ》ったまま彼女の全身をじろりと眺めて「狙撃魔術師の身体《からだ》つきじゃねえな」と看破してみせる。

「おめえさんとは全然違《ちが》うタイプじゃねえか。こいつに教えることがあるのかよ」

「弟子と師が同じスタイルである必要はないだろう」

芸術家は、呵々《かか》と笑って己の膝《ひざ》を叩《たた》いた。

「詳《くわ》しく話せ。長筒の話は、それからだ」

そうくると思ったから、あらかじめ話すことはまとめてあった。

リラのこれまでのことを、おおざっぱに説明する。

つい先日、北で雪魔神を退治したことも。

幸いにして、あの仕事は公にして問題ないと王女のお墨《すみ》付きを得ていた。

狙撃魔術師の仕事のいくらかは、功績を国に返すことを求められるから、己《おのれ》の仕事を公《おおやけ》にできない場合が多い。今回は例外であった。

ついでに、とジルコニーラ王女が語ったリラの方向性に関する内容も伝えておく。

リラにとっても初耳のことで、彼女は少し驚《おどろ》いていた。

「なるほど、なんでもできる系天才狙撃魔術女子ですか。ジニー先輩《せんぱい》らしい発案ですね。さすが、先輩は固定観念に囚《とら》われていません」

「皮肉に感じたか？」

リラは首を横に振《ふ》った。

「先輩は本気でわたしのことを考えてくれてるんでしょうし、師匠だってそうでしょう？　穿《うが》った見方をしたら失礼です」

「とはいえ、思うところはある、と」

「わたしは師匠みたいな狙撃魔術師になりたかったわけですから」

ひととおり話を聞いた芸術家は、腕組《うでぐ》みして天井《てんじょう》をみあげ、低く唸《うな》る。

「コンセプトが破綻《はたん》しているな」

「そうか？」

「狙撃魔術師が出張る場合ってのは、狙撃魔術師じゃなきゃどうしようもない相手がいるってことだ。狙撃待機中はほかのことに魔力を使えないし、狙撃した後、相手が生き残っているなら、そりや狙撃の失敗だろう？」

ぐうの音も出ない、完璧《かんぺき》な論破だった。

いや、つい先日、まさに狙撃のあと更《さら》に戦う必要がある雪魔神という化け物がいたわけではあるが……。

あんなのは例外中の例外であると考えるべきだし、タネがわかっていれば備えもできる。

次に雪魔神と戦う者たちは、もっと上手《うま》くやるだろう。

狩人《かりゅうど》とは、ヒトとは、そういうものである。

「まあ、おまえさんたちが必要だと思うなら、おれは注文通りにつくるまでだが」

「長筒は芸術じゃなかったのか」

「そうだ。長筒は武器じゃねえ。究極の芸術品さ。ただし長筒と使い手が両方あって、はじめて完成する芸術だ。どちらかをないがしろにしていいわけじゃねぇ」

「師匠、このひと思ったより正気だよ」

「騙《だま》されるな、リラ。長筒は武器じゃないとかいってる時点でまともじゃない」

「てめぇら、おれの前で囀《さえず》ってんじゃねぇよ！　おら、詳しい仕様を詰《つ》めるぞ」

いろいろ検討した結果、長筒で狙撃をしたあと、その長筒を握《にぎ》ったまま戦うという初期コンセプトには無理があるということが判明した。砲身《ほうしん》の内側に彫《ほ》り込まれた七十七万七千語の神秘文字を傷つけずに荒事《あらごと》に用いる、というのはリスクが高すぎると判断されたのだ。

「一回、二回、上手くやれる程度の長筒ならつくれるだろうがな。リラといったか、おまえさんは、ガラス細工のように脆《もろ》いものに命を預けることになる」

「それは、ちょっと嫌《いや》かなあ……。武器は頑丈なのがいちばんだよ」

「だから武器じゃねぇ、芸術だ。とはいえ、まぁ、わかるだろう。狙撃のあとになおも戦うなら予備の杖《つえ》でも持ち歩いた方がずっといい」

「そうだよねぇ」

まあ、そうなるか。

おれとしても、いちおう提案してみたというだけなのだ。三十年かけて積み上げられてきた装備の革新が、そう簡単にできるわけもない。

とはいえ、魔術師の杖や剣《けん》や槍《やり》など普通《ふつう》の武器は、何百年という単位で磨《みが》き上げられてきたものである。長筒は、それらに比べればずっと歴史の積み重ねがない。こうして試行錯誤《さくご》する、というのも有用に違いなかった。

「だが、まぁ。常に予備の武器があるっていうなら、考え方を変えようじゃねぇか。乱暴に扱《あつか》っても簡単に修理ができる長筒、というのはつくることができる。神秘文字の刻印をまるごと交換《こうかん》可能なブロックとして用意すればいい」

「値段がすごいことになるんじゃないか」

「そりゃあ、そうだ。芸術だからな」

七十七万七千語の神秘文字の刻印は、長筒でもっとも高価な部分だ。一文字ずつ職人が彫るわけではなく刻印専用の魔道具があるのだが、その魔道具そのものが貴重品なうえ、特殊《とくしゅ》な触媒《しょくばい》を用いる必要がある。

そこをまるごと交換可能にするとなれば、ひとつのブロックだけで普通の長筒一丁ぶんの手間がかかるのとほぼ同義であった。

「だが、金で命を拾えるなら、おまえさんらはやるだろう？」

「もちろんだよ！」

リラがえっへんと胸を張る。おれもうなずいてみせた。

芸術家はにやりとする。こいつは、芸術家なんて呼ばれちゃいるが、だからといって量産化された規格品を馬鹿《ばか》にしているわけではない。むしろ、枯《か》れた技術をどう応用するか、という部分すら楽しんでいるのだ。

「よぉし、その方針で、ひとつやってみようじゃないか。しばらくこの街に滞在《たいざい》するのか？」

「いや、雪が深くなる前にエドルに帰るよ。完成したら予備部品といっしょに送ってくれ」

「おいおい、自分の目で確認しなくていいのか」

「そこは、おまえさんを信用しているさ」

金を置いて、職人の工房を出る。リラの長筒は、これでなんとかなるだろう。

「あとは、とりまわしのいい予備の杖を用意しないとな。いまおまえが使っているやつでもいいが、この街で金を出せば、もっと最新式のものも手に入る」

「え、師匠、でも……」

「弟子の身を守るための装備に金は惜《お》しまないさ」

「わーいししょーだいすきーっ」

また懐《ふところ》に飛び込もうとするリラを、さっと避《よ》ける。

「いじわるっ」

「いくぞ。今日中に装備更新《こうしん》の目処《めど》をつけておきたい」

灰色の雲をみあげる。粉雪が降ってきた。

おれとリラは街路を急ぎながら、先ほどの続きを話す。

「改めて聞くが、リラ。狙撃魔術師としては独特なスタイル、実際のところ、どう思っている？」

「戦いの選択《せんたく》が広がるのは大切ですよね。命の危険が迫《せま》っているときに、しのごのいってはいられませんし」

「ものわかりがいいな」

「そりゃ、短期間で二度も危険な目に遭《あ》えば、実感しますよ」

特異種のトロルと雪魔神のことだ。

雪魔神については、本当に例外だと思ってほしいのだが……。

「狩《か》りは理屈《りくつ》通りにいかない。だから、手札はあればあるほどいい。じゃなきゃ、自分の命だけじゃなくて、大切なひとの命を守ることもできない」

「そこまでわかっているなら、おれからいうことはなにもない」

「師匠が、命がけで教えてくれたことです。二回とも……ううん、あの悪魔《あくま》に襲《おそ》われたときを数えれば三度、わたしは師匠に助けられたんですから」

「最初のときはともかく、二回目は仕事だ。この間の件は、そもそも最初の一撃で仕留められないような相手を初陣《ういじん》に選んだおれのミスだ」

雪魔神のとき、おれひとりだったら、もっとじっくり観察して、ヤァータがすべてを丸裸《まるはだか》にしてから攻撃を仕掛《しか》けただろう。

それによって王女たちの部隊は壊滅《かいめつ》したかもしれないし、ひょっとしたらあの王都にそうとうな被害《ひがい》が出たかもしれないが、結果的に、あの国を救うことはできたに違いない。

味方の犠牲《ぎせい》を容認し、確実に獲物《えもの》を仕留める。

仕留められそうにないと思ったら、たとえそれによって依頼《いらい》が失敗したとしても、おとなしく身を退く。

それによって、どれほど被害が広がったとしても、確実に仕留めることを優先する。

狙撃魔術師の仕事とは、そういうものだ。

メラートでの仕事は、だから、できすぎだった。

あれを成功体験としては、後々に禍根《かこん》を残すだろう。そのあたりも、おいおい説明しておかなければならないが……。

まあ、こんな場所でいうことでもない。

「師匠、あっちの屋台！　肉詰めがたっぷり入った温かいスープ、だって！　食べていきましょうよ！」

「小腹が空《す》いたか？　わかった、ちょっと寄っていこう」

「やったー！」

ばんざい、と両腕をあげる少女。無邪気《むじゃき》なものだ。

通り道のそばの屋台に駆けていくリラを眺めて、ついつい口もとがほころぶ己を自覚する。

第三話　秋の終わり、冬の訪れ

おれとリラは、北方の雪国から帝国《ていこく》の片隅《かたすみ》、城塞都市《じょうさいとし》エドルに帰還《きかん》した。

高くそびえ立つ城塞も、丘《おか》のまわりのなだらかな平原も、そして森の木々も、既《すで》に雪のヴェールを厚くかぶっている。

冬が、忍耐《にんたい》の季節が訪《おとず》れたのだ。

この時期、森の奥《おく》から浅層に魔物《まもの》が顔を出すようになる。結果、大半の狩人《かりゅうど》たちが森へ赴《おもむ》くことを諦《あきら》め、だらだらと酒場に入り浸《びた》る。

狩猟《しゅりょう》ギルドの一階は昼から毎日が満席で、ほかの酒場もたいそう賑《にぎ》わいをみせていた。

充分《じゅうぶん》な蓄《たくわ》えをもって冬ごもりに入るのが、この地における一般《いっぱん》的な狩人であった。

もっとも、全員がそうできるわけではない。それだけの腕《うで》がない者、秋までにサボっていた者、不慮《ふりょ》の事故に遭《あ》った者……蓄えが心もとない人々たちは、雪かきなどの日雇《ひやと》いの仕事を請《う》け負って糊口《ここう》をしのぐこととなる。

そんな彼《かれ》らを横目に、懐《ふところ》が豊かなおれとリラは、ギルドの一階の片隅で、悠々《ゆうゆう》と朝から酒を呑《の》んでいるのだった。

今日もウェイトレスの少女、テリサの視線が冷たい。

「そういえば、ジニー先輩《せんぱい》から手紙が届いたんですよ」

陶器《とうき》の杯《さかずき》に入った水で薄《うす》めた果実酒を、リラはひと息で飲み干す。

「余計なことをいって悪かった、っていまさら謝《あやま》られても困るんですよねえ」

「余計なこと？」

「ほら、狙撃《そげき》魔術師のありようが、どうとか。歌って踊れる天才美少女魔術師がどうのとか」

「そんな話じゃなかったはずだが……」

我《わ》が弟子《でし》は浮《う》かない顔でおかわりの果実酒を頼《たの》むと、魔法で水を出して、とぽとぽ陶器の杯に注ぐ。杯に手を当てて、待つことしばし、杯から湯気が立ち上った。

魔法で杯を温めて、お湯をつくったのだ。

「あっ、師匠もどうぞ」

「いや、おれは冷たい酒がいいんだ」

「もーっ、またそんなことといって。お腹壊《なかこわ》しても知りませんよ」

「おまえはおれの母親か」

「えへへー、いい子でしゅねー」

赤ら顔でおれの頭を撫《な》でようとする馬鹿《ばか》弟子の手を、さっと避《よ》ける。

むーっ、と頬《ほほ》を膨《ふく》らませる少女に、おれは呆《あき》れ顔をしてみせた。

「酔《よ》いすぎだ。無理におれにつきあうことはないんだぞ」

「酔ってませーん。それに、宿にいても暇《ひま》ですから」

「教練場も閉まってるしなあ」

教練場、というのは酒場の裏手にあるちょっとした広場だ。雪が降り積もってしまったとかで、今日は雇われた金のない若手が数名、雪かきで汗《あせ》を流しているはずだった。

あそこが開いていないと、ギルド員は訓練で暇を潰《つぶ》すこともできない。

当たり前の話だが、町中でみだりに攻撃《こうげき》魔法をぶっぱなすのは犯罪である。

故《ゆえ》にいっそう、酒場に人が集まっているのであった。

「そういえば、師匠。わたしたちが留守の間に、森の奥の探索《たんさく》があったそうじゃないですか」

「らしいな。あんな特異種が出たあとだ。念のため調べるのも当然だろう」

今年の秋、城塞都市エドルのそばの森に、特異種のトロルが現れた。おそらくは竜《りゅう》とトロルの混血だ。となると、トロルを生み出した竜が森の奥の山脈に潜《ひそ》んでいる可能性がある。

エドル伯爵《はくしゃく》は、気前よく予算を出した。

狩猟ギルドとしても、依頼《いらい》が減るこの時期に大金が入るなら申し分ない。

腕利《うでき》き十人ほどで組織された探索隊は、山脈まで到達《とうたつ》し、雪が降り積もる前になんとか帰還したとのことである。

おれたちがこの町に戻《もど》ってくる、数日前のことだ。

リラはテーブルの向こう側から身を乗り出して、おれの耳に顔を近づける。そこまでしなくても、探索の結果なんてこの酒場の者たちはだいたい知っている気がするんだが……。

「黒竜、いるかもしれないんですって」

「やはりか」

「山の中腹で、酸で溶《と》かされた木々の跡《あと》をみつけたそうです」

黒竜は、口から強酸のブレスを吐《は》く竜種だ。

赤竜よりもひとまわり小柄《こがら》だが、そのぶん素早《すばや》く、頭がよくまわり、邪悪《じゃあく》だといわれている。

ヒトを見下しながらも、ヒトの団結を恐《おそ》れ、ある程度以上におおきな町を襲《おそ》うことは滅多《めった》にないという。

逆に、小規模な開拓地《かいたくち》の村などを好んで襲うらしい。

つまり弱い者をいじめるのが得意で、強い者からはとことん逃《に》げるタイプってわけだな。

最悪の性格である。

また黒竜は、本能的に罠《わな》を避ける、といわれている。あの特異種のトロルが狩猟者たちの待ち伏《ぶ》せを見破ったのも、その特性を親から引き継《つ》いでいたからなのかもしれない。

なおこのあたりの情報は、例の一件の後にギルドが帝都からとり寄せた資料に記載《きさい》されていたものである。当時はギルド長だって知らなかったことだ。

次に竜混じりと戦うときは、もっと上手《うま》く戦えるだろう。

とはいっても、特異種のトロルなんて、大陸中でも目撃例が極《きわ》めて少ないわけだが……。

先日の雪魔神もそうだが、狩人の獲物《えもの》とされる存在は千差万別《せんさばんべつ》である。毎回、充分な情報が得られるとは限らない。

おれの場合、ヤァータという使い魔のおかげで情報面における有利がある。それがあってさえ、先日はギリギリの戦いを強《し》いられた。

国すら脅《おびや》かす存在を狩《か》る、とはそういうことだ。

国を脅かすちからを持っていながら都市部には近づかない臆病《おくびょう》で狡猾《こうかつ》な相手ともなれば、その厄《やっ》介《かい》さは、あるいは雪魔神や赤竜よりも上かもしれない。

「ご領主さまは、黒竜の討伐《とうばつ》には積極的じゃないみたいです」

「そりゃ、そうだろうな。直接、自領が脅かされたわけじゃない。放《ほう》っておけば山奥に籠《こ》もったきりかもしれないし、そのうち余所《よそ》へ行くかもしれない。敵対する領地にでも行ってくれれば、苦労をまるまる押《お》しつけられる」

「それはそうかもしれませんけど」

「不満か？　だが攻《せ》めてくる獲物を待ち構えて狩るのと、こちらから相手の巣に挑《いど》むのとでは、危険の度合いも段違《だんちが》いなんだ」

「えーっと、守る方が有利ってやつ。兵法書とかにある」

「兵法書は知らないが、たぶんそういうのだ」

あとでヤァータに聞いておこう。我が使い魔は、どこで学んだのか、この大陸の書物をいろいろ知っているのだ。

「学院では兵法も習うのか？」

「選択制《せんたくせい》の講義のひとつですけどね。暇だから、いろいろな講義をとりました」

「飛び級しておいて、なお暇だから、って」

恐るべきはこの少女の才能か。いや、おれとこいつの頭のデキにそれだけの差があることは、よくわかっていたことである。

「師匠、また自分を卑下《ひげ》しようとしてませんか？　わたしは本心で、学院の成績とかどうでもいいと思ってるんですよ」

「できるやつは、よくそういうんだ」

「あーっ、またいじけてる。ほらほら、呑みましょう、呑みましょう」

焦《あせ》った様子で杯を勧《すす》めてくる弟子。

おれはやけになって、中のエールをあおる。

ちくしょう、心がささくれ立つぜ……。

あと、なんでかおかわりの杯を持ってくるテリサの目がいっそう冷たいぜ……。

ひとしきり呑んでぐだぐだになったところで、以前から気になっていたことを訊《たず》ねた。

「リラの故郷では雪が降らないのか？」

「え？　あ、はい。そうですね、こっちほど寒くなることなかったです」

「この前、雪でやたらとはしゃいでたから、ちょっと気になったんだ」

「そう、ですね。話には聞いたことがあったんですけど。だから、ずっと楽しみにしてました」

このあたりも、冬はそこそこ雪が積もる。帝国は広いから、南部に暮らす民《たみ》であれば雪をみたことがない者も多いとは聞く。

「そうなんです。子どものころから、ずっと――」

「なるほどな。そりゃ、はしゃぐか。悪かったな」

「いえ、とんでもないです。弟子のわたしが子どもみたいに騒《さわ》いでいたら、師匠の見識が疑われますよね……」

おまえは充分、子どもじゃないか――といいかけて、学院の卒業生にそれはさすがに失礼か、と

言葉を呑み込《こ》んだ。しかし、リラはおれの思考をどこまで読みとったのか、ジト目で睨《にら》んでくる。

「師匠が、失礼なこと考えてる気がします」

「師を疑うなんて、悪い弟子だな」

「ただの疑惑《ぎわく》だったらよかったんですけど？」

むう、これはおれの沽券《こけん》に関《かか》わる問題だ。こめかみをトントンと叩《たた》いて、こほん、と咳払《せきばら》いする。

「師匠、ごまかすときの癖《くせ》ですよね、それ」

「そんなことはないぞ」

鋭《するど》い。まるで何年もいっしょにいたみたいだ。彼女《かのじょ》の観察力の賜物《たまもの》か。

おれは両手を軽く持ち上げて、降参のポーズをとった。

「やっぱりそうなんだーっ！」

「いっぱい食べておおきくなれよー」

「いわれなくても食べますとも！　ふんっ、わたし成長期なんですから！　……というわけで秤熊《はかりぐま》の串焼きを頼みますけど、ししょーもなにか、どうです？」

「あー、じゃあ豆煮《まめに》」

「もっとお肉食べましょうよーっ」

「おいおい、豆は畑の肉、っていわれてるらしいぞ」

「初めて聞きましたって、そんなの」

いや、いってたのはヤァータなんだけどな。

やっぱり誰《だれ》も聞いたことないかー。

「脂《あぶら》っこい肉より、おれは豆と野菜の方がいい……」

「お肉食べた方が魔力がつくそうですよ？　学院で真面目《まじめ》に研究してたひとが筋肉ムキムキになってましたから、どこまで本当か知りませんけど」

「魔力は筋肉につかないんだよなあ」

「筋肉につくとしても、あんまりムキムキにはなりたくないですねえ。これでも乙女《おとめ》なので」

「でも肉は食べるのか」

「乙女はいつだって、お肉に恋《こい》しているのです。テリサちゃーん、注文お願いしまーす！」

嬉々《きき》として串焼きを何本も頼んでいるリラをみて、ため息をつく。

いやまあ、まだまだ成長期なのだろうし、胃袋《いぶくろ》にたらふく詰《つ》め込めばいいのだ。

「師匠、師匠。今日はコッカトリスの腸詰めがあるそうですよ。珍味《ちんみ》ですって、珍味」

「いいか、リラ。珍味っていうのは、特別おいしくもなければ、まあまずくもない、くらいの料理に対して使う表現なんだ」

「はい狙撃さん、商売の邪魔《じゃま》しないでくださいねー」

テリサに怒《おこ》られた。理不尽《りふじん》だ。

「いいじゃないですか。わたし、いちど珍味っていうの食べてみたかったんですよ。帝都って、あんまりへんなもの流れてこないですし」

「あー、そういうものか。じゃあ、食べてみればいいんじゃないか」

「師匠は食べたことあるんですか？」

おれは首をかしげた。そういえば、ないかもしれない。

「じゃあじゃあ、いっしょに食べましょうよ！」

「まあ、そうだな。挑戦《ちょうせん》してみてもいいか」

「そういうことで、テリサちゃん、コッカトリスの腸詰めふたつ！」

「はーい、コッカトリスの腸詰めふたつ、入りまーす！」

やれやれ、とおおきく息を吐く。

自分ひとりだと、毎回、無難にいつも食べているものばかり頼んでしまうのだ。

いつの間にか、食事に冒険《ぼうけん》など求めなくなってしまっていた。

親しい者と料理を共にすることも、ほとんどなくなってしまった。

「たまには、いいか」

わくわくしながら厨房《ちゅうぼう》を眺《なが》めているリラの横顔をみる。

リラは、おれの視線に気づいたのかこちらに振り返ると、にっと笑顔《えがお》をみせた。

「コッカトリス、楽しみですねえ、師匠」

「そうか。——ああ、そうだな」

忘れていたことに、気づく。おれにも、まだこんな気持ちが残っていたことに気づく。

胸の奥が少しだけ温かい。


帝国の領土は広大で、中心の帝都から辺境の城塞都市エドルまで交通網《こうつうもう》が行き届いている。

ほかの国では、雪が降り積もると兜《かぶと》鹿《じか》馬車などの特別な乗り物でもない限り交通が途絶《とぜつ》してしまうらしいが、この帝国では違う。

こまめな街道《かいどう》の整備と、常備兵及《およ》び季節労働者による地道な雪かきによって、真冬においても中央との連絡《れんらく》が途切れることはない。

これは冬で仕事がなくなる民の救済、雇用《こよう》創出という側面もおおきいと以前、聞いたことがある。

農村においても、収穫《しゅうかく》が終わったあと余裕《よゆう》のない貧困層《ひんこんそう》の若者を中心として、この道路整備の仕事に志願してくる人々は毎年かなりの数に上るらしい。

けっこうな重労働なのだけれど、それでも近隣《きんりん》の領主が主体となっているから、一定の賃金は保証される。

踏《ふ》み倒《たお》されるおそれがなく稼《かせ》げる労働というのは、重要な条件なのだそうだ。

辺境の領主としてみれば、交通網の整備は、緊急時《きんきゅう》における己《おのれ》の身の安全に関わってくる。

具体的には、他国からのちょっかいとか、大規模な盗賊《とうぞく》団の流入とか、はたまた餓《う》えた魔物の出現とか。

特に厄介なのが、魔物だ。

一部の魔物は、衛兵隊では手に余る。

場合によっては帝都の狩猟ギルドに応援《おうえん》を頼み、特別な狩りの人員を派遣《はけん》してもらうこととなる。

街道の安全は死活問題だ。

そのしわ寄せがどこに来るかといえば、領主の寄り子である騎士《きし》たちである。

とある酒場で、数名の男たちが荒《あ》れた様子で酒をあおっている。

その日、おれはひとり、少し離《はな》れた端《はし》の方のテーブルでちびちびと酒を呑んでいた。

いつもの狩猟ギルドの酒場ではなく、町の中央にほど近い、少し相場がお高い酒場である。

狩猟ギルドの酒場が満員だったのだ。

弟子のリラは、真面目に教練場に通って、訓練にいそしんでいた。

最近、彼女はどこに行くにもついて来たがる。今日はせっかくひとりなのだから、とほかの酒場に繰《く》り出したのだが、いろいろとタイミングが悪かったようだ。

男たちは口調も荒《あら》く、大声で職場の愚痴《ぐち》を垂れ流しながら悪酔いしている。

どうやら周辺の村を預かる壮年《そうねん》の騎士と、その従者たちのようであった。

彼らの話に耳を傾《かたむ》ければ、村の周辺にある街道の補修について領主に相談を持ちかけるためこのエドルに赴いたところ、先約が多く面会は数日後になってしまっているとのこと。

くだらない陳情《ちんじょう》よりも、普段《ふだん》、身を粉にして働いている自分たちを優先するべきだ、まったくけしからん……。

そんなことを、一行の代表であろう四十代後半の大男が大声で叫《さけ》び、従者たちが追従している。

気持ちはわかるよ、気持ちは。

でもなあ、ここの領主がめちゃくちゃ真面目に執務《しつむ》をしている、というのはいろいろなところで聞いているしなあ。領主の妹であるメイテルもお忙《いそが》しい方で、たまにお会いすると、目に濃《こ》いクマができていることが多い。

先日のトロルの特異種を討伐した際も、兵と報奨金《ほうしょうきん》を出し惜《お》しみすることなく、きっちりと後詰めまで考えた差配をしていた。

若いころはあちこちを旅して、貴族のことをあまりよく思っていないおれだが、この地の領主はよくやっていると掛《か》け値なしにいえる。

あいつのこともあれど、おれがこのエドルに腰《こし》を落ち着けた理由のひとつは、この領主に対する信用である。世のなか、それができない貴族がめちゃくちゃ多いのだ。

「ご領主さまは我々のことをどう考えているのだ。特異種のトロルがどうの、黒竜がどうのと、あんなもの我らにひと声命じてくれれば、たちどころに剣《けん》の錆《さび》にしてくれよう！」

いさましい代表の男の宣言に、そうだそうだと同意の声があがる。

酔っ払《ぱら》いの戯言《たわごと》、と聞き流していたおれではあるが、酒場には聞き流せない生真面目《きまじめ》な者もいたようだ。彼らの近くのテーブルにいた男たちのひとりが、ぼそりと呟く。

「呑気《のんき》なもんだぜ。あれを実際にみてないから、そんなことがいえるんだ」

私服ではあったが、体格とものごしから判断するに、たぶん衛兵隊の者たちなのだろう。

彼だって特異種との戦いを実際にみたわけじゃないだろうが、特異種騒動《そうどう》の後始末には衛兵隊のほぼ全員が駆《か》り出されたはずである。

毎回、お仕事ごくろうさまです。

おれは狙撃を一発やったら、それで終わりだ。

裏方で働いてくれている人々には頭があがらない。

わりと本気で、そう思っている。

とはいえ騎士たちとしては、当然面白《おもしろ》くないわけで……。

「おい。いま、なんていった？」

席を立った騎士とその従者たちが、衛兵隊の者たちにからみはじめる。

衛兵隊の方が身分としては下だが、彼らとてこの町の治安を預かる身、相手が騎士程度なら、という思いがあるのだろう。立ち上がり、売り言葉に買い言葉で次第《しだい》に声がおおきくなる。

共に四人ずつ、八人のガタイのいい男たちが睨みあう。

酒場のなかは、一触即発《いっしょくそくはつ》の雰囲気《ふんいき》となった。

「だいたい、おれは前から気に入らなかったんだ。おまえら町のなかでぬくぬくとしているやつらは、村を守る苦労をてんでわかっちゃいない」

騎士がそういえば、衛兵隊の面々も「なんでご領主さまが、即日で特異種の討伐に動いたと思っているんだ。あの化け物が付近の村を襲わないようにというご配慮《はいりよ》だろう」と反論する。

「だからこそ、おれたち騎士を召集するべきだったんだ」

「そんな暇があるものか。それに、結局、決定打はご領主さまの狙撃魔術師だ」

「狙撃魔術師がなんだ。あんなやつら、こそこそ隠《かく》れておれたちを盾《たて》にすることしかできない臆病《おくびよう》者《もの》だろう」

そうだよ、臆病者だよ。前線で身体《からだ》を張るあんたたちのことは、いつも尊敬しているよ。

と考えながら、知らぬそぶりで陶器の杯を傾ける。

それぞれに役割があって、皆《みな》が懸命《けんめい》に努力したからこそ、いまの平穏《へいおん》があるのだ。だからおれは、どちらかに肩入《かたい》れしたくない。

どうかこのまま、穏《おだ》やかに酒を呑ませてほしい。

心からそう願っていたのだが……。

酒場の扉《とびら》が開き、金髪碧眼《きんぱつへきがん》の少女が元気よく入ってくる。

「ししょーっ！　今日の訓練はおしまいでーす！　さあっ、気合い入れて呑みましょーっ！」

我が弟子、リラだった。

天才となんとかは紙一重《かみひとえ》、という言葉があるらしい。

ヤァータから聞いた話だ。あのときは腑《ふ》に落ちなかったが、いまならよくわかる。

モメていた八人の視線が、一斉《いっせい》にリラに降り注ぐ。だが彼女は、ほへ、とした顔できょろきょろ
すると、おれをみつけてわーいと呑気に手を振った。

「ししょーっ！　そこにいたんですねー！」

おい馬鹿、おれはひっそりと酒を呑んでいるんだ。今日のおれは孤独《こどく》を愛する男なんだ、近寄る
んじゃねえ。という心の声なんぞこれっぽっちも聞こえてない我が弟子は、えへらと笑って、狭《せま》い
テーブルの間をすり抜《ぬ》けてくる。

「あー」

衛兵隊のひとりが、リラの顔をじっとみて、ぽんと手を叩く。

「あの子、特異種のトロルを仕留めた子か」

「は？　あんなちんちくりんのガキが？」

騎士は顔をしかめると、床《ゆか》に唾《つば》を吐く。

「やっぱり、たいしたことない特異種だったんじゃねえか」

「違うんだって、あの子は……」

「はっ！　お笑い草だぜ。あんなガキが仕留められるようなやつを相手に、おまえらは怖《こわ》い怖いって怯《おび》えていたのかよ。っていうか、あんなガキの師匠なんてどうせぼんくらの豚野郎《ぶたやろう》……」

「あっ」

衛兵たちが慌《あわ》てた。

こちらに歩いてくるリラの足が、ぴたりと止まる。

少女は、ぎぎぎ、と騎士たちの方を向く。彼女の顔はおれの方からみえなかったけれど、衛兵隊の者たちが一斉に、ひっ、と押し殺した悲鳴をあげた。

騎士の方は、いっそう馬鹿にしたような表情をしているが……。

「いま、なんていったの？」

リラが、ゆっくりと騎士に近づいていく。

衛兵隊の四人が、危機を察して素早く後退した。見事な危機察知能力である。

おれは、リラの右手が小刻みに動いていることに気づいた。

「おい、馬鹿っ！　ここで魔法なんて使ったら……」

おれは慌てて立ち上がる。

だが、遅《おそ》かった。そういえば、彼女はどこぞの王女殿下《でんか》とふたりで、なんかコンビユニットとして帝都でぶいぶいいわせていたらしいことをいまさらながらに思い出す。

あれはつまり、それだけ喧嘩《けんか》っ早かった、ということなのだろう。

普段のひとなつっこい様子で忘れていたけれど、リラという少女は、弟子になると決めたら突《つ》っ走る、たとえ貴族が相手でもなんの躊躇《ちゆうちよ》もない、という直情径行極まれりな人物なのである。

「ねえ、いま師匠のこと馬鹿にした？」

「はっ、お嬢《じょう》ちゃん、そいつはおれにいってるのかい？　こっちじゃちやほやされているかもしれんが……」

「そう、ふーん」

リラは騎士の前に立つ。

背丈《せたけ》は、頭ひとつぶん以上、相手の方が高い。

騎士の方はがっしりとした身体つきをしているのに対して、リラは華奢《きやしや》で、触《ふ》れただけで折れてしまいそうにみえる。

まあ、おれは彼女が身体中に魔力を張り巡《めぐ》らせているときの頑丈《がんじよう》さを知っているし、そもそも魔術師をみためで判断している時点で二流、どころか三流なのだが……。

「よくみたら、あなたの方が豚みたいじゃない。お鼻がおおきいのは、いつもぶうぶう鳴いてるからなのかな？」

「はっ、おれは女だからって容赦《ようしや》はしないぜ」

「どう容赦しないの？　やってみれば？」

「後悔《こうかい》するんじゃねえぞ！」

騎士は、振り上げた拳《こぶし》をリラの頬に叩きこんだ。少女はしかし、軽く左手を持ちあげて、その拳を平手で防ぐ。騎士は、拳をあっさりと受け止められて、驚愕《きようがく》の表情になる。

あの男もきっと戦場では相応《そうおう》の活躍《かつやく》をするのだろうが、しかし相手が悪い。

「一発、もらったから」

反対側の右手が、青白く輝《かがや》いた。

「一発、お返しするよ」

原初の時代、まだ神がヒトと共に暮らしていたころ、神とヒトが交わり生まれた子らには、魔力が宿っていたという。これら魔力を持つヒトは、神人と名乗り、神の教えのもと、ヒトを導いた。

やがて神は去り、神人たちは王と名乗って民を統治した。

王政のはじまりである。

王と民の交わりの結果、魔力を持った子が次々と生まれ、彼らは貴族と名乗って王の統治を手助けした。貴族たちは、ときに王の地位を奪《うば》い、ときに王から独立して自らが王を名乗り、その血を大陸各地に拡散させていく。

現在では、民のうち少なくない者が魔力を持つまでに至っている。

騎士と呼ばれる者たちもまた、魔力の持ち主だ。

騎士はたいていの場合、村ひとつを統治し、周辺の村を統括《とうかつ》する領主に仕える。ひとたび戦《いくさ》が始まれば、従者数名と共に領主のもとにはせ参じ、身体強化の魔法を使い魔力のこもった刃《やいば》を振るって、己と領主の敵を討《う》ち滅《ほろ》ぼす。

魔力を操《あやつ》る騎士たちは、純粋な魔力の量では貴族に劣《おと》るものの、戦場の主力となる存在だ。

魔力の量が劣るのは、血の純度のせいであるとも、貴族たちが魔力を鍛《きた》える術を秘匿《ひとく》しているからであるともいわれているが、実際のところ魔力がある者はより高位の貴族となるから、というのが確からしい答えであろう。

騎士から貴族への成り上がり、ということである。

そのような例は、長い歴史を持つ帝国でも枚挙に暇《いとま》がない。

裏返せば、騎士のままある程度の年齢《ねんれい》までいってしまったこの男の魔力は、たかが知れているということだ。

無論、騎士の戦いとは魔力だけで決まるものではない。しかし、大人と子どもほどもちからの差がある相手であれば、どうだろうか。

多少の技量の差など歯牙《しが》にもかけないほどの魔力差があるとすれば、どうだろうか。

リラは光る右手を持ち上げ、あっけにとられる騎士の頬を軽く、ぱんっ、と張る。

魔力が乏《とぼ》しい従者であれば、視認することもできなかったに違いない、それほどに素早い一撃だった。

騎士の身体が、横に吹《ふ》き飛んだ。

酒場の壁《かべ》に頭から突き刺《さ》さり、そのまま動かなくなる。

酒場のあちこちで悲鳴があがった。

「だからいったのに……。この子、帝都の学院あがりって有名なんだから」

衛兵隊の者たちが、一斉に額に手を当てる。

普段は学院の卒業生の証《あかし》である赤い宝石のバッジをつけているからなあ。今日は訓練のあとだからか、いつもの格好じゃないけど。

仕方がない。おれは気をとり直し、彼らの方に歩いていく。

「あー、いまのは弟子の不始末です。申し訳ありません」

「あ、あなたは……。あなたがこの子の……そうでしたか」

さっきまでおれが座《すわ》っていた場所は、彼らの位置からではよくみえなかったのだろう。

そんな暗がりにいるおれを、外から入ってきて一発でみつけ出したリラの目がおかしい。

「ええと、はい、どうも？　え、おれのことをご存じで？」

「我々、別邸《べってい》の警護をしておりまして」

あ、領主の妹であるメイテルさまの配下か。

そりゃ、あのお屋敷《やしき》になんどか呼ばれているおれのことを知っていてもおかしくはない。

そして、メイテルさまに招かれる謎《なぞ》の狩猟ギルド員と、そこの馬鹿弟子の師であるおれの顔が頭のなかで繋《つな》がらなくても仕方がない。

「とりあえず、いまの場面、そっちの騎士が先に手を出した、ってことでいいですよね」

「ええ、もちろんです。我々が証人となります」

騎士の従者たちがぎゃあぎゃあいってるが、それは無視して衛兵隊の者たちと二、三打ち合わせをする。

やってしまったものは仕方がない。

あとはことを穏便《おんびん》に済ませるため、どう権力を利用するか、だ。

「そもそも、学院の卒業生は騎士位に準じる、と帝国法にもあります。身分でどうこうはいわせません」

「なるほど、ではそのようによろしくお願いいたします。おい、リラ」

「えーと、師匠。いまのって、駄目《だめ》だった流れ？」

「駄目だった流れだ、といいたいが……」

おれはため息をついた。

「おれの名誉《めいよ》を守ろうとしたんだろう？　それは嬉《うれ》しいよ」

「わーい」

「だが、ときと場合は考えろ」

「はーい……」

子どものように喜んだあと、こんどは幼子のようにしょんぼりするリラ。

そんな彼女をみて、おれはつい、笑ってしまった。

「別の店で呑み直そう。店主、詫《わ》び賃だ」

「はーいっ」

壁の修理代を含《ふく》め多めに金を置いて、酒場を出る。

リラが、てけてけと嬉しそうについてきた。


別の日。混み合った酒場の片隅で、常連の狩猟ギルド員と相席して呑んでいたときのことである。

「狙撃の旦那《だんな》なら、黒竜を倒せるのか？」

ひとりが、おれをみて、なにげない口調でそう訊ねてきた。

リラは不在であった。おれはギルドの酒場で、古株のギルド員が集まる一角に招かれ、彼らと杯を重ねていたのだ。

話題は尽《つ》きなかった。

次の春をどう迎《むか》えるか、新人たちの誰が有望なのか、どこの娼館《しょうかん》の誰がいいか、ウェイトレスのテリサちゃんの成長具合はどうか（ここだけ小声になった）、隣国《りんごく》の状況《じょうきょう》はどうか、ご領主さまが体調を崩《くず》したらしい、ジェッドの妻はどこまで増えるのか、そして……。

特異種のトロルのことも、話題となった。

古参のギルド員ともなれば、公式には領主の配下がやったということになっていても、あのトロルに一撃を加えた狙撃魔術師が実はおれだということは薄々悟《さと》っている。

そのうえで、特異種のトロルをつくり出した黒竜はおれに討伐できるものなのか、と聞いてきているのだ。

「狙撃が黒竜の鱗《うろこ》を貫《つらぬ》けるかどうか、という話であれば、貫くことは可能だ」

慎重《しんちょう》に言葉を選んで返事をした。卓《たく》につく四人の髭面《ひげづら》の男たちを見渡《みわた》す。

誰もが押し黙《だま》っておれの話を聞いていた。雑談のついで、という様子ではあったが、彼らも本音では、喉《のど》から手が出るほどその情報を欲《ほっ》しているのだ。

自分たちの生活の基盤《きばん》を守る算段が、どれだけあるのかということを。

もし黒竜という暴威《ぼうい》が目の前に現れたとき、生き残る可能性がどれだけあるかということを。

「たしかに、おれは竜を討伐したことはある。ただしそれは、おれひとりのちからじゃない。国が、全力を挙げて支援《しえん》してくれて、それでようやくというところだ。莫大《ばくだい》な金貨を投資した罠を張ってもらった。竜の注意を引きつけて狙撃の前提を満たすためだけに、多くの者が命を使い捨てた。竜を屠《ほふ》るとは、そういうことだ」

「黒竜は狡猾だって話だな」

「罠を敏感《びんかん》に見破るって聞く」

「あのトロルも、おれたちの待ち伏せを見破った」

壮年の男たちが、口々に語る。

少なくとも、無傷で勝つのは難しい相手だということは理解してくれたようだ。

「そもそも、黒竜がこの町を襲う可能性は低いんじゃないか。狡猾なやつなら、帝国を相手にすることの意味を理解しているだろう」

おれはそういってみた。

男たちのひとりが、皮肉に唇《くちびる》の端をつりあげる。

「いつも最悪の場合を考えていないやつが、この歳《とし》まで生き残っているものかよ」

彼らは魔物という存在がいかに厄介か、身に染《し》みて理解している。

魔物を侮《あなど》る者など、ひとりもいない。その狡猾さも、生き汚《ぎたな》さも。ましてや相手は、生き物の頂点のひとつといわれる竜なのだ。

故に、もっともだ、と皆でげらげら笑う。

おれも苦笑いで同意を示した。

「とはいっても、偵察《ていさつ》したやつらの報告じゃ、山の麓《ふもと》よりこちら側で黒竜が活動した痕跡はないんだろう？」

あくまでも痕跡《こんせき》があったのは、山脈の向こう側だ。

放っておけば、別の領土を襲う可能性が高い、と判断された。

ならば自分たちから手を出して、逆鱗《げきりん》に触れることはない。

狩猟ギルドとしての結論は、すでに出ている。

「それでも万一のことを考えるなら？」

ひとりが、またおれに訊ねてきた。少し考えて返事をする。

「そうだな、まず、なんとかして動きを止める」

「それができりゃあ、苦労はねえだろう」

「黒竜は、ほかの竜ほどのちからはないらしい。そのぶん、身軽という話だ。地上に引きずり下ろすことができなければ、当てるものも当てられない」

これは、ヤァータから聞いた話である。

おれも少し気になったので、ヤァータの観測結果を訊ねてみたのだ。

山脈の向こう側にいるという黒竜の存在は確認できなかったようだが、以前、別の場所で捕捉《ほそく》したという黒竜のデータが残っていたらしい。

その個体と、秋のはじめに退治した赤竜と全高、体重、身体能力などを比較《ひかく》した結果である。

もっともあの赤竜は、数千人の兵と数万人の民を殺し、その十倍の民に被害を与《あた》えたほどの、とびきりの災禍《さいか》であった。

赤竜を油断させるためだけに、かの国は町ひとつを生贄《いけにえ》として差し出した。

狙撃に絶対を求めるとなれば、そこまでする必要があったのだ。

「結論から申し上げますと、ご主人さま単独での狙撃では、成功の可能性が限りなく低いと考えられます」

それが、ヤァータの結論であった。

おれとリラの二段構えでも、ほとんど確率が上がらないという。

竜を斃《たお》すとは、そういうものなのだ。生き物としての格が、あまりにも違いすぎる。

「なら、時間を稼ぐ方法を考えた方がいいだろうな」

「帝都に応援を求めるわけか」

おれの言葉に、熟練の狩人たちはすぐ反応を示した。

自分にできること、できないこと、それらを熟知している彼らだからこそ、応援、という発想がただちに出てくる。

見切りをつけて、潔《いさぎよ》く退く。

それができなければ、彼らはここまで生き残って来られなかったに違いない。血気盛《さか》んな若者たちとのいちばんの差である。

おれがこれからリラに教えなければいけない、本当の知見でもある。

「ここのご領主さまが帝国に仕えて高い上納金を払っているのも、いざというときのためだ」

「違いない。災禍を退けられない国に価値はない」

「無敵の帝国軍にお越《こ》しいただく、ってわけか」

帝国が軍を挙げて竜を追い詰めた記録は、いくつかある。

実際は帝都の狩猟ギルド本部と連携《れんけい》しての作戦であったらしいが、結果として、いずれの場合においても竜の討伐に成功している。

場合によっては他国に逃げた竜を追いかけて、もののついででその国を滅ぼしてまで。

ここまでくると、面子《メンツ》の問題なのだ。

帝国に喧嘩を売るとはどういうことか、とことんまで認知させる必要があるということである。

そういった歴史的な経緯《けいい》の末、帝国から竜は駆逐《くちく》された、はずであった。

先日の赤竜のように、ほかの小国にちょっかいをかける竜は存在すれど、彼らは賢明《けんめい》にも帝国には近寄らない。

今回の黒竜は、どうなのだろうか。

特異種のトロルを生み出し、それを放ったという程度では帝国軍が総力を挙げてくることはないと、たかをくくっているのは間違いない。

では、帝国辺境の山脈に潜んでいるのは？

そこから時折、隣国に餌《えさ》をとりにいくのは？

黒竜としては、きっちりとそのへんの越えてはいけない線を見極めているつもりなのだろう。

それがはたして、本当に帝国の思惑《おもわく》と合致《がっち》しているかどうかは定《さだ》かではない。

「まあ、いまのままなら帝国軍が出張るような事態にはならないだろう」

「狙撃の旦那のいう通りかもしれん。ここらの近隣の国は、どこも帝国に及び腰だ」

おれの言葉に対して、年長の狩人が言葉を引き継ぐ。

「どの国も国境問題なんて起こしたくはない。黒竜としては、安全な場所に引きこもっているつもりなんだろうさ」

「あの山脈はどこの国のものでもないが、あの山脈にどこかの軍が侵攻《しんこう》すれば帝国としても黙っちゃいられない、か」

「なら、おれたちがちょっかいをかけなければ大丈夫《だいじょうぶ》ってことか」

「また特異種がやってくるようなことがなければ、な……」

一同が押し黙る。おれもエールが入った杯をあおった。

「二度目があれば、ご領主さまも帝都に応援を求めるだろう。黒竜としても、その危険は冒《おか》せまい」

彼らの言葉は、そうであってほしい、と願っているかのようだった。

実際のところ、森に潜《もぐ》るのは彼ら狩人であり、特別な魔物の出没《しゅつぼつ》に際してまっさきに被害に遭うのも彼らなのであるから。

結果的にエドルが脅威《きょうい》を退けることができたとしても、己が命を失ってしまっては、元も子もない。彼らのなかには家庭を持ち、子がまだ巣立っていない者もいるのだ。

「いずれにせよ、春になってからのことか」

特異種のことなど、いちいち考えていても仕方がない。

魔物はほかにもさまざまに存在するし、山脈に潜む脅威も黒竜だけではないだろう。

「それこそ、ある日突然《とつぜん》、建国帝のような勇者さまが現れて黒竜を退治してくれるかもしれねぇしなあ」

狩人たちは、己の不安を呑み込むように、杯を重ねた。

おれも彼らに倣《なら》い、臨時雇《りんじやと》いのウェイトレスにおかわりを頼む。

翌日、少し他の用事があったため、夕方になって初めて、リラとふたりで狩猟ギルドの酒場に足を踏み入れた。

酒場は、異様なざわつきを示していた。

聞けば、勇者を名乗る銀の鎧《よろい》をまとった男が現れ、黒竜についての情報を聞いて出ていったのだという。

「黒竜を討伐する、っていってたぜ。グリットガラード、って名乗っていた」

若いギルド員の言葉に、リラが「へえ」と反応を示す。

「知っているのか」

「うん、師匠。グリットガラードさまは、帝都で有名な放浪《ほうろう》騎士だよ。岩巨人《きよじん》の討伐を吟遊《ぎんゆう》詩人《しじん》が詩にして、それが帝都中に広まったんだ」

「なるほど、魔物狩りか」

放浪騎士とは、領地を持たない自称《じしょう》騎士のことだ。だいたい傭兵《ようへい》と同じであるが、金よりも名誉を求める点に違いがある。

己の名を高めれば、どこかの貴族に雇われて、後々、領地を持てる可能性があるしな。

たいていの放浪騎士は貴族の三男坊《ぼう》以降の生まれで、剣の腕だけでなく、身体強化魔法を行使するのに充分な魔力を持っている。

そして放浪騎士の一部は、魔物狩りを専門としている。昔はずいぶんな数の放浪騎士がいて、ひとたび人類の天敵が出現すれば、己の命も顧《かえり》みずにこれの討伐に赴いたという。

狩猟ギルドには所属せず、ただ人々のために力を尽くす。

彼らのことを魔物狩りと呼び、人々は敬意と畏怖《いふ》をもって接した。

いまから何十年も前のことである。

現在？　そういう役目は、だいたい狙撃魔術師にとってかわられてしまったよ？

「そのなんとかさまは、ひとりで黒竜を退治する気なのか……？」

「そうなんじゃないか。高名な魔弾《まだん》の射手にとられる前に、我こそはー、とか叫んでいたぜ」

「その魔弾の射手とかいうやつ、別に黒竜退治に出向く気はないんじゃないかな……？」

というか依頼もないのにわざわざ危険な魔物の相手をするものかよ。

そのとき酒場にいたギルド員たちは、皆、他人事《ひとごと》で「賞金も出ない魔物を狩ってもなあ」と話している。一般的な狩猟ギルドの人々の反応など、こんなものだ。

本当に黒竜を退治できれば、その貯《た》め込んだ財宝や竜の鱗などの素材だけで、一生を遊んで暮らせるくらいの金が手に入るとは思うが……。

「グリットガラードってやつ、まだ町にいるのか？」

「情報だけギルド長に聞いたら、五人くらいの仲間といっしょに出ていったぜ」

なるほど、せっかちなやつだな。

別に顔を合わせたくもないから、いいけど。

「そいつらが黒竜を退治してくれれば、ひとつ心配事も減るんだがね」

古参のひとりが、たいして興味もなさそうに、そう呟く。

まあ、期待はせずに吉報《きっぽう》を待つとしようか……。

十日ほど後、グリットガラードの仲間のひとりが帰還した。

狩猟ギルドに赴いた彼は、酒場の戸口に立ち、けたけたと大声で笑いながら告げた。

「愚《おろ》かな下等生物どもよ。我が安寧《あんねい》を妨《さまた》げた罪、万死に値《あたい》する」

最後の言葉をいい終えた瞬間《しゅんかん》、男の肉体ははじけ飛び、粉々の肉片《にくへん》となってギルドの床と壁を汚《よご》した。

「呪《のろ》いだよ。とっても強力な呪い」

おれと共にその凄惨《せいさん》な光景をみていたリラは、結界を張っておれたちの周囲を飛び散る肉片から守ったあと、低い声でそう呟いた。

冬の厳しさは本番に入る。

第四話　流行り病と黒竜の呪い

魔法《まほう》は、ヒトだけが持つちからではない。魔力を持ち、適切な手段で学ぶことができれば、理論上はどんな種族でも魔法を行使することが可能である。

竜が魔法を使うことは、吟遊詩人《ぎんゆうしじん》の語る英雄《えいゆう》物語でも有名であり、これはおおむね事実だ。

もっとも闘争《とうそう》においては、彼《かれ》らのその強靭《きょうじん》な肉体を武器にした方がよほど有利であるし、口から吐《は》きだす炎《ほのお》や酸はたいていの敵対者を消し飛ばすには充分《じゅうぶん》であった。

竜が使う魔法の大半は、主に戦い以外で用いられる。

たとえば喉《のど》の渇《かわ》きを覚えたときに水を生み出したり、巣穴をつくるため崖《がけ》に穴を掘《ほ》ったり、矮小《わいしょう》な生き物と会話するため頭のなかに声を送り届けたり、といった魔法だけでも日々の生活を快適にするのだ。

ヤァータは「生活の質《クオリティ・オブ・ライフ》ですね。大切な概念《がいねん》です」と語っていた。

わかっているなら、日々あいつの戯言《たわごと》を聞くおれの生活の質についても少しは考慮《こうりょ》してほしい。

魔法の習得は、リラのような一部の特別な才能の持ち主を除いては、たいへんな困難を伴《ともな》うものだ。だからこそ帝国《ていこく》は各地に学院をつくり、その課程を技術として体系化し、魔術師の増加を国として奨励《しょうれい》してきた。

それでも、充分な数の魔術師を輩出《はいしゅつ》しているとはいえない。

おれのように才能を見限られて放《ほう》り出される者は数多い。才無き者にとっては、ひとつの魔法を修得するだけで数年を要することもまれではないのだ。

しかしそれは、数十年という限られた時を生きるヒトにとっての感覚である。

竜の寿命《じゅみょう》は、数百年とも数千年ともいわれているのだ。

たとえ魔法ひとつの修得に数年を要したとしても、それは以後の長い生を考えれば充分、割に合う。

無論、すべての竜が好んでそのような苦労を背負いこむとは限らないし、個体によっては魔法が不得手であることもあるだろうが、それは個性の範疇《はんちゅう》というものだ。

故《ゆえ》に、狩猟《しゅりょう》ギルドの本部からとり寄せた資料にはこう記されている。

竜は魔法を使う、よくよく注意するべし、と。

実際のところ、注意したところで対処できるかというと、それはまた別の問題なのであるが……。

グリットガラードという放浪騎士《ほうろうきし》が黒竜に挑《いど》み、あえなく玉砕《ぎょくさい》した。

この人物と共に挑んだ仲間のうちのひとりは伝令役として最寄《もよ》りの町、すなわちおれが住む城塞《じょうさい》都市エドルに返された。

その人物は、黒竜とおぼしき存在の伝言を狩猟ギルドの面々に告げたあと、爆発《ばくはつ》四散した。

文字通り、内側から弾《はじ》け、血と肉と臓物をギルドの酒場にまき散らしたのだ。

我が弟子《わでし》リラは、それが強力な呪いによるものであると看破した。

おそらくは、黒竜のかけた呪いである。

呪い、とはなにか。

魔法の一種で、対象に条件付けを施《ほどこ》して操作するもの、と学院では規定されている。このあたりについて詳《くわ》しいことを、おれは知らない。呪いの研究は、帝国における禁忌《きんき》のひとつであるからだ。

百年以上前の皇帝が呪い殺されたから、というのがその理由のひとつであるらしい。

学院の一部では、対抗《たいこう》魔法の研究のため、いまも呪いの研究が細々と続けられているらしいが、その成果が一般《いっぱん》に流布《るふ》されることはないだろう。

ちなみにリラは、呪いについて基礎《きそ》的なところだけ講義を受けたという。

「理屈《りくつ》はだいたいわかったから、自分で応用してみようと思えばできると思う」

こいつは時々、頭のおかしいことを平然とのたまうが、無意識の天才性マウントはいつものことなので、あまり気にしないでおく。

さて、ヒトが内部から爆発する凄惨《せいさん》なありさまと酒場にたちこめる臭気《しゅうき》に屈強な狩人《かりゅうど》たちも揃《そろ》って顔を蒼《あお》ざめさせるなか、我が弟子たる天才少女はひとり、飛び散った肉片《にくへん》のひとつを手にとり、じっと眺《なが》めて「すごいね」と呟《つぶや》いた。

「なにが、すごいんだ?」

「術式。学院の上澄《うわず》みたちが総出でやっても、十年や二十年の研鑽《けんさん》じゃ届かない、洗練された領域。よっぽど呪いに詳しい変わり者だよ。独力で開発するなら、いったい何千年かかるか……」

「これをやったのが、竜じゃないと?」

「魔力の残り香《が》だけじゃ、種族まではわからないよ」

いまさらになって、ギルド長の娘《むすめ》のテリサが、かん高い悲鳴をあげて床《ゆか》に倒《たお》れた。

続いて、臨時雇《りんじやと》いの少女たちが次々と悲鳴をあげる。

清掃《せいそう》のため、狩猟ギルドの酒場は数日の間、閉鎖《へいさ》となった。

冬の寒空に放り出されたおれたち狩猟ギルド員は、別々の酒場に散る。彼らを通して、グリットガラードの悲惨な末路は、たちまち町中で話題となった。

リラの訓練は、しばらく休みだ。

おれは今日も、宿でひとり、使い魔ということになっているカラスのヤァータと話をする。

「呪いとは、魔力を用いたウイルスですね」

「ウイルスとはなんだ？」

「目にはみえないほどちいさな感染性の構造体です」

「生き物なのか？」

「いえ、生物とはみなされません。そもそも生物の定義とは……」

「小難しい話はいい。それで、そのウイルスというのはどう防げばいい？」

呪いの魔法を防ぐ方法は、ある程度、一般にも公開されている。帝都まで赴《おもむ》けば、呪い除《よ》けの魔道具、と謳《うた》われるものがいくつも売られているのだ。

とはいえ、それらが本当に役に立った、という話は聞いたことがない。そもそも呪いをかけられた、という者たちが本当に呪われていたのか、というのも定《さだ》かではないのだ。

帝国以外のたいていの国でも、呪いの研究は禁じられている。

ほとんどの者は、たとえ魔術師であっても、なにが呪いかを判別することなどできない。

「ウイルスは体内の細胞《さいぼう》の情報を書き換《か》え、感染を広げます。対策は情報の書き換えを阻止《そし》する方法がひとつ、書き換えられた情報をもういちど、もとに戻《もど》す方法がもうひとつです。呪いの魔法と称《しょう》される爆発した男の細胞を確保し、解析《かいせき》しました。抗体を生成し、さきほどご主人さまの身体《からだ》に注入しました」

「対策済みか。いや、注入した？　聞いてないんだが？」

「いま報告いたしました」

ふざけたカラスだ。おれはヤァータを睨《にら》んだ。

「ご主人さまが流行《はや》り病にかかりにくくなるよう、随時《ずいじ》、体内のナノマシンで対応しています。これもその一環《いっかん》です」

「おれは許可してないんだが？　いや、助かる話ではあるが……」

「使い魔として、ご主人さまをお守りする権限の範囲内と認識《にんしき》しております」

勝手に認識しないでほしい。

やはりこの使い魔もどき、自由すぎる。

「魔法について、わたしの持つデータベースはこの星に来てからのものだけです。対策が限定的になることをお許しください」

「おまえは神ではないし、おまえが万能《ばんのう》だなんてことも、はなから思っちゃいない。期待以上ではあるよ」

「引き続き、呪いという魔法について分析を進めます」

呪いについて、おれができることはこれですべてだ。

相変わらずのひと任せだが、そもそも他人がお膳立《ぜんだ》てしてくれなければなにもできないのが狙撃《そげき》魔術師だ。なにもかもを手に入れようなんざ、はなから思っちゃいない。

うちの弟子？

天才と凡才《ぼんさい》を比べるのはやめようか。

町中で奇妙《きみょう》な病が流行り始めた。

ひどい高熱が出る病で、だいたいふたりにひとりが死に至る。

身体が弱い者ほど症状《しょうじょう》が重く、特に乳幼児の死亡率が高い。

同じ軒《のき》で暮らす者に高い確率で伝染するらしい。

もとより、冬は民《たみ》が家に閉じこもりがちだ。場合によっては、一家の誰《だれ》も出てこないことにまわりが気づかず、強引《ごういん》に鍵《かぎ》をこじあけてみたら全滅《ぜんめつ》していた、などという痛ましいこともあったとか。

この病の厄介《やっかい》なところは、医療《いりょう》魔法の効果が薄《うす》いことであった。

具体的には一時的に熱を下げることはできるのだが、病そのものにはなんの効果もないようなのである。

とある酒場で常連が一斉《いっせい》に感染し、その家族も倒れたという話があった。

噂《うわさ》はたちまち広がり、町の酒場はすっかり寂《さび》れてしまった。

狩猟ギルドの酒場も営業を再開したというが、ギルド員たちはさっぱり集まらないという。

無理もない。誰だって死にたくはないし、家族がある者なら、家族が苦しむさまをみたくはないと考えて当然である。

屈強な狩人だって、勇敢《ゆうかん》な衛兵だって、もちろん騎士や貴族だったとしても、病を前にしては等しく無力だ。

弟子のリラも、ギルドに姿をみせない。

あいつに限って、病にかかっちゃいないだろうが……いや、優秀《ゆうしゆう》な魔術師だって、病にはかかるのか？

あとで様子をみにいくか。

「うちとしては、踏《ふ》んだり蹴《け》ったりですよ」

おれ以外客のいない酒場を見渡《みわた》し、ウェイトレスの少女テリサが嘆《なげ》く。

「黒竜の呪いに、流行り病。本来なら、毎日お客さんでいっぱいになって、銀貨がっぽがっぽだったはずなんですよ。このままじゃお酒はともかく、たっぷり仕入れた食材が腐《くさ》っちゃいます」

がっぽがっぽ、のところで両手をわきわきさせ、顔を歪《ゆが》めて笑うテリサちゃん十二歳《さい》。

少年たちの淡《あわ》い恋心《こいごころ》が粉砕《ふんさい》されそうである。

「いいんです。わたしの恋人はこの銀貨と金貨だけですから。あと宝石も」

「恋の対象が多いな」

「可憐《かれん》な乙女《おとめ》ですから」

金貨を撫《な》でてため息をつく可憐な乙女よ。

可憐な乙女の部分にツッコミを入れると二階のギルド長が怒鳴《どな》り込《こ》んできそうだから、そこはぐっと我慢《がまん》するとして……。

「いっそ、店を閉めちまえばどうだ」

「父はそういってるんですけどね。いちおう、ここで教練場の受付もしてますし、閉めるとそれはそれでギルドのひとたちが困るかなって」

「そうか、偉《えら》いな」

「はい、偉いんですよ。狙撃さんも、わたしのことをもっともっと褒《ほ》めていいんですから」

「偉い偉い、とても偉いぞー」

「褒め方が適当です。もっと想《おも》いを込めて！　お腹《なか》にちからを入れて！　気合い！」

「わあ、ばんざーい、テリサちゃんばんざーい！」

両手をあげて万歳《ばんざい》をしていると、上から不機嫌《ふきげん》な顔のギルド長が下りてきた。

ひどく気まずい。

「なんだ……テリサ、あんまり狙撃のやつをおまえの趣味《しゅみ》につき合わせるな」

「なんですか、お父さん。まるでわたしが狙撃さんにばんざいを強要したみたいな」

「みたい、じゃないだろ」

おれとギルド長が、ほぼ同時にツッコミを入れる。

テリサは、酸《す》っぱいものを食べたかのように口をすぼめた。

「暇《ひま》なのはわかるがなあ。っていうか狙撃の、おまえさんはこんなところに来ていていいのか」

「いや、別に……おれは暇だぞ」

「そうじゃなくて、だな。流行り病が怖《こわ》くないのか？」

「死んだらそのときは、それまでだったってことだよ」

さすがにここで、ヤァータがいるから大丈夫《だいじょうぶ》、と発言するわけにはいかない。

そもそも、ヤァータがおれの身体を守ってくれている、というのもどこまで本当かはわかったものではないのだが。

「この病も黒竜の呪いじゃないか、って話もあるな」

「なんでもかんでも黒竜のせい、ねえ」

「タイミングが良すぎる」

たしかにタイミングは一致《いっち》している。だが肉片を解析したヤァータによれば、あの呪いには他者に侵食《しんしょく》するような能力はないとのことだ。

「だったら、まっさきにこのギルドのひとたちが病に倒れるんじゃないか。飛び散った肉の欠片《かけら》や血を浴びた人も多いだろう」

テリサがあのときのことを思い出したのか、少し顔をしかめた。

その程度で済むのだから、この子もだいぶタフだなと思う。

「たしかに、おれやテリサは無事だな」

「黒竜からすれば、狩猟ギルドの長《おさ》なんて、まっさきに呪い殺したい相手だと思うぞ」

「くそっ、反論できねえ」

ふっ、この議論はおれの勝ちのようだな。

勝者に対して、なぜかテリサちゃんの目が冷たいが。

「狙撃さんは、わたしが呪い殺されてもいいって思ってるんですか？」

「あー、いまのはそういう話じゃねえよ。無事なことには別の理由がある、って話だ」

「ふーん」

「あっ、こいつ、ひとの話を聞く気がないな」

「陰鬱《いんうつ》な話なんて聞きたくないです。もっと明るい話をしてください」

おれとギルド長は顔をみあわせ、同時にため息をついた。

「あーっ！　いまふたりとも『面倒《めんどう》くさい』と思いましたね!?　ちょっと、そっぽ向かないでくださーいっ！」


念のためヤァータに、疫病《えきびょう》について調査をしてもらった。

具体的には、病人や病気で死んだ者の身体の一部を失敬して解析させたのだ。

本当に呪いが存在するのか、ただの病だとして、どう対策すればいいのか。

結果、「呪いかどうかは判別できませんでしたが、病気の源であろうと推察できるウイルスの存在は確認いたしました。治療薬を生成することが可能です」という返事が得られた。

問題は、この情報をどうするか、だが。

当然ながら、これを市場に流すことは論外だ。

おれの使い魔ということになっている、天から来たよくわからない存在のことがバレると、いろいろと面倒なことになる。

姿をくらましてこれまでのすべてを失うには、おれはこの地に根を張りすぎた。

そもそもヤァータのつくった治療薬は、おれたちの技術では複製することが困難であるらしい。

この都市の者たちが自力で疫病を克服《こくふく》することに期待するべきだろう。

「いちおう聞いてみるが、ヤァータ、この冬の間に町の病人全員にこっそりと薬を配ることはできるか？」

「全員分の薬の複製も、それを配ることも、その期間ではまったくの不可能です。量的な限界というものがあります、ご主人さま」

駄目《だめ》でもともと、と聞いてみたが、やはり否定的な返事が来た。なんでもできるようにみえるこのカラスもどきだが、案外、有限の能力をやりくりしている様子である。

おれにできることなんて、これですべてだ。

リラの宿を訪ねてみた。

彼女《かのじょ》は現在、町の中央にほど近い、貴族が借りるような宿の一室をねぐらにしている。帝都でいろいろやらかした結果、かなりの金を蓄《たくわ》えたと以前にいっていた。

おれは目立ちたくないがためにそこそこの宿に居を構えているが、彼女の場合は若い女性だ、防犯の面でも住居には金をかけた方がいいだろう。

リラはおれの顔をみて喜び、しかし自室への立ち入りだけはきっぱりと拒否《きょひ》した。

「師匠《ししょう》にみせられるような部屋じゃありませんからっ！」

と断固たる口調である。

「そうか……そこまで拒絶されると悲しいぜ……」

「あっ、いえっ、そういうことじゃなくて……ほら、わたしだっていちおう女ですから、その、散らかっている部屋をみせたくないっていうか……って師匠、笑ってますね！　からかってますね！　もーっ、そういう意地が悪いところダメだと思います！」

少しスネてみせたところ、たちどころに看破され、ぽこぽこ腹を叩《たた》かれた。

ごめんなさいと素直《すなお》に謝《あやま》っておく。

「無事なようで、なによりだよ。こんなご時世だからな」

「あー、そうですね。師匠もお元気なようで、弟子としては嬉《うれ》しい限りです。一階の酒場でちょっとお話、していきますか？」

「ああ。それにしても、なにをやっているんだ？」

「え、なにって……」

「服に薬品の臭《にお》いが染《し》みついてるぞ」

リラは、えっ、と驚《おどろ》き、自分の服の臭いを嗅《か》いだ。

ああ、アタリだったかー。

「その顔ーっ！　ひょっとしなくても、ひっかけましたね！　もーっ、そういうところ本当にダメです‼　ダメ師匠ーっ！」

また、ぽこぽこ叩かれた。

本当にすまない。

ヤァータに宿の近くまで偵察《ていさつ》させたとき、彼女が部屋に閉じこもり、窓もぴっちり閉めたままでいることを知ったのだ。

微量《びりょう》の希少な粒子《りゅうし》の飛散を確認した、ともいっていた。

我が使い魔の言葉の意味はよくわからなかったが、おそらくさまざまな薬品を使用しているのだろう、と見当をつけたのである。

彼女の反応をみるに、推測は的を射ていたのだろう。

「そうだよな……。おれは本当にダメなやつだ」

「あ、いえ、そんなことないです。って絶対フリですよね、それ。もう騙《だま》されませんからっ！」

ちっ、と舌打ちしてみせた。

またぽかぽか叩かれた。

弟子が賢《かしこ》くて、おれは嬉しいよ。


リラが泊《と》まっている宿の一階は、ちょっと高級な酒場になっていた。

カウンターの棚《たな》に並んでいるお酒の瓶《びん》、その銘柄《めいがら》があまりみないものばかりである。

テーブルも椅子《いす》も、ひと目でわかるほどしっかりしたつくりの高級品であった。

そこそこ稼《かせ》いでいる商人などの裕福《ゆうふく》な者たちが来るような場所だが、特に服装に決まりはないという。仕事でクライアントと会うときのために礼服なども用意しているおれではあるが、肩肘《かたひじ》張らないのはいいことだ。

ふたりで、酒場の片隅《かたすみ》のテーブルを挟《はさ》んで座《すわ》る。

「薬をつくってくれ、って頼《たの》まれたんです」

「流行り病の治療薬があるのか」

「いえ、汎用《はんよう》的な解熱剤《げねつざい》と抵抗《ていこう》薬です。あとは患者《かんじゃ》さんの体力に期待です」

特効薬がなくとも、病が自然に治癒《ちゆ》するまで患者が生きていれば勝ち、ということだ。

「だが、そんなもの医療魔術師の仕事だろう」

「医療魔法の講義もとってましたから」

「おまえの才能は知っているが、片手間でなんとかなるもんなのか」

「流行り病の退治は狙撃魔術師の仕事として不適切、って話ですか？」

「いや、それは別に構わん。ヒトは、やりたいことをやるべきだ」

「師匠のそういうところ、好きですよ」

リラは果実の搾《しぼ》り汁《じる》を水で薄めたものをぐいとやって、えへらと笑った。

おれは合わせてエールをあおる。

「この町の医療魔術師に頼まれちゃったんです」

「知り合いなのか？」

「町の学院の卒業生にはちゃんと挨拶《あいさつ》しておけって、この前、ジニー先輩《せんぱい》にいわれました。なのでご挨拶に伺《うかが》ったら……」

あの王女のさしがねか。

帝都の学院の卒業生なら、お互《たが》いに話も弾《はず》むだろうしコネとして申し分ない。ましてや目の前の少女は、間の抜《ぬ》けたところもあるが、これでもいちおう飛び級かつ首席で卒業した才媛《さいえん》である。

「師匠は、わたしを心配してくれたんですよね。えへへ、嬉しいなあ。でも別に、無茶をするつもりはありません。わたしができる、些細《ささい》な手伝いをするだけです。とにかく薬の量が足りないって話で……。訓練をサボってしまっているのだけは、本当に申し訳ないですけど」

「いまは薬に集中してくれていい。おれのとり越《こ》し苦労だったなら、それでいいんだ」

「むしろ師匠の方が、余計なことしそうですよねー」

じと目で睨まれた。

「おれはただの狙撃魔術師だ、なにもできないさ」

「ん。そうですね」

「それじゃ、身体に気をつけてな。無理にギルドに顔を出す必要はない。いつもの練習だけは欠かすなよ」

「はいっ」

おれは杯《さかずき》を空にすると、ふたり分の金を置いて席を立った。

リラは、なぜか終始、上機嫌だった。


弟子の無事を確認した後、おれはとある商家の屋敷《やしき》に足を向けた。

裏口で使用人に声をかけ、内部に通してもらう。

使用人に連れられてたどりついたのは、地下の一室だった。

暖色系の装飾品《そうしよくひん》で飾《かざ》り立てられた、落ち着いた雰囲気《ふんいき》の部屋だった。天井《てんじよう》からぶら下がった錬《れん》金銀《きんぎん》製のシャンデリアが、白い魔法の明かりで室内を照らしている。

ふたつの椅子を挟むように、テーブルがある。テーブルの上には無数の羊皮紙が積み重ねられ、ひとりの女性が奥《おく》の椅子に座って羊皮紙の中身に目を凝《こ》らしていた。

おれがひとりで部屋に入っていくと、女性は「来ましたね」と顔をあげる。

いまはもういないあのひとを思わせる、肩まである赤毛が揺《ゆ》れる。紅《くれない》の双眸《そうぼう》が、まっすぐおれを射すくめる。

エドル家のメイテル。今年三十三歳の、エドル伯爵《はくしやく》家の現当主の妹にあたる人物が、そこにいた。

「お待たせして申し訳ございません」

「遅《おく》れてはいませんよ。わたしが早くついただけです」

この屋敷は、彼女がお忍《しの》びで行動するときに使う隠《かく》れ家《が》のひとつであるようだった。

屋敷の持ち主である商家は伯爵家と繋《つな》がりが深く、なにかと融通《ゆうずう》がきくのだという。

だからといって地下に自分だけの執務室《しつむしつ》をつくるのはやりすぎだろう。帝都の大貴族ならともかく、エドルは伯爵家が治める辺境のいち都市にすぎないのだ。

いや、だから、なのかな。辺境だからこそ、いざというときの備えはいくらあっても足りない、ということか。

いずれにしても、現在、領主たちの一挙手一投足に注目が集まっている。こういうとき、便利に使える場所なのは間違《まちが》いない。

「今日、あなたを呼んだのは、ほかでもありません」

おれに対面の椅子に座るよう促《うなが》し、メイテルはペンを置いて語り出す。

「あなたの孤児院《こじいん》の件です」

「メイテルさまが運営する孤児院、でしょう？」

「責任者はあなたです。第一、経営の大部分はあなたの寄付によって成り立っているのですよ」

金は、普通《ふつう》に生きている限りは使いきれないくらいある。上手《うま》く捨てる方法も思いつかない。ならば、役立てることができる者に役立ててもらおう。そう考えて、以前、目の前の女性に相談を持っていったのだ。

結果、ちょうど別の貴族が手放したがっていた孤児院の経営を引き継《つ》ぐ話が出てきた。

おれは金だけを出し、表向きの代表として彼女に立ってもらうことを提案した。

折衷案《せっちゅうあん》として、おれが責任者となり金を出し、彼女が運営する孤児院ということになった。

実際のところは、彼女の息がかかった者が院長となっているらしいが……そういう次第《しだい》だ。

彼女としても、伯爵家としても慈悲《じひ》深い貴族という評判を得ることができるし、損のない話のはずだった。

「資金の話ですか？」

「いえ、あなたからは充分に頂いております。ただ、孤児院のなかでも疫病が……」

「発症したのは子どもですか？　それとも、大人が？」

「両方です」

そうか、とおれはうなずいた。

ある程度、覚悟《かくご》はしていたのだ。病が流行れば、ちからのない者から倒れていくのが世の常である。孤児院など、その最たるものだろう。

医療魔術師たちが、リラまで巻き込んで懸命《けんめい》に薬を増産しているものの、貧困者《ひんこんしゃ》がそれを手に入れることは難しい。彼らにできることは、ただ己《おのれ》の身体が病を克服するまで耐《た》えることだけだ。

「なにか、おれにできることがあるんですか」

「許可をいただきたいのです。一部の孤児を別の場所に移す許可を」

「それは……病に倒れた子どもを隔離《かくり》する、ということですね？」

ひとからひとに移る病である。

いちばんの対策は、患者だけを隔離して健常者を守ることだ。

とはいえ、場所が限られる城塞都市の内部では、それがなかなかに難しい。

おれが出資している孤児院は町のはずれ、少し不便なところにあるが、それでも敷地はあまり広くない。

「病にかかった者をどこに運ぶのですか」

「わたしの管理する、町の外の別邸《べってい》です」

壁の外の丘《おか》、その上に建つ、有事には砦《とりで》となる堅牢《けんろう》な屋敷だ。

先日は、その屋上から特異種のトロルを狙撃した。

「思い切ったことを考えましたね。ほかの患者も、ですか」

「真冬に魔物が攻めてくる、ということもないでしょう。他国の軍が動く気配もありません。ならばいっそ、あそこがいちばん、隔離場所としてふさわしい。兄の許可もとりました。医療魔術師を集めて、患者の対応をいたします」

「それ、おれの許可が必要なんですか？」

「孤児たちの大半は、本来、この町の住民としての資格を満たしておりません。身元を保証できる者がいませんから。いちど町の外に出れば、二度と入れないのが本来の決まりです」

エドルは城塞都市である。

限られた場所しかない城塞の内側に際限なくヒトを受け入れてしまえば、たちまち破綻《はたん》してしまう。

故に、住民の資格というものが存在する。

ある程度の価値を持った者たちだけを、壁の内側、都市の住民として許可するのだ。

孤児を受け入れるというのは、それとは別の観点、いわば貴族の慈悲として行われている施策《しさく》である。火急の事態において解決するべき問題が出てくるのも、当然といえた。

「無論、伯爵《あに》に頼み、特別扱《あつか》いすることはできますが……」

「その前にやれることがある、と？」

「子どもたちを正式に町の住民として登録します。責任者であるあなたに一筆したためていただきたい」

保証人になれ、ということだ。おれは承諾《しょうだく》し、彼女が差し出してきた書類にペンを走らせた。

「さて、これで本来の目的は終わりなのですが……」

「まだ、なにか？」

「あなたの意見を聞きたいと思っておりました。今回の件、どうお考えですか？」

「それは……疫病のことですか、それとも黒竜の？」

「その繋がりがあるか、どうか」

「ないと思いますよ」

おれは、きっぱりと答えた。そのうえで、とつけ加える。

「ただ、時期がぴったりと重なっているのはたしかです」

「ええ、本当に。おかげで兄も、毎日のように頭を抱《かか》えております」

いやはやまったく、領主さまにおかれては、お気の毒なことだ。

「ですが、だからこそここで弱気な態度はみせられない、と考える貴族もおります」

「どういうことですか」

「疫病の源たる黒竜、退治するべし。いまこそ帝国の底力を天下に知らしめるときである。そう気勢を上げる者たちが」

「魔爵さまですか」

「男爵家からも、同様の声があがっております」

おれはきっと、自分が苦虫を噛《か》み潰《つぶ》したような顔をしているだろうな、と思った。

城塞都市エドルには、統治者であるエドル家のほかにも貴族家がある。

大別して、分家と陞《しょうしゃく》爵だ。

貴族の血は、高い確率で強い魔力を持つ。分家をつくることによって、魔力の高い家系を増やす。

ひとたび有事となれば、我先にと本家のもとに馳《は》せ参じる者たちだ。騎士たちが戦場の主力ならば、戦闘魔術師は決戦戦力であった。

これらの分家に与《あた》えられるのが、魔爵という爵位である。

魔爵家の子息の多くは帝都の学院の門を叩き、一流の魔術師を目指す。その優秀な一部が戦闘魔術師として大成し、残りの者たちも各々《おのおの》の長所を生かした魔術師となって、家の繁栄《はんえい》、ひいては帝国の繁栄を下支えするのだ。

もうひとつ、騎士のなかには高い魔力と卓越《たくえつ》した功績でもって爵位を得る者がいる。

彼らは男爵として複数の村を束ね、エドルで強い影響力《えいきょうりょく》を持つ。

現在、この町に存在する貴族家は、魔爵が四つ、男爵がふたつ。

エドル本家としても、彼らの意向は無視できない。戦《いくさ》となれば、もっとも厳しい場所に投入されるのが彼らだからだ。

貴族家は、常に手柄《てがら》を立てる機会を欲《ほっ》している。

だから彼らが、外部からの脅威《きょうい》に対して好戦的な態度を示すのは、ある程度想定できたことなのだが……。

メイテルは、紅茶のカップに口をつけた。

「魔爵家の戦闘魔術師十五人が中心となった精鋭《せいえい》部隊が計画されております。帝都から腕利《うでき》きの狙撃魔術師を三人も招いたとも」

「狙撃魔術師まで招聘《しょうへい》したということは、もうやる気まんまんじゃないですか」

「兄に黙《だま》って、狩猟ギルドの本部に要請《ようせい》したようです。昨日、怒《いか》り狂《くる》った彼を宥《なだ》めるのに苦労しましたよ」

伯爵を宥めるの、この人の仕事なんだ……。

そりゃあ温厚《おんこう》で知られる伯爵さまも怒り狂うのもわかるよ。自分に黙って、足もとでそんなことをされていたならさあ。

貴族と民は、疫病によってそれだけ鬱憤《うっぷん》を溜《た》めていたのだ。そして、行き場のない不満のはけ口を探していた。

黒竜は、ちょうどいいときに、ちょうどよくこの都市を挑発《ちょうはつ》してしまったのである。

それが相手の本意かどうかは、この際どうでもよいのであった。

メイテルが口に出した狙撃魔術師の名は、いずれもたしかに、優秀で知られる者たちだ。

ひとつ目巨人《きょじん》を討伐《とうばつ》した者、不滅《ふめつ》死人を滅《ほろ》ぼした者、なかには緑竜を殺した者までいる。

「そうそうたる面々ですね。本部も、よく承認したものだ」

「黒竜の貯《た》め込んだ財貨をあてにしているようです」

討伐の報酬《ほうしゅう》の一部は狩猟ギルドに収められる。

今回、依頼《いらい》を受けたのは本部であるから、狩猟ギルドの本部に貯め込まれた財貨の一部が支払《しはら》われることとなる。

「たしかに、竜は財宝を貯め込むものですが……」

黒竜については、まだ詳しい巣の場所も不明だし、未《いま》だ実際に黒竜の姿をみた者はいない。

「そういう次第ですので、あなたにも話が行っていないか、確認させてください」

「初耳です。もし聞いていたとしても、絶対に話を受けません。情報が少ないし、曖昧《あいまい》すぎる。せめて巣の場所くらいはわかっていないと」

「あなたが必ず狙撃を成功させてみせるのは、その慎重《しんちょう》さ故、その入念な下準備故、ということなのですね」

「まともな考えを持った狙撃魔術師なら、そうします。名誉《めいよ》を欲《ほ》しがるにしても、彼らはなんで、こんな話に乗ったんでしょう」

「グリットガラードの勇名は、帝都でたいそう鳴り響《ひび》いていたと聞きます。彼の失敗を、いまこそ好機と思う者も」

そのグリットガラードが失敗した黒竜を退治することで、名と実を両取りする。

そう考えた者が複数いた、ということか。

たしかにこの面々をもってすれば、黒竜討伐を成功させられるかもしれないが……。

「いま、そこまで無理をする必要がありますか？」

「ない、と考えたからこそ、激怒《げきど》した兄は机を四つも壊《こわ》してしまったのです」

「モノに当たるだけマシですね」

「奥方は、子どもたちを連れて別邸に避難《ひなん》しましたよ。子どもの教育に悪い、と」

賢明《けんめい》な判断だろう。魔力に優《すぐ》れた貴族の魔術師に本気の暴力を振《ふ》るわれれば、子どもや使用人などひとたまりもない。

各地を放浪していたころ、貴族の癇癪《かんしゃく》で肉塊《にくかい》となった民の姿を幾度《いくど》もみてきた。

目の前で苦笑いを浮《う》かべている女性とその兄君はそういった貴族の同類ではない、と信じているからこそ、定住の地としてこの町を選んだのだ。

無論、理由はそれ以外にもあるし、この町にはこの町なりの問題もあるのだが……。

「姉さんとあなたが、旅先で横暴な貴族を叩きのめして逃《に》げた話は聞いていますよ」

「誤解しないでください。あれは、あいつが勝手に暴れておれが巻き込まれたんです」

「まあ、そうでしょうね。姉さんは我慢のきかない性格でしたから……」

メイテルは、つかの間、懐《なつ》かしいものを思い浮かべるように目を細めた。

それから、はっとしたようにおれをみて、ちいさくうなずいてみせる。

「思い出に浸《ひた》っている場合ではありませんね、話を戻しましょう。ダダーには、黒竜討伐隊にギルド員を同行させないよう申しつけておきました。あなたも、そのように」

「いわれなくても、行きませんよ」

ダダーは狩猟ギルドのギルド長だ。皆《みな》に頼《たよ》りにされている。荒《あら》くれ者たちも、彼の言葉にはよく従う。メイテルは、素早く最適の手を打った。

「討伐隊は放置するのですか」

「もちろん監視《かんし》はつけます。逆に、それ以上のことはできません。帝都で承認された以上、これは正式な、帝国としての黒竜討伐なのですから」

高名な狙撃魔術師が三人も出張るとなれば、相応《そうおう》の理由が必要となる。帝国がじきじきに黒竜を討伐対象としたからこそ、彼らがわざわざこんな辺境の町に来るのだ。

「面倒にならなきゃいいんですがね」

「わたしの役目は、失敗した場合の被害《ひがい》を抑《おさ》えること。とはいえこうなってしまった以上、彼らが無事に黒竜を討伐することを祈《いの》ってやみません」


数日後、帝都から二十人ほどの団体さんがやってきた。

三人の狙撃魔術師と、その部下である作戦チームのご一行である。

狙撃魔術師がチームを組むことは、実は多い。むしろ、そちらのやり方が一般的であるといえる。

息の合ったチームプレイで敵の動きを止め、弱点を看破し、一撃《いちげき》で撃《う》ち貫《ぬ》く。

安全に狩《か》りをするなら、チームを組まないデメリットの方がおおきいほどだ。

ひとつのチームは、おおむね五人から十人程度となる。

斥候《せっこう》役、前線に立って獲物《えもの》の注意を引く者たち、医療魔術師、そのほかサポートメンバー。

あまり多くても組織の維持《いじ》が難しくなるし、少なければ自分たちだけでは完結できず、毎回他所《よそ》の人員を頼ることになる。

狙撃魔術師の弟子が混ざることもある。

だから最適が五人から十人、というわけだ。

おれのように、ずっとひとりで行動する狙撃魔術師も少なくはないんだけどな……。

そんなおれだって、いまでは弟子のリラがいる。

で、狙撃魔術師たちは、狩猟ギルドに顔を出して、なんか知らんがちょっとモメたそうだ。

森に詳しい狩人を雇《やと》おうとしたものの、うちのギルド長が難癖《なんくせ》をつけて拒否したとか。

そんな話を、後日、ぷんぷん怒《おこ》ったテリサから聞いた。

「お父さんったら、せっかくの実入りのいい話だったのに！　ギルドも酒場も、最近の売り上げがひどいんですから！」

「まあなあ、そうだよなあ、たいへんだよなあ、テリサちゃんは偉いなあ」

「狙撃さん、なんでそんな適当なんですか！　もうっ！　わたしの話はちゃんと聞いてください！」

家でもテリサちゃんに叱《しか》られているであろうギルド長には、同情することしきりである。

こんな裏事情、家族にも絶対に話せないからなあ。

この話をおれがテリサから聞いたときには、すでに狙撃魔術師たちは、町の貴族たちが用意した部隊と共に町を出て、森の奥へ向かった後であった。

というか狙撃魔術師たちが町にいる間、おれはおとなしく宿に引きこもっていたのである。

おれが腕のいい狙撃魔術師である、という話は、この町でも一部の者しか知らない。ギルドの古参はある程度気づいているが、彼らはそれを他に漏《も》らさない。

この町に噂の魔弾《まだん》の射手が住んでいる、というのも帝都のギルド本部では機密事項《じこう》である。

このあたりはいろいろあるのだが、いまは関係のないことだ。

ともあれ、彼らは邪悪《じゃあく》で非道な黒竜を退治するために出発した。

あとは、試みが成功することを祈るばかりである。


四十人近い部隊で出発した黒竜討伐隊であるが、彼らを上空から監視している者たちがいる。

エドル伯爵の部下の魔術師が放った使い魔たちだ。

おれの使い魔ということになっているヤァータが放ったドローンも、姿消しの魔法《こうがくめいさい》を使用して彼らを追尾《ついび》しているという。

ヤァータからは、逐次《ちくじ》、報告が来ていた。

貴族たちと狙撃魔術師たちはよく話し合い、斥候のグループがきっちりと前方を哨戒《しょうかい》しながら進んでいるとのことである。

その過程で多くのもめごとが発生し、刃傷沙汰《にんじょうざた》寸前までいったこともあったらしいが、今回のリーダーである男爵家当主の仲裁《ちゅうさい》によってことなきを得たらしい。

幾度も連携《れんけい》の訓練を行い、そのたびに動きがよくなっているという。素晴らしいチームが出来上がりつつある、とのこと。

彼らには、いっさい油断がなかった。考えられる限り最高の条件が整っていた。

監視部隊は、彼らが黒竜が潜《ひそ》むという山脈に入った、という報告を最後に……。

討伐隊を見失った。

その日、山脈全体を厚い霧《きり》が覆《おお》い尽《つ》くし、霧に突入《とつにゅう》した使い魔たちは方角を見失って、ひどく迷った末、かろうじて脱出《だつしゅつ》することができたという。

ヤァータによれば、こうだ。

「一帯は地磁気が狂い、重力場が激しく変動しております。計測機器の故障か、あるいは計測機器になんらかの干渉《かんしょう》があったか定かではありませんが、霧の内部に留《とど》まるのは危険と判断し、撤退《てったい》いたしました」

あのカラスもどきがこれほど狼狽《うろた》えることも珍《めずら》しい。


翌日、山脈を覆う霧が晴れた。

ほどなくして、黒竜討伐隊を素材とした異形《いぎょう》の巨大な魔物の存在が、監視部隊によって発見された。

高さがヒトの十倍ほどもある、赤黒いぶよぶよした肉の塊《かたまり》である。

そのあちこちにヒトの顔と、腕と、脚《あし》が突《つ》き出している。顔はいずれも黒竜討伐隊の面々にそっくりで、血の涙《なみだ》を流し、言葉にもならぬ呻《うめ》き声や悲鳴をあげているのであった。

そのような異形の魔物が、山脈を下りて、森の木々を踏み倒し、ずりずりと這《は》いずりながら、城塞都市エドルにゆっくりと近づいて来ていた。

冬眠《とうみん》していた熊《くま》が踏みつぶされ、そのまま肉の塊のなかに吸収された、という報告が入った。

町に近づくにつれ、肉塊は少しずつ成長しているという。

森の木々や草を喰《く》らい、それを己のちからに変えている様子である。

「なんと、おぞましい。呪い、のようなものでしょうか」

以前と同じ商家の屋敷の地下に招かれ、おれはメイテルからことの次第を聞いた。

ヤァータからも、おおむね同様の報告を受けている。

「黒竜は報復を忘れぬ律儀《りちぎ》な性格のようですね。手出しをすれば、相応の罰《ばつ》を与えてくる。まったく、あの方々は、ひどく愚《おろ》かな選択《せんたく》をしました」

現領主の妹は深いため息をつき、おれとまっすぐ視線を合わせる。

「ですが、彼らに責任を問うのは、ことが済んだ後です。いまは町を守ることを優先しなければなりません」

メイテルは語る。

「兄は、今日中にもこの事実を公表いたします。魔物はブラック・プディングと命名。これが町に到達《とうたつ》するまで、猶予《ゆうよ》は五日。帝都から応援《おうえん》を呼ぶ暇はございません」

ヤァータの上空からの観察によれば、ブラック・プディングはなめくじのように這いずりながら、器用に崖《がけ》を登攀《とうはん》したとのことである。

この町を囲う壁程度では、この魔物に対する障害にならないだろう。

領主付きの魔術師たちも、使い魔の目を通して同じ観測結果を得ているに違いない。

「町の外で迎撃《げいげき》、ですか」

「はい、兄は早々に籠城《ろうじょう》を断念しました。正確には、わたしが断念させました」

軍事に関しては、伯爵より目の前の女性の方が詳しい様子である。

「特異種のトロルとの最大の違いは、狩猟ギルドが主体の討伐ではなく、エドル全土を挙げての戦いとなることとです。このわたし、領主の妹であるメイテルが総指揮をとり、貴族たちが前面に立ちます。狩猟ギルドには、補助的な役割を担《にな》ってもらうこととなるでしょう」

今回は時間的な余裕《よゆう》もある。

周囲の村に人をやり、騎士たちを召集することとなる、とメイテルは語った。

作戦の当日には、二十人の騎士と百人の従者が駆《か》けつけるはずだ、と。

「主力となるのは、貴族の戦闘魔術師六人とその従者がおよそ二十人。我が家が抱える狙撃魔術師が三人。衛兵隊からは、最低限の者を治安維持に残して三十人」

さらに狩猟ギルドからは、森をよく知る者が二十人ばかり参加する。

「これ以上は逆さに振っても出て来ません。まさに、エドルの全戦力です」

語り終えたメイテルは、喉が渇いたとばかりに紅茶のカップを持ち上げ、口をつける。

「合わせて、およそ二百人、たいした戦力だと思いますが」

「所詮《しょせん》は寄せ集めです。この地の貴族と騎士たちは戦争に参加した経験も、強大な魔物を相手にしたこともありません。本番で、どこまで上手く動けることか」

村を治める騎士や従者たちは、森から出てくる中型の生き物の相手に長《た》けている。

とはいえ、普段《ふだん》村の近くまでやってくるものなど、狼《おおかみ》くらいのサイズまでだ。

ブラック・プディングの全長は、少なく見積もってもヒトの十倍以上。しかも冬眠中の動物や魔物をとり込み、日を追うごとに体積が増えていっているという。

「狩猟ギルドだって、戦争に参加した経験なんてありませんよ」

「ですが魔物狩りは、彼らの領分です」

「狩人たちだって、熊よりおおきな魔物を狩ることは稀《まれ》です。それに彼らは皆、無理だと思えば潔《いさぎよ》く退いて、そのおかげで生き延びてきたのです。あまり期待されても困ります」

メイテルさまは、くすりと笑う。

「侍従《じじゅう》たちにも、同じことをいわれました。民に期待するな、と。頼れるのは騎士と貴族だけである、とも」

「その方々が正しい。よほどの魔力がなければ、そもそもあんな魔物には傷ひとつつけられないでしょうからね」

ブラック・プディングは、内臓が剥《む》き出しになっている状態であると考えられた。

常時、全身に魔法で結界を張り、敏感な肉の塊という本体を守っている様子である。

まずは結界を引き剥《は》がさなくては、この魔物に傷ひとつつけることができない。

決戦のために集められた従者や衛兵隊の大半は、ブラック・プディングに刃《やいば》を突き立てることすらできない非力な者たちである。

狩人たちも、事情は似たようなものだ。ただ彼らには、騎士たちに冬の森を案内し、罠《わな》を仕掛けるという大切な役目がある。

「狙撃魔術師が魔臓を射貫いて終わり、ということなら、話は簡単だったのですが……」

メイテルさまがため息をつく。

狙撃する側のおれとしては、簡単、のひとことで済ませてほしくないところだ。

彼女が暗澹《あんたん》たる気持ちになるのもわかるのだが。

なぜならば……。

「魔臓を無数にとり込んだ生き物とは、なんともはやですね」

魔臓は本来、一体につきひとつ。それが常識だ。

理由は不明であるが、まあ心臓がひとつしかないようなものだろう。

ちなみにヒトであっても、魔力を持つ者であれば魔臓が存在する。

ブラック・プディングと名づけられた魔物を探査した結果、最低でも二十個、おそらくはそれ以上の魔臓の存在が確認された。

おそらく、素材としてとり込まれた黒竜討伐隊の面々の臓器が、そのままブラック・プディングの内部で活動しているのである。

もっと深読みすれば、素材となった者たちは未だあの異形のなかで生存しているのかもしれない。

呻き声をあげ続けているあの様子から察するに、すでにまともな理性は存在しないだろうが……。

むごいことだ、と思わなくもない。

だがそれ以上に、戦う側としては厄介なことであった。

「狙撃魔術師は魔臓を射貫くだけが仕事ではありません。ほかの急所が存在すれば、それを射貫くことで魔物を仕留めることも可能です」

「問題は、ブラック・プディングの急所がどこか、ということですね」

「あるいは、ブラック・プディング本体の魔臓が存在するのでしたら、それを射貫くことです。その位置を探《さぐ》るためにも、ひと当てする必要があります」

「たとえどれほどの犠牲《ぎせい》を払うとしても、ですか」

現在、町に存在する狙撃魔術師は、おれとリラ、それから領主お抱えの者が三人、それですべてだ。

弱点とおぼしき場所を探り出し、それが正解かどうか、ひとつずつ試《ため》していく。

チャンスは五回。可能性を少しでも上げるためには、なりふり構わず、やれることはすべてやるしかない。

だから、おれはひとつ、提案をした。

「メイテルさま。あれを仕留めるための魔力を貯蔵するのは、二日もあれば充分でしょう。いや、一回目は倒す必要がないのだから、一日でいい。五日の間に、二回、仕掛《しか》ければ倍の機会がある」

「二回、仕掛ける？」

「はい。森の奥で一回、町のそばで一回」

メイテルは、目をおおきく見開いた。

考えたこともなかったであろう、大胆《だいたん》な提案に違いない。

「あなた方、狙撃魔術師たちにたいへんな負担がかかる計画となります」

「前線で命を懸《か》ける者たちの方が、よほど大変でしょう。準備の負担がおおきいようなら諦《あきら》めますが……」

「やりましょう」

メイテルさまは即決《そっけつ》した。

「すぐ、兄に連絡《れんらく》をとります。あなたは弟子と共に狩猟ギルドで待機してください」

かくして、急遽《きゅうきょ》、おれとリラは出立《しゅったつ》することとなった。

二日後。おれは雪が降り積もる森のなか、身を隠して魔力タンクに魔力を溜《た》め、そのときをじっと待っていた。

準備と移動で一日、そして魔力タンクに魔力を溜めるのに一日である。

今回は、一日ぶんしか魔力を溜められない小型のタンクを使っていた。それでも、真冬の野外でまる一日待機するというのはなかなかに堪《こた》える。

寒さは魔道具でどうとでもなるが、魔力を溜めている最中に襲《おそ》われればひとたまりもない。雪を掘って身を隠してはいるが、一部の鼻の利く魔物にとっては、格好《かっこう》の餌《えさ》だろう。

今回、リラも少し離《はな》れた場所で狙撃の準備をしているから、援護を期待することもできない。

いちおう護衛の者はいる。いるのだ、が。

その護衛というのが、メイテル本人だったりするのだ。

なんで？

「わたしに護衛されることを、もっと喜んでくださってもいいのですよ？」

「光栄に思っております」

事務的に返事をする。くすくす笑われた。もう何度もしたやりとりだ。

目をつぶっていると、メイテルさまの声がときどきあいつの声に聞こえてしまい、少々、戸惑《とまど》ってしまう。さすがは姉妹《しまい》、といったところなのだろう。

あいつの声色《こわいろ》なんて、とうの昔に忘れてしまったと思っていたのに。

「それはそれとして、指揮を執《と》る者がこんな危ないところにいないでください」

「観察するなら、敵の近くの方がいいでしょう？　ご心配なく、剣《けん》の腕には自信あります」

「伯爵家の方を侮《あなど》ったりしませんよ」

魔力は、高い確率で親から子へ引き継がれる。

ましてやメイテルは伯爵家の娘として生まれ、彼女の姉から『男として生まれたら、希代の英雄になっていた』といわれるほどの人物であった。

とはいえ、戦には個人の武勇よりも大切なものがある。

こんな前哨戦《ぜんしょうせん》で万一のことがあって、指揮官を失うわけにはいかない。

なんのために使い魔や遠見の魔道具というものがあると思っているのだ、と説得したものの、彼女は頑《がん》として聞き入れず……。

結果、おれは彼女と共に、この雪を掘ってつくった狭《せま》い穴倉で過ごすこととなったわけである。

彼女の護衛役である衛兵隊の精鋭たちは、現在ブラック・プディングに張りつき、狩猟ギルドの精鋭と共に、この巨大な魔物が気まぐれで進路を変更《へんこう》しないか観察している。

狙撃成功後、撤退するルートの確保をしている人員もあり、この前哨戦だけで三十人以上の者が参加していた。

データが足りない。

ならばデータを集めるために、多少の無理をするべきだ。

そんなおれの提案に乗って、メイテルをはじめとした伯爵家は全力を出してくれていた。

「歴史の話をいたしましょう」

「いま、ですか?」

「ええ。狙撃魔術師が生まれる前にも、魔術師が魔法を行使して竜のように強大な魔物を仕留めることは、ままありました。そのとき、どのようにして魔力を調達したか、ご存じですか」

「不勉強で申し訳ありません」

「痕滅《こんめつ》魔法と呼ばれる特別な魔法を用いて、貴族の持つ魔力を燃やし尽くすのです」

「痕滅魔法？」

「数人の高位貴族の命と引き換えに、竜を滅ぼした。どの国にも、そのような逸話《いつわ》が残っているものです。狙撃魔術師の登場以降、そのような行為《こうい》は忌《い》むべきものとなりました。ですがいくつかの貴族家では、未だ親から子へ、密《ひそ》かに痕滅魔法が伝わっております」

貴族は高い魔力を持つ。その身が滅びるまで絞《しぼ》り尽くすことで、強大な存在を滅ぼすために必要な魔力を手に入れた。

生贄《いけにえ》だ。

それでも、化け物の暴虐《ぼうぎやく》でひとつの地域が滅んでしまうよりはマシだと、昔の人々は考えていたのか。

おれは顔をしかめる。

万一、狙撃魔術師が失敗した場合の、彼女の覚悟を理解したからだ。

「紅茶をもう一杯《ぱい》、いかがですか」

「結構です。もうすぐ本番ですよ」

地響きがする。次第に、地面の震動《しんどう》がおおきくなってくる。巨大ななにかが、地面を這いずり近づいてくるのだ。

おれは長筒《ながつつ》を握《にぎ》って、雪穴から顔を出す。

小山のごとき巨大な赤黒い肉の塊が、なめくじのように這いずって、落葉した裸《はだか》の木々をなぎ倒しながら近づいてくるさまが、はっきりとみえた。

全身のあちこちに突き出たヒトの手足はいびつに折れ曲がり、苦悶《くもん》に満ちた男女の顔が肉の表面に浮かび上がっている。

それらの顔についた口が、呻き声のような悲鳴のような音を出して、それが風に乗ってこちらにまで聞こえてくる。

あまりのおぞましさに、背筋に冷たいものが走った。

隣《となり》で顔を出し、同じものをみたメイテルが、皮肉に顔を歪める。

「これほどの悪意を感じたのは久しぶりですね」

「悪意、ですか」

「黒竜は、己の巣を襲った矮小な者たちのことがよほど腹に据《す》えかねたとみえます」

「ちなみに、以前に同じような悪意を感じたことが？」

「かつて、投降した捕虜《ほりよ》の四肢《しし》を断《た》ち、目をくりぬき、鼻を削《そ》いで返してきた隣国《りんごく》がいました。帝国の反対側の戦に参陣《さんじん》したときのことです」

なんでそんなところまで殺し合いをしに行ったの？　と問いたくなるところを、ぐっとこらえる。

いまは目の前の化け物に対処するときだ。

すでに長筒の射程圏内《けんない》ではあるが、ものごとには順番がある。

「最初は、あなたの弟子からでしたね」

「ええ。リラは逃げるのが上手いのです。おれなんかより、ずっと」

「才能のある者を、素直にそう認める。なかなかできることではありませんね。では、合図を出します」

メイテルが小声で呟いた。魔法で遠く離れたところに声を送ったのだろう。

それが合図だった。

斜《なな》め前方、かなり離れたところに隠れていたリラが雪穴から顔を出し、長筒を構える。

躊躇《ちゅうちょ》なく、引き金を引いた。

眩《まばゆ》い虹《にじ》色の光が長筒の先端《せんたん》から溢《あふ》れ出し、一筋の糸となってブラック・プディングの巨体を襲う。

一撃はその中央に衝突《しょうとつ》し、巨大な爆発が起こった。

一拍《ぱく》遅れて轟音《ごうおん》と爆風がおれたちの穴にまで到達し、おれは目を細める。

巨大な魔物は、背筋が凍《こお》るようなかなきり声をあげた。

次の瞬間《しゅんかん》、雪原に閃光《せんこう》が走った。

先ほどまでリラがいたあたりの雪が、連続して爆発を起こす。雪の粉が宙を舞う。

ブラック・プディングの反撃だ。無数の口のひとつひとつから飛び出した魔法弾が、広範囲を焼き払ったのである。

この攻撃《こうげき》の存在を、おれたちはすでに把握《はあく》していた。

山を下りるブラック・プディングを上空から追尾していた使い魔たちが、ブラック・プディングに無謀《むぼう》にも攻撃を仕掛けた双頭《そうとう》熊の魔物の末路をしっかりと観察したのである。

狩猟ギルドのギルド員でも、一対一では苦戦するような魔物である。

それを、骨も残さぬ圧倒的な火力で焼き払ってしまった。

ヤァータもその様子をみていたから、おれは詳細《しょうさい》を説明されている。普通の魔術師が展開する盾《たて》の魔法程度では容易《たやす》く貫通《かんつう》され、その身が蒸発するであろうことも知っていた。

とはいえ、わかっていれば、それも対処はできる。

リラは、その攻撃が着弾したとき、すでにその場所にはいない。

メイテルの視線が、斜め上に泳ぐ。

その視線の先をみれば、宙を舞《ま》ってさっさと離脱《りだつ》する少女の姿があった。魔力タンクは切り離し、長筒一本を持った姿で空を飛んでいる。

爆風のおかげで、ブラック・プディングはリラの存在に気づいていないようだった。

おれは、安堵《あんど》の息を吐《つ》く。

さて、と。

「次はおれの番だ」

「頼みましたよ、魔弾の射手殿《どの》」

爆風が晴れる。ブラック・プディングが姿を現す。

その全身を覆う結界が、いまは青白く輝《かがや》いて視認できた。結界の一部が綻《ほころ》んでいるのは、リラの一撃によるものだろう。

ブラック・プディングは無数の生き物をとり込み、生かしたままその魔臓を利用している。

魔臓の場所を明らかにするための探査《サーチ》の魔法、そのなかでも魔術師が一般的に用いるものは、生き物の体内を巡《めぐ》る魔力の流れを掴《つか》み、その中心を探るというものだ。

ブラック・プディングにこの魔法を行使した魔術師は、吐き気と眩暈《めまい》を訴《うった》えた。通常の生き物で

はありえないほど複雑な魔力の流れ、許容量を超《こ》えた情報が脳に流れ込んだせいである。

ブラック・プディングから魔法弾が放たれる際に魔力の流れを調査したときも、探査の魔法を用いた魔術師がひどく消耗《しょうもう》している。

そもそも探査の魔法に対する強い抵抗が存在するのではないか、と推測する者もいる。

探査の魔法を阻害《そがい》する魔道具は、実際に存在する。国と国が争うときなどは、そういった妨害《ぼうがい》魔法をいかに掻《か》い潜《くぐ》るかが肝要《かんよう》となるという。故に帝都の学院でも、探査妨害魔法に関する研究は活発に行われているらしい。

それに類する探査妨害がブラック・プディングの体内で活動しているとすれば、これは明らかに狙撃魔法への対策である。

黒竜は、ヒトの戦い方をよく研究しているということだ。

おそらくは体内にとり込んだ無数の魔臓を用いて、常時、探査妨害の術式を発動し続けている。

非常に厄介なことであった。

ヤァータであっても肉塊の内側を解析することができていない。普段はなんの感情もみせないカラスが、たいへんに不思議がって、少し喜んでいるようだった。

「なにが嬉しいんだ」

と訊《たず》ねてみたところ……。

「未知のものを探求する。これは、わたしに組み込まれた原初の欲求なのです。その欲求に従い、わたしは長い長い旅を続けてきました」

という返事がきた。

ヤァータのことが、少しだけわかったような気がした。

それはさておき、ブラック・プディングの弱点を探るには、どうすればいいか、である。

あの日、おれはメイテルに、こう提案した。

「探査妨害といってもさまざまに存在しますが、今回、ブラック・プディングが内蔵している探査妨害は、魔力の流れを複雑化する方式です。流れが複雑なら、単純化してしまいましょう」

「単純化、ですか。具体的には？」

「ブラック・プディングの体内で強い魔力の流れを意図的に起こします。探査《サーチ》の魔法を担う魔術師には、弱い流れは無視してもらい、その強い流れだけを追ってもらいます」

「強い流れ、ですか」

「はい、メイテルさま。ブラック・プディングは攻撃に対して反射行動で結界を張り、即座に反撃を行う様子。ならば……」

「連続して攻撃を仕掛けることで、強い魔力の流れを意図的につくり出せるかもしれない、と」

メイテルはおれの提案を兄のもとへ持っていき、この作戦が承認された。

通常は一撃必殺を狙《ねら》う狙撃魔術師を集団で用いての連続攻撃。

セオリーとは真逆な戦術である。周囲に散らばった魔術師たちが、即座に探査の魔法を行使してブラック・プディングを解析しているはずだ。

おれは引き金を引く。

魔力タンクは小型で溜めた時間は、たったの一日。

そのぶん弱い、しかし普通の魔物ならば触《ふ》れただけで蒸発してしまうような、ちから強い白い光が長筒の先から迸《ほとばし》る。

まっすぐ伸《の》びた白い光が、ブラック・プディングの正面に衝突する。

派手な爆発が起こった。

おれはすぐさま魔力タンクに繋がった管を素早く切り離し、愛用の長筒だけを手にする。

あとはメイテルと共に全力で逃げるだけ……。

「行きますよ！」

ぐい、と空いた手を引かれた。おそらくは魔力で全身を強化しての、腕がちぎれるかと思うほどちから強い引っ張りだ。

直後、上空から飛来した無数の魔法弾によって、おれたちが隠れていた穴は徹底《てってい》的な爆撃を受けた。


しばしののち、おれはメイテルに引っぱられ、地面を掘ってつくられた穴から地上に出た。

おれたちが隠れていた雪穴には、あらかじめ退避《たいひ》用の横穴が掘られていたのである。この地に滞《たい》在《ざい》する土木魔術師たちを酷使《こくし》して一日でつくられたものにしては、だいぶ深く長い穴であった。

その穴を使い、おれとメイテルはブラック・プディングの反撃から逃げ延びたのだ。土木魔術師たちには感謝しかない。

冷えた新鮮《しんせん》な空気を深呼吸する。

遠くの方で、連続した爆発音が響いていた。地面が小刻みに揺れる。

だいぶ遠くまで逃げたはずだが、ブラック・プディングはまだ怒り狂い、暴れているようだった。

他の狙撃魔術師たちは、上手くやっただろうか。

急に全身のちからが抜けて、おれは雪の上にぺたんと尻《しり》を落とす。

「怪我《けが》をしましたか？　少し乱暴に引きずりすぎましたか」

「いえ、大丈夫です、メイテルさま。少し気が抜けました」

「そうですか。あなたが無事で、よかった。わたしが護衛についた甲斐《かい》もあったというものです」

メイテルは、くすりと笑う。

「それに、この目でしっかりとブラック・プディングの状《じよう》況《きよう》を確認できました。これから我々が打倒するべき相手を」

なるほど、実際にその目で敵を確かめる、というのは重要なことだ。

作戦を立てるにしても、段取りのイメージが変わってくる。

狙撃魔法は段取りが八割。

高名な狙撃魔術師の言葉だ。

「ありがとうございました。おれひとりでしたら、あの爆撃に巻き込まれていたかもしれません」

「他の者からも、無事との報告が入りました。狙撃五発、すべて成功です」

脱出した先には、御者《ぎよしや》つきの兜《かぶと》鹿《じか》馬車が待っていた。

馬車に乗り込むと、すぐに走り出す。夜までには町に戻れるだろう。

そこからすぐに、休みなく魔力タンクに魔力を溜める作業が始まる。

「自分で決めたこととはいえ、これは少々、骨が折れますね」

「わたしのことは気にせず、少しでも眠《ねむ》っておきなさい」

「そうさせていただきます」

目を閉じると、すぐ意識が闇《やみ》に呑《の》まれた。

夢もみなかった。

◆

三日後。

城塞都市エドルは、迫《せま》る巨大な肉塊の魔物を待ち構えていた。

騎士とその従者たちが、町から少し離れた森の入り口付近に散らばっている。

町を囲む壁の上に狙撃魔術師が三人配置されて、魔力タンクに魔力を満たしていた。

おれは特異種トロルのときと同様、町のすぐそばの丘、その上に建つ伯爵家別邸の屋上だ。

今回、そばにはリラの姿もある。

冷たい風に、護衛の衛兵たちが身を震《ふる》わせる。

一線で戦える者は前線に出てしまったから、いまこの屋上にいる衛兵は若手ばかりだ。なかには、革鎧《かわよろい》がまだぶかぶかの、十三、四歳とおぼしき子までいる。なんとも頼りない護衛たちであった。

若手には死んでほしくない、と衛兵隊の上の方の配慮でここに配置されているらしい。

メイテルから聞いたことだ。

「あなたのそばが、いちばん安全でしょう」

あまり買いかぶられても困るのだが、そのメイテルも現在は森のそば、最前線のすぐ近くで指揮を執っている。

今回ばかりは、それが必要だった。

なにせ貴族たちと騎士たちの意見をすり合わせることができるのは、伯爵家の者だけなのだから。

加えて……。

「わたしは痕滅魔法を学んでおります。あなたがたが失敗しても、この身に代えて町を守りましょう。そのためにも、わたしが前線にいる必要があるのです」

魔力タンクに魔力を溜めているおれにそう声をかけて、彼女は笑って出陣していった。

町を守るためなら、己の命をも使い潰す。それが、伯爵家の一員として生まれた己の責務である、と。

ふと、あいつの顔が、脳裏《のうり》をよぎった。

十五年が経《た》ったいまでも思い出せる、メイテルの姉だった人物の笑顔《えがお》が。

彼女が家を出た理由のひとつには、こうした貴族の義務からの逃避《とうひ》があったのかもしれない。

自分が生まれ育った家はあまりにも息苦しく、堅苦《かたくる》しい日々であったと、少しだけ聞いたことがあるのだ。当時は、それが貴族家だとは、辺境の伯爵家だとは思いもしなかったのだけれど。

いや、ある程度は想像していて、その事実からおれが目を背《そむ》けていただけなのかもしれない。

首を振って、益体《やくたい》もない考えを頭のなかから追い出す。

森の奥、地平線の彼方《かなた》から、赤黒い巨大ななにかがゆっくりと姿を現したからだ。

森の木々が、揺れる。

でかい。

三日前にみたときより、さらにひとまわりおおきくなっている。

木々より背が高く、周囲の木々をなぎ倒し、あるいは吸収しながら、それが前進している。

移動するたびに、その赤黒い全身がぷるぷると揺れる。

大地が震動する。

ブラック・プディング。

ヒトを中心とした無数の生き物が融合《ゆうごう》した、ひどくおぞましい肉塊の魔物。とり込んだ魔臓の数が多いため弱点の解析が非常に困難な難敵だ。

しかし、この町の魔術師たちは、その総力を挙げて、この魔物を丸裸にしてみせた。

三日前、おれを始めとした狙撃魔術師たちが命を賭《と》して放った五発の狙撃魔法。それに対するブラック・プディングの反応は、あらゆる方角から観測され、記録された。

そのデータを解析した結果、ブラック・プディング本体の魔臓の位置が判明したのである。

もっとも……。

「魔臓がぐりぐり動くなんて、わたし学院で習わなかったよ！」

この二日間、おれの隣で同じく魔力タンクに魔力を溜めていたリラが叫《さけ》ぶ。

「大丈夫だ。おれも初めて聞いた」

「観測した魔術師の方々も、計算した方々も、なんの間違いかと目をこすっておられましたよ」

魔爵家出身の若い女性魔術師が、苦笑いする。今回、おれたちに対する護衛の総まとめとしてついてきたのが彼女であった。

名を、テテミッタ。

緑色の学生服を着て、茶色いネクタイを締めた、赤毛の少女だ。眼鏡の奥でおおきなふたつの紅眼がくりくりとよく動く、表情が豊かな人物である。

腹芸は苦手そうな、素直なタイプとみうけられる。

今回、彼女の主な役割は、各部隊との交信、伝令役だ。リラよりもひとつ、ふたつ年上にみえる若い少女を前線に出したくはない、という貴族たちの思惑《おもわく》が感じられた。

「動く魔臓の現在位置を前線の観測班が割り出し、軌道《きどう》を計算したうえで、みなさんに素早く伝達いたします。リハーサルは充分です。ご安心ください、必ずや本体の魔臓を捉《とら》えてみせます！」

テテミッタは、ぐっと拳《こぶし》にちからを込めた。

聞けば、帝都の帝立学院ではなく東部のとある公爵家がつくった学院に通い、つい先日、休暇《きゅうか》で帰郷したばかりなのだという。彼女のネクタイには在校生の証《あかし》である学院の紋章が金の刺繍《ししゅう》糸で縫《ぬ》い込まれていた。

リラをみていると勘違《かんちが》いしてしまうが、我が自慢の弟子のように飛び級で卒業する者はごく稀である。

地方の学院でも、適度に留年して二十歳《はたち》あたりまでに卒業すれば充分、という考え方が一般的なのだ。テテミッタは現在十七歳で、来年あたりには卒業できそうだという。まあまあ優秀な部類といえるだろう。

学院を放り出されたおれみたいなのも、珍しい存在ではないのだし……。

いやまあ、そんな昔の自分に対する弁護は置いておいて。

彼女の発言の通りであった。ブラック・プディングの体内で動きまわる本体の魔臓の軌道を把握し、一撃で抉《えぐ》る。今回の作戦は、ただそれだけのために立てられたものだ。

そのために、前線の貴族、騎士たちが中心となってブラック・プディングを足止めする。

観測班の魔術師たちがその隙《すき》に魔臓の軌道を確認、おれたち狙撃班を誘導《ゆうどう》する。

テテミッタは、ブラック・プディングの模型を持ってきていた。

透明なガラスでつくられたもので、即席の模型とはとうてい思えぬ、工作系魔術師の力作である。

このガラスの内部に入れられた黒い球体、魔臓を模したそれを、前線からの報告に従い、力場の魔法を用いて彼女が動かす。

おれたちはそれをみて、狙撃の判断材料とする。

ほかの三人のもとにも、同じ模型を手にした魔術師たちがいるはずだった。

狙撃の順番は、すでに決まっている。

前回とは逆で、最初に伯爵の部下である三人の狙撃魔術師が狙撃する。

彼らが失敗したら、おれの出番だ。

リラが念のため、後詰《ごづ》めとして控《ひか》える。

彼女にまで出番がまわることはないだろう、とは思うが……。

エドルが滅ぶかどうかの瀬戸際《せとぎわ》なのだ、手抜きは許されない。

「壁の上の三人で仕留めてくれればそれでいいんだけどな」

「えーっ！　師匠が活躍《かつやく》しようよ！」

「無理なく危険を除去できれば、それがいちばんだ」

戦いに時間をかければかけるほど、前線は消耗する。

万が一、ブラック・プディングが外壁に到達してしまえば、目を覆うような被害が出るだろう。それをいうなら、狙撃の一番手をこの別邸に配置し、ブラック・プディングの興味をこちらに惹《ひ》きつけるべきなのだろうが、今回、その意見はメイテルが却下《きやっか》した。

この別邸には、未だ流行り病で倒れた者たちが多く収容されているからだ。

彼らを移送するには時間も人手も足りなかった。

結果、ほかの狙撃魔術師が、病人たちのそばに長くいて病が移ることを恐《おそ》れた。

おれとリラにこの場所を押《お》しつけたともいう。

実際のところ、おれはヤァータのおかげでこの病にかかる可能性が限りなく低いらしい。

リラも町を囲む壁の上に行ってもらおうと意見したのだが……。

「師匠のそばにいるよ。いざというとき、師匠を守るのはわたしだから！」

と彼女はかたくなにそれを拒否して、おれの隣で魔力を充填《じゅうてん》することになったのである。麗《うるわ》しい師弟《してい》愛、ということにしておこう。

地響きが、次第におおきくなってくる。

化け物は、間もなく森のはずれに到着するだろう。

小山のごとき醜悪《しゅうあく》な赤黒い肉の塊、ブラック・プディング。ヒトによってそう名づけられた魔物が、冬の森をゆっくりと這いずりながら、城塞都市エドルに近づいてくる。

巨体に押しつぶされた木々が、きしんだ音を立てて倒れ、そのまま引き潰されていく。

森の外の小高い丘で頂上付近の雪が崩《くず》れ、ちいさな雪崩《なだれ》が起き、雪煙《ゆきけむり》が舞った。

まだ遠く離れているというのに、地面が小刻みに震動しているのだ。

森のはずれでは、二十人の騎士とその五倍の従者たち、そしてメイテルと彼女の従者たちが待機している。

騎士は着ている革鎧こそばらばらながら、皆が揃いの穂先《ほさき》が黒い投げ槍《やり》を握っていた。

従者たちは無手で、雪上で少しでもその身を隠すためか、全員が白い布を頭からかぶっている。

果たして、ブラック・プディングを相手にそのような用心にどれほどの意味があるかはわからないが……まあ、やらないよりはマシ、といったところだろうか。

彼らに対して、儀式用の金属鎧をまとったメイテルが檄《げき》を飛ばす。

その声はおれには聞こえないものの、おそらく故郷を守るために奮起せよ、とでもいっているのだろう。

人を死地に赴かせるには、理由が必要だ。

それが守るべきものを背負った人々ならば、なおのこと、戦うべき理由をいま一度、思い起こさせてやるべきだ。

貴族は、幼いころから、配下の者たちにその覚悟を決めさせるための教育を受けて育つ。かつてあいつは、苦虫を噛み潰したような顔をしながら、そう語った。

あいつは、「命を懸ける理由なんて、自分のためだけで充分だよ」となんどもいっていたのだ。

その彼女は、最後におれを守るために戦い、死んだ。

彼女のなかに、どのような納得《なっとく》があったのだろうか。

メイテルが、手にした杖《つえ》を高々と掲《かか》げる。

作戦開始の合図だった。

二十人の騎士は、一斉に森のなかへ突入した。

少し遅れて、百人の従者たちが続く。

森の縁《ふち》にある木々の上に登った貴族の魔術師六人が、朗々《ろうろう》と詠唱《えいしょう》を始める。

ブラック・プディングの表面に浮き出た無数の顔が、前進してくる騎士たちをそれぞれ見据《みす》え、きょろきょろと動いた。

まだ攻撃は始まっていないが、騎士たちに興味を抱《いだ》いたのか、それとも脅威を覚えたのか、正面の三つほどの顔が、おおきく口を開いた。

耳を聾《ろう》する咆哮《ほうこう》が響き渡《わた》る。

直後、それらの口から白い巨大な魔法弾が撃ち出された。魔法弾は雪の積もった地面に着弾し、森のあちこちで爆発が起こる。

「あんなものを喰らったら、ひとたまりもないぞ」

おれの護衛についている若い衛兵のひとりが、怯《おび》えた声を漏らす。

魔力を持たない彼らが何人集まっても、あの魔法弾の一発で全滅してしまうことは明らかだった。

大型の魔物との戦いにおいて、魔臓のない者など、最初から戦力外なのだ。

さて、ブラック・プディングの魔法弾による爆煙《ばくえん》で視界が遮《さえぎ》られたが、はたしてこの一撃をどれだけの者たちが生き延びただろうか。

冷たい風が吹《ふ》き、煙が晴れる。

森のなか、積もった雪の上を高速で駆け抜ける騎士たちの姿があった。ほぼ全員が、いまの攻撃をくぐり抜けたようである。

衛兵たちが、安堵の息を漏らす。

騎士の従者たちは、爆発のはるか手前で動きを止め、罠の作製に入ったようだ。

彼らの安全を確保するためにも、騎士たちが派手に動く必要があったのだろう。

「間合いの把握が上手いな」

おれは呟いた。

「これまでのデータもあるんだろうが、魔物の攻撃が届かないギリギリのところまで踏み込んで、そこから一気に動いたんだ。だから、皆が無傷だった」

「メイテルさまの指揮の賜物《たまもの》です」

おれたちのサポート役をする若い女性魔術師、テテミッタが語る。

「走るタイミング、止まるタイミングを完璧《かんぺき》に把握されておりました」

「聞いたのか」

「はい。伝声《メッセージ》の魔法が、わたしを含《ふく》めた全隊に」

メイテルを中心とした、騎士と貴族の魔術師たちを繋ぐ伝声の網《メッセージネットワーク》だ。今回の作戦の要となる、相互《そうご》伝達手段である。

ちなみにこの魔法、特定の魔道具を所持し、鍵となる魔法を発動させることで網《ネットワーク》に入ることができる。

魔道具だけでも、鍵の魔法だけでも駄目だ。戦争に用いることを前提とした魔法だから、ということらしい。

ちなみに鍵の魔法の発動には、起点となるメイテルさまが任意に決めた暗号が必要である。

ヤァータにいわせれば「ネットワークのセキュリティは最低限のリテラシーです」とのことだが、網《ネットワーク》に入れないおれには関係のないことだ。

単純に、おれは狙撃魔法以外の魔法を使えないからな……。

で、ほかの魔法を使えないおれはともかく、リラがその網《ネットワーク》に入っていないのには、理由がある。

狙撃魔術師は、魔力タンクに魔力を溜める間、ほかの魔法を使えないからだ。

厳密には、おれもリラも暖房《だんぼう》の魔道具や代謝抑制《よくせい》の魔道具などを起動させているのだが……それはあくまで、魔道具という補助があってのことだ。

リラがいくら天才でも、狙撃魔法と同時に伝声《メッセージ》の魔法を使うことはできない。

だからこそ、テテミッタのようなサポートの人材が必要なのだった。

エドルを囲む壁の上で待機しているほかの狙撃魔術師たちも同様である。

騎士たちは、ブラック・プディングの第一射を無事に回避できた。

しかしまだ、彼我《ひが》の距離《きより》は百歩ほどもある。

雪上で、騎士たちの姿はひどく目立った。このままでは、敵の第二射のいい的だ。

ここで、森のすぐ外で待機していた魔術師たちの魔法が発動した。

霧の魔法だ。

ブラック・プディングの周囲の雪が解け、霧となって周囲の広い範囲を包み込む。

こちら側も魔物の姿が視認できなくなるというデメリットがあるものの、時間を稼ぐには充分。

そのはずだったのだが……巨大な魔物についた無数の口が、悲鳴のように耳障《みみざわ》りな声をあげる。

ブラック・プディングを中心として猛烈《もうれつ》な突風が発生し、霧が勢いよく吹き飛ばされた。

魔物は視界を奪《うば》われることを厭《いと》い、すぐこれに対応してみせたのだ。

視界が晴れた。

騎士たちは、思ったよりずっと敵に肉薄《にくはく》していた。二十歩ほどの距離だ。肉体強化魔法を使い、全力で距離を詰めたのだろう。

ブラック・プディングの表面に浮かび上がった顔たちが、一斉に騎士たちの方を向く。

猶予はない。騎士は一斉に立ち止まると、ブラック・プディングめがけ、手にした黒い槍を投擲《とうてき》した。

あらかじめ魔物の結界に同調した加護を付与《ふよ》されたそれらの槍は、綺麗《きれい》な放物線を描《えが》いて飛び、結界を容易《たやす》く貫いて、次々とぶよぶよの肉塊に突き刺《さ》さる。

それはブラック・プディングの巨体に比してあまりにも矮小な攻撃で、やつにとっては羽虫に刺された程度の痛みであろう。

だが、それでよかった。

「撤収《てっしゅう》!」

メイテルの声が魔法で拡大され、森に響き渡る。

騎士たちは、素早く身を翻《ひるがえ》し、散開してブラック・プディングから距離をとろうとする。

彼らの背に対して、無数の魔法弾が放たれた。

何人かの騎士は見事に避《よ》けきったものの、運か実力に欠けた数人が魔法弾に撃ち貫かれる。絶叫《ぜっきょう》が風に乗って森の外まで届き、彼らが倒れ伏《ふ》す。

真っ白な雪の上の赤い染みとなる。

おれの場所からでは騎士たちの顔はわからないし、もとより彼らの区別もつかないが、彼らはいずれも、己の領地とする村を持つ者である。

エドルが破壊《はかい》されれば、周辺の村も立ちゆかない。

故に、これは彼らが命を懸けるに値《あたい》する戦いだ。

ひとりの騎士が、近くで倒れた別の騎士を助け起こす。

別の騎士が、撤退を援護するためか、立ち止まって背負った弓を手にすると、素早く矢をつがえて立て続けにブラック・プディングに放った。

「あれ、あの弓を持った騎士」

おれと共にその光景をみていたリラが呟く。

「わたしが、酒場で殴《なぐ》り倒したひとだ」

矢はブラック・プディングを包む結界に弾かれ、まったく効果がなかった。

それでも、相手の注意を惹くことには成功したようだ。弓を手にしたその騎士のもとに、次の魔法弾が集中する。派手な爆発が起こって、雪が舞いあがる。

はたして、爆発のあと……。

「結構やるね」

リラが、にやりとする。

弓を手にした騎士が、雪上を飛ぶように駆け、撤退するところだった。

どうやら、上手く切り抜けたらしい。あんなやつでも、騎士のなかでは上澄みということなのだろう。そのちからも、命を賭して戦友を守ろうとする心根も。

彼の時間稼ぎのおかげで、仲間を助けた騎士も無事ブラック・プディングから遠く離れることに成功している。

騎士二十人のうち、十五人は生き残っただろうか。

彼らの挺身《ていしん》によって、舞台《ぶたい》は整った。

「観測班から連絡、来ました。探針、二十本すべての活動を確認。いけます！」

テテミッタが弾んだ声で告げる。作戦の第一段階は成功したのだ。

探針。騎士たちが投げた槍は、今回のために特別につくられた、ブラック・プディングの内部の魔力伝導を探るための針なのである。

身体のあちこちに刺さったこの針から魔力の流れを辿《たど》ることで、立体的にブラック・プディングの内部の状況を把握することができる。動きまわる魔臓の軌道を多面的に把握するのだ。

「従者隊と狩猟ギルド班、罠の仕掛けが完了《かんりょう》したとの報告。撤収します」

彼女の言葉の通り、任務を終えた従者たちと狩猟ギルドの精鋭たちがブラック・プディングの進行方向から離れ、左右に散っていく。騎士たちの突進は、彼ら肉体強化魔法すらままならぬ者たちが仕事を果たすまでの足止めも兼《か》ねていた。

ブラック・プディングは、そうとは知らず、怒り狂った様子で魔法弾をあちこちに吐き散らしながら前進する。

そして――罠に、かかった。

木々と雪に隠された目の粗《あら》い網《あみ》がぶわりと広がり、巨大な肉塊の全体を包み込む。

網の四方の端《はし》が魔法で加速し、ブラック・プディングの後方、雪が削《けず》れて露出《ろしゅつ》した地面に深く突き刺さった。

森で魔物を捕《つか》まえるための仕掛け網の魔道具を超《ちょう》巨大にしたものだ。今回の目的のためだけに、錬金術師たちが徹夜でつくりあげた一品である。

ほんのわずか、ブラック・プディングの動きを止める。

ただそれだけにつくられた、渾身《こんしん》の仕掛けは見事に成功した。

「狙撃魔術師！」

メイテルの命令が響く。

少し遅れて、都市を囲む壁の上から虹色の光が放たれた。

光はひと筋の糸となってブラック・プディングのもとまで伸び、その正面を貫く。

白い光が目を焼いた。

爆発。衝撃波がおれたちを襲い、別邸全体がおおきく揺れる。

階下から、逃げることもできない患者たちの悲鳴があがった。

普通の魔物であれば、跡形《あとかた》もなく消し飛ぶような一撃だ。

しかし、爆発の煙が晴れたあと、ブラック・プディングは未だ健在だった。

開いた穴から煙をたててはいるものの、潰れた顔の周囲の肉がじゅぷじゅぷと蠢《うごめ》き、ゆっくりと穴を埋《う》めていく。

「そんなっ、ラクロおじさんが魔臓を外すなんてっ！」

テテミッタが悲鳴にも似た叫び声をあげる。

いま狙撃した者が、彼女の親類であるらしい。さぞや腕のいい狙撃魔術師なのだろう。メイテルが初撃を指名したことからも、それは窺《うかが》える。

本来ならば、この一撃で決まるはずだった。しかし、そうはならなかった。

「テテミッタ、状況は？」

おれはそんな彼女に訊ねる。

少女は、はっとわれに返って、ちいさくうなずいてみせた。

「結界の角度に、事前予想から変化あり。結界を貫通した際、わずかに軌道がそれた模様です。すぐに再計算して……」

「その暇はなさそうだ」

ブラック・プディングの着弾点の周囲の顔が、七つ、おおきく口を開いた。

反撃が、来る。

「第二射、第三射、急げ」

拡声されたメイテルの冷静な声が響き渡る。

命令に従い、エドルを包む壁の上にいる残りふたりの狙撃魔術師は、身を隠すことより己に与えられた命令を遂行《すいこう》することを優先した。

二発の白い筋が、たて続けに放たれる。

この短時間で、自分たちのカンだけで弾道を修正したのだろう。ブラック・プディングは二度、その身を貫かれ、体勢を崩すも――。

七つの口は、ほぼ同時に魔法弾を放っていた。七発の魔法弾はいずれも都市を囲む壁に命中し、轟音と共にすさまじい爆発を起こす。

幾重《いくえ》にも石を重ねて建てられた堅牢な城塞に、幾つもおおきな穴が開いた。

壁の一部は、区画ひとつがまるまる消し飛んでいる。もちろん、その上にいた者たちなどひとたまりもないだろう。

「魔臓の破壊、認められず」

固唾《かたず》を呑んで戦いを見守っていたおれとリラのそばで、テテミッタが事務的に告げる。

いや、その表情は青ざめており、声は少しだけうわずっていた。

「魔臓の軌道に誤差を確認。もういちど、今度こそきちんと軌道の計算を……」

あまりの被害と敵の強大さにくじけそうになりながらも、さきほどとは違い、冷静であろう、と懸命に努力しているのだ。

彼女はいずれ、いい魔術師になるだろう。それも、この戦いを生き延びることができれば、の話だ。おれとリラは彼女を急《せ》かすことなく、沈黙《ちんもく》して再計算の結果を待った。

「魔臓の軌道計算終了。このパターンです」

彼女が両手で抱えるブラック・プディングの透明模型、その内部の魔臓を示す球体が、球を真ん中で捻《ひね》ったような螺旋《らせん》軌道を描く。

なるほど、これでは当てるのも容易ではない。

「師匠、わたしがやるよ」

リラは、おれがなにかいう前に長筒《ながつつ》を構えた。

頭のなかで魔臓の軌道を計算しているのだろう、慎重に狙いをつけている。

「ヤァータ」

おれは上空を透明化して旋回《せんかい》しているはずの、我が親愛なる使い魔に声をかけた。

左手の腕輪が、かちかち、と光って反応を返してくる。

「この螺旋軌道は合っているのか」

かちかちかち、かちかちかち、かちかちかちかち。

この光の明滅は――否《いな》、である。

「リラ、撃つなっ！」

おれは舌打ちして、そう叫ぶ。

しかし、わずかに遅《おそ》かった。

リラは長筒の引き金を引く。虹色の細い筋が、ブラック・プディングに向かってまっすぐに伸び――すさまじい爆発が起こる。

これで、敵は屋上のおれたちを認識した。轟音のなか、おれは叫ぶ。

「ヤァータ！　おれとリンクしろ！」

「はい、ご主人さま」

次の瞬間、おれはヤァータとなって、上空を旋回しながらブラック・プディングの巨体を見下ろしていた。

この巨大な魔物の内部で、魔臓が螺旋軌道を描きながら、時に上に、時に下に、ゆらゆらと揺れている様子をみる。

騎士たちの刺した探針の位置は、いずれもブラック・プディングの巨体の下方であった。

多面的、立体的に捉えているといっても、上方からの視点がなかった。故に、魔臓の微妙な上下振動を探知できなかったのである。

ヤァータは探針からのデータを勝手に入手し、加えて上空からの独自の解析も行っていた。

結果、おれの使い魔ということになっているこいつだけが、正しい情報を入手することになった。

ブラック・プディングの注意が別邸に向けられる。

その屋上にいるおれとリラに向けて、無数の顔が口を開く。

「させるかよ」

リラの一撃で、ブラック・プディングを包む結界が破れている。

カンだけで軌道計算を行う。

おれは長筒を構え、引き金を引いた。

放たれた虹色の光は、まっすぐに伸びて、魔臓を的確に射貫いた。

巨大な肉塊の魔物が、断末魔《だんまつま》の声をあげる。


しばしののち。

ブラック・プディングと呼称された魔物は、魔臓を潰された後もその身を引きずって前進し、森のすぐ外まで進出した後……。

ゆっくりと、巨体を雪の上に横たえ、動かなくなった。

方々から歓声《かんせい》があがる。

かくして、城塞都市エドルに多大な被害を残し、ブラック・プディングは討伐された。

崩れた壁の復旧、斃《たお》れた者たちへの補償《ほしょう》、人々の慰撫《いぶ》……メイテルさまも、頭の痛いところだろう。そもそも、未だ疫病は続いている。黒竜の脅威も健在である。

それでも、いまだけは、皆と喜びを分かち合うべきだろう。

護衛の者たちが歓声をあげるなか、おれは未だ先端が熱を放っている長筒を下ろした。

「師匠、師匠！　やったね！　さすが師匠！」

とたん、喜色満面のリラが飛びついてくる。体当たりといってもいいくらいの衝撃があって、身体がぐらりとよろけ、かろうじて踏みとどまる。

「あっ、ごめんなさい」

「いや、いい」

はしゃいだことを恥《は》じているのか、赤面して頭を下げるリラ。

ははは、普段は賢く立ちまわっていても、まだまだ子どもだ。

「問題はないか」

「問題？」

リラはきょとんとして小首をかしげた。おれは彼女が放り出した長筒を回収し、砲身《ほうしん》に歪みがないか、ひび割れがないか確認してから彼女に返す。

「大丈夫だな。すぐにでもまた使えるだろうが、あとでいちおう、再点検はしておこう」

「はい、師匠。狙撃のあとも、次のことを考えろ、ってことだね」

「ことに今回は、な」

おれは森の方を眺めた。

分厚い鈍色《にびいろ》の雲が割れて、隙間から青空が顔を覗《のぞ》かせる。弱々しい日差しが、ブラック・プディングの無残な死骸《しがい》を照らしていた。

無数のカラスが、エドルの崩れかけた壁とこの別邸のまわりを遊弋《ゆうよく》している。彼らは死肉を漁《あさ》る機会をうかがっているのだろうか。それとも……。

「あ、あれ。繋がらなくなっちゃった」

テテミッタが戸惑った様子で左耳をとんとん叩く。

さきほどまで騎士や貴族たちと繋がっていた伝声《メッセージ》の魔法が途切《とぎ》れたようだ。

「すまないが、メイテルさまに今後の指示を仰《あお》いでくれ」

「はっ、はいっ。直接、指示を確認してきます！」

若き魔術師は、慌《あわ》てて屋上から飛び降りた。

赤毛を揺らして木の葉のようにゆらゆらと揺れながら、除雪された中庭に着地。いちどこちらを振り仰ぎ、笑顔でおおきく手を振ってから、猪《いのしし》もかくやという速さで森の方へ駆けていく。

若い子は元気だなあ。

護衛の若者たちも、互いに手を叩いたり抱き合ったりしている。皆が、戦いが終わったことに心から安堵していた。

と、空を舞うカラスの一羽が、おれのもとへ下りてきた。

ヤァータではない。ほかの個体よりひとまわりおおきな、赤い目をしたカラスであった。

カラスは屋上の出入り口の屋根に立つと、おれとリラを見比べて、おおきくカァと鳴いた。

リラが、さきほどとはうってかわり、緊張《きんちょう》した面持《おもも》ちで呟く。

「使い魔だね」

「ああ、だろうな」

ヤァータと視界を共有した際のことだ。

異様な熱量を持つカラスが、ブラック・プディングから少し離れた太い木の枝にとまり、じっと別邸の方を眺めていることに気づいたのである。

ヤァータはそのカラスの熱量を調査し、尋常《じんじょう》ではない個体であると識別し、おれに判断を仰いだ。

おれの指示は、捨て置け、であった。

いまはブラック・プディングを倒すことを優先するべきである、とそう判断したのであるが……。

戦いは、終わった。そして異常な熱量を持つというカラスは、おれのもとへやってきた。

「我は戦士の健闘を讃《たた》えよう」

カラスが、少し聞き取りにくい、しわがれた声でそう告げた。

さきほどまで喜んでいた護衛の若者たちがざわめき、リラが眉《まゆ》をひそめる。

「師匠、これって」

おれは軽く片手をあげて、護衛たちとリラを黙らせる。

ある程度、予想していたことではあるが、それでもやはり、おれは驚いていた。

黒竜はずる賢《がしこ》く、油断ならぬ性格で、慎重であると聞く。ならば己が送り込んだ魔物がこの町と戦う模様を観察していてもおかしくはない。

ない、のだが……ではなぜ、こいつはわざわざおれにコンタクトをとってきたのだろうか。

あげくに、健闘を讃えてくれるとは。

ありがたくて涙が出そうだ。

護衛の者たちが、慌てて剣を手に、カラスに詰め寄ろうとした。

「皆、動くな」

おれは鋭《するど》くそう告げる。

相手に敵意はない、とみてとったのだ。

はたして護衛の若者たちは、立ち止まって困惑したようにおれを振り返る。おれはゆっくりと首を横に振ってみせた。

「貴重な、相手からの接触《せっしょく》なんだ。情報を引き出したい」

「で、ですが……」

「どのみち、その使い魔はきみたちの手に負えるような相手じゃないよ。いざとなれば、おれとリラがやる」

しぶしぶ、といった態度で引き下がる護衛の者たち。

実際のところ、万一、なにかあった場合に対処するのはリラひとりなのだが……まあ、こういってておかなければ彼らも引っ込みがつかないだろう。

おれは、改めて赤い目の大柄なカラスに向き直る。

「あんな醜悪なものを送り込んで、おれたちが悪戦苦闘している様子を観察しているなんて、ずいぶんと悪趣味じゃないか」

リラが、おれの服の袖《そで》をぎゅっと握る。

カラスは、黒い翼《つばさ》をおおきく広げ、ばさばさと羽ばたかせた。

「おまえたちとて、己の土地を無粋《ぶすい》に踏み荒《あ》らす輩《やから》に対しては相応の報復を行うであろう？　それが均衡《きんこう》というもの。違うかね？」

「先にこっちが手を出した、といいたいのか。答え合わせをしようじゃないか。流行り病は？」

「我の使者と病の流行、時期が重なっていたことは認めよう。だが、我はこの地の病とはなんの関係もない。我らの神、七つ首の天竜にかけて誓《ちか》う」

七つ首の天竜。一般的には、竜たちが信仰《しんこう》する神であるといわれている。

おれは肩をすくめてみせた。竜が己の神に対して誓うことになんの意味があるのか、おれにはさっぱりわからない。もしそこに大切な意味があるのなら……こいつ、聞いていた情報とは裏腹に、ずいぶんと真面目《まじめ》じゃないか。

「どんな魂胆《こんたん》があって、そんなに誠実なんだ」

「誠実で、なんの問題があるだろうか。無駄な嘘《うそ》や欺瞞《ぎまん》は対立を深めるだけであろう？」

「道理だ。それだけに、気に入らない」

黒竜は、その嘘や欺瞞こそ尊ぶといわれている。

いまさら、殊勝《しゅしょう》な態度に出られても、これっぽっちも信用できない。

カラスが、しゃがれ声で笑った。

「相も変わらず内輪揉《うちわも》めに忙《いそが》しいおまえたちの常識では、そうなるのだな。実に面白い。我の言葉は、素直に、ありのままに受けとればよいのだ」

内輪揉めに忙しい者たち、か。

実際にその通りなのだから、なにもいい返せない。

今回、黒竜のもとに討伐隊を送り込んだのも、一部の派閥《はばつ》が、疫病の責任を外に求めた結果である。実際に黒竜が疫病の原因である、と皆が皆、信じ込んでいたわけではあるまい。

黒竜としては、とばっちりもいいところだ。

まあそもそも、種として強靭《きようじん》で個々が強大なちからを持つ竜と違い、脆弱《ぜいじやく》な生き物であるヒトは、群れなければ生きていけない。

ヒトが集まれば、派閥が生まれる。意見の対立が生まれ、それを上手く調整できなければ、余所《よそ》からみればひどくいびつな結論が飛び出てくる。

「衆愚《しゆうぐ》のなかから、おまえのような傑物《けつぶつ》も生まれる。故に我はおまえたちを侮らぬ。讃える、とはそういうことだ」

「今回も偶然《ぐうぜん》上手くいっただけで、見込み違いもいいところだ」

「ただの偶然が二度も続くものか」

ちっ、特異種のトロルのときのことも知っているってことか。厄介なやつに目をつけられたな。

「そう心配するな。おまえが讃えられて喜べぬ個体であることは理解した。我は安堵したぞ」

「安堵、だと？」

「功を求めぬのであろう？　そのような者は、わざわざ我を排除《はいじよ》しに来ることもなかろう。おまえたちの言葉でいえば、枕《まくら》を高くして眠れるというものだ」

また、カラスは耳障りな笑い声をたてる。

こいつはいま、なんといった？

こいつは、黒竜は、おれが殺しに来ることを恐れていると、そういったのか？

いや、まあいい。そういうことなら、おれがいうべきことはひとつだ。

「おれは自分の住み処《か》の平穏《へいおん》が第一だ。この地が荒らされなければ、ほかはどうでもいい」

「賢明なことだ。おまえは長く生きるだろう。ヒトの命の限りにおいて、ではあろうがな」

はたしてそうかな？

はっはっは、ヤァータめ、適当なところで死なせてほしいんだがなあ。

「せいぜい、限りある生にしがみつくがよい」

最後にそう告げて、カラスは空に舞い上がった。

たちまち高度をあげて、周囲を舞う群れに紛《まぎ》れてしまう。

おれは全身のちからを抜いた。その場に腰を下ろし、おおきく息を吐く。

「やれやれ、虚勢《きょせい》を張るのも苦労するよ」

「師匠、大丈夫？」

「全然、大丈夫じゃない。腰が抜けるかと思った」

ブラック・プディングに破壊された壁の修復には、土木工事に長けた魔術師たちが総掛かりで二十日以上はかかる、と見積もられた。

あのとき壁の上にいた者たちは、幸いにして魔術師のみで、皆が皆、上手く逃げ延びたという。

逃げ足が速いのも、狙撃魔術師にとって大切な技能のひとつだ。

領主お抱えの彼らは、じつに優秀な狙撃魔術師であった。

騎士と従者たちの被害はおおきかった。生き延びた騎士の数人も、重い怪我の後遺症で戦えなくなり、代替《だいが》わりしたという。

こうして、ブラック・プディングとの戦いは終わった。

おれは黒竜との会話の内容をメイテルに伝えた。

彼女は少し考え込んだあと、「忘れなさい」とおれに忠告した。

「あのようなものに目をつけられたことを吹聴《ふいちょう》したところで、いいことなどひとつもありません」

「おれはただ、平穏無事に過ごしたいだけなんですがね」

「我々、この土地を預かる者たちとてそう思っています。なんとも、ままならぬものですね」

互いにうなずきあった。

いやはや、このようなトラブル、二度とごめんである。

エピローグ

冬の最中《さなか》、一年でもっとも昼が短い日を前年の終わりとし、その翌日を新年の始まりの日とすることで、帝国《ていこく》の暦《こよみ》はつくられている。

年が明け、新しい一年が始まった。

流行《はや》り病は徐々《じょじょ》に終息しつつあり、狩猟《しゅりょう》ギルドの酒場にも人が戻《もど》った。

テリサは「みなさんもっと飲み食いしてください。さあ、わたしにお金を捧《ささ》げるのです」と労働に忙《いそが》しい。

ブラック・プディングの討伐《とうばつ》後、大々的な森の調査が行われた。

狩人《かりゅうど》たちは軒並《のきな》みそれに動員された。

領主から支払《しはら》われた報酬《ほうしゅう》によって、ギルド員たちの懐《ふところ》は温かい。

酒場は毎日大入りで、普段《ふだん》はあまり注文されないような高い酒がばんばん注文されているらしい。

テリサは臨時雇《りんじやと》いのウェイトレスも動員して、懸命《けんめい》に注文を捌《さば》いている。

いいことばかりではなく、新年を祝う祭りは中止となった。

領主としては、是非《ぜひ》ともこれを例年通りに執《と》り行い、城塞《じょうさい》都市エドルの無事をアピールしたかったところであろうが、単純に人手が足りなかったようだ。

生き残った貴族たちは毎日徹夜《てつや》でブラック・プディング戦の後始末を行い、過労で倒《たお》れる者が多数出るほどである。

壊《こわ》れた壁《かべ》を修理するのも、巨大《きょだい》な魔物《まもの》を解体して埋《う》めるのも、雪が降り積もるなかあちこちに連絡《れんらく》するのも魔術師たちの仕事なのだから、目がまわるような忙しさなのも仕方がない。

そもそも黒竜《こくりゅう》討伐部隊に加わった魔術師たちが全滅《ぜんめつ》したせいで、各家、魔術師の数が足りないのだ。加えて、大量の書類仕事が発生している。

生き残った高貴な方々は、町の明日をつくるために地獄《じごく》のデスクワークをこなしているのであった。おつかれさまである。

目もとに深い隈《くま》をつくったメイテルが「ところであなたの弟子《でし》、書類仕事とか得意そうではありませんか」と不穏《ふおん》なことをいってきたので全力で断ったのも、いまとなってはいい思い出だ。

親心として、リラには是非とも健康に育ってほしい。

まあそんな彼女《かのじょ》は現在、土木関係の魔法が得意な魔術師のひとりとして、町を囲む壁の修復にいそしんでいるのだが……。

多才なヤツは、大変なのである。


さて、弟子と違《ちが》い非才なおれは、今日もギルド一階の酒場で杯《さかずき》をあおっている。

席はどこもいっぱいだから、当然のように相席だ。

今回、テーブルを囲むおれ以外の三人は、いずれも狩人だった。

壮年《そうねん》の男がひとりと、まだ子どもといえるような少女がふたりである。

少女たちは、少しだけ魔法が使えるとのことであった。貴族の血が拡散した結果、魔臓を備えた平民も在野に多くいるのだ。

彼《かれ》らの大半はその才能を開花させることなく生涯《しょうがい》を終えるが、運よく魔力の引き出し方を学んだ者たちの多くが、その才を生かす道を選ぶこととなる。

「わたしたちは、孤児《こじ》なんです。今年の雪解けを待って、孤児院を出ることになっています」

ふたりの少女は、そう語る。

孤児院にいる間に熟練の狩人に弟子入りし、自分たちだけで生きる術《すべ》を学んでいる最中なのだ。

一年前に孤児院で魔臓の検査を受けた際、体内で魔力を循環《じゅんかん》させるに充分《じゅうぶん》な魔臓があると見込《みこ》まれ、最低限の訓練を受けることができたらしい。

このエドルの孤児院でわざわざ魔臓の検査をしてくれる孤児院は、領主の妹であるメイテルが運営する孤児院のみであるとのこと。

だから、自分たちは幸運なのだ、とふたりは語る。

「おかげで魔法で身体《からだ》能力を強化したり身体を温めたりできるようになりました。まだ見習いですけど、冬でも森でお仕事ができる人は少ないから頼《たの》もしい、ってギルド長に褒《ほ》められました。でも、ふたりとも弓の才能はあんまりないみたいで……。だから罠猟《わなりょう》をメインに、師匠《ししょう》からいろいろ学んでいるんです」

同卓《どうたく》する壮年の男が、このふたりの師匠である。

彼はギルドの古株で、以前、事故で妻と娘《むすめ》を亡《な》くしていた。ふたりが自分の娘のようにみえているのだろう。

うんうん、わかるよ、その気持ち。

「なんだ、狙撃《そげき》の。おれのことをじっと見つめやがって。気持ち悪い」

「いや、まあ、な。優秀《ゆうしゅう》な弟子たちで、なによりじゃないか」

師匠であるその男が、ふん、と鼻を鳴らす。

「冬に動けるやつは貴重だからな。こいつらがモノになってくれれば、おれたちが楽をできるってもんだ」

それは、ある程度本音だろう。他所《よそ》では冬の森に多くの狩人が入っていくところもあるらしいが、この地において冬の森はひどく危険なのだ。

山脈付近の魔物が餌《えさ》を求めて森の浅層まで出てくるという事情がひとつ。

雪に足をとられ、魔物から逃《に》げることが難しいというのがもうひとつ。

だから、普通の狩人は冬の森に足を向けない。

「狙撃の。そんなことより、おまえさんの弟子はどうした。最近、全然姿をみないじゃないか」

「リラのやつは器用だからな。いまは壁の修理だよ。あれだけは、一刻も早く元に戻さなきゃいけないってことでな」

「お貴族さまのお仕事じゃないか。たいしたもんだ」

「まったくだ。おれなんかと違ってな」

笑って、エールを呑《の》み干す。近くを通りがかった臨時雇いのウェイトレスに、おかわりを頼んだ。

「あと、鞭角鹿《むちつのじか》の串《くし》焼《や》きを八本、山菜のサラダも頼む」

来た料理は、おれのおごりとして皆《みな》に振《ふ》る舞《ま》った。

少女たちが、嬉々《きき》として串焼きを頬張《ほおば》る。

鞭角鹿は、馬よりひとまわりおおきな体長と鞭のようにしなる長い角が特徴《とくちょう》の魔物だ。

草食ながらひどく獰猛《どうもう》で、人であろうと熊《くま》であろうと、みつけ次第、長い角を振りまわして襲《おそ》いかかってくる。

反面、肉が非常に柔《やわ》らかく、熟成させなくても美味と評判なのである。

ブラック・プディングに怯《おび》えて里に下りてきた鞭角鹿が数頭いたらしく、討伐されたこれらの肉をギルドが仕入れ、お得な値段で提供されていた。

他にも森の外に逃げた生き物は多いらしくて、近隣《きんりん》の集落では村人たちが総出で駆除《くじょ》にあたっているとか。

森の秩序《ちつじょ》は、今回のことでめちゃくちゃになってしまった。

冬眠《とうみん》していたはずの熊や兎《うさぎ》、それらに似た魔物たちが、森からだいぶ離《はな》れた村の付近に出没《しゅつぼつ》しているという。連絡が途《と》絶《だ》えた小規模な集落に騎士《きし》が赴《おもむ》いてみたら、全滅していたという痛ましい話もあった。

「ところで、狙撃の」

少女たちが肉に目の色を変えているうちに、と壮年の男がおれに顔を近づけ、声を落とす。

「なんだよ」

「黒竜と話をしたってやつ、おまえだろう？　黒竜は、やはり流行り病とは……」

なんでおれにそれを聞くんだ。

おれと黒竜の会話は若手の衛兵たちも聞いていたから、そのへんから漏《も》れたんだろうが、いちおう箝口令《かんこうれい》が敷《し》かれたんだがなあ。

おれは肩《かた》をすくめてみせる。

「ご領主さまの発表の通り、無関係なんじゃないか」

「おまえの口から聞きたい」

「おれには嘘《うそ》を見破る技術なんてない。ご領主さまがおっしゃったなら、そうなんだろうさ」

これも本音である。男はおおきく息を吐《は》いて、「そうか」と呟《つぶや》いた。

「どうしたんだ、急に」

「おれの妻と娘が病で亡くなった、って話は知っているだろう」

「ああ」

「あの病も、何ものかが流行らせたものだったなら……。おれも、その何ものかを憎《にく》むことができたのかな、と……ふと、な」

なるほど、病を憎んでも、その怒《いか》りのぶつけどころなどどこにもない。

だが黒竜が病の源だというのなら、黒竜を憎むことができる。

やるせない気持ちの行き所、というのがみつかる。

流行り病で倒れた者のなかには貴族の家族もいただろう。貴族たちが黒竜討伐の旗を掲《かか》げた理由のひとつには、そういった感情もあったのかもしれない。

憎まれる方としては、たまったものじゃないだろうが、すべてを理屈《りくつ》だけで割り切ることができる者は少ない。

それが、ヒトである。

年をとっても、いや年を経ればこそ、積み重なった気持ちの厚みは、いっそう重いものとなる。

おれがあいつを失ったときは、どうだっただろうか。

ああ、そうだ。自分自身のちからのなさ、無力さに苛《さいな》まれ……しかし、それはすべて、おれ自身に向かっていた。

仇《かたき》である悪魔はあのとき滅《ほろ》ぼしてしまったから、ほかに怒りをぶつける相手もいなかったのだ。

もしそうでなくて、あいつを病で失ったとしたら、おれはあの後、どうしていただろうか。

首を振る。いまさら考えても仕方がない。

新しいエールが入った杯を、ぐいとやる。

このやるせない気持ちごと、押《お》し流す。

「まだ腹に入るなら、おれの分の串焼きも食ってくれないか」

「え？　いいんですか、狙撃さん」

「思ったより脂《あぶら》が重たくてな……」

「わっかりました！　いただきますっ！」

少女たちの清々《すがすが》しい食いっぷりをみているだけで、満たされるものがある。


エドルの周囲のいくつかの村では騎士が代替《だいが》わりし、それに伴《ともな》って狩人の何人かが故郷の村へ戻っていった。

新しく、騎士の従者としてとり立てられることになった者たちである。

三男、四男だった彼らは、上の兄たちが死んだり戦えなくなったため、急遽《きゅうきょ》、家に呼び戻されたのだ。

腕《うで》がよくて稼《かせ》げる狩人だったとしても、しょせん狩猟ギルドの者たちは明日をも知れぬ身にすぎない。きちんと俸禄《ほうろく》がある従者という立場には、たいそうな魅力《みりょく》があるのだろう。

無論、実家からの要請《ようせい》を断って町に残った者もいる。

その多くは、この町で家庭をつくり、足場を固めていた者たちだ。

実家としても、いちど手放した彼らに対して強い態度に出ることはできない。そういった者たちは、ギルドにそれなりに己《おのれ》の腕を認められているのだから。

それでも全体としては、かなりの腕利《うでき》きがギルドを離れたことになる。

ブラック・プディングとの戦いで命を失った狩人も多いから、ギルド全体での損害はかなりのものであった。

「そんなわけでな。狙撃の、おまえさんの仕事じゃないのはわかっているが、森の巡回《じゅんかい》を頼めないか」

酒場で呑んでいたおれは、ギルド長のダダーによって二階に呼び出され、そんな要請を受けた。

彼はおれが狙撃魔術師としてどういう仕事を請《う》け負っているか、そのすべてを知っている数少ない者のひとりだ。

「おれが断ったら？」

「少し不安だが、若いやつらに任せるしかないな。おまえは知らんかもしれんが、罠猟を覚えたての、少し魔法も使えるガキたちがいる。あいつらなら、森の浅層くらいは……」

おれは舌打ちした。

「わかった、おれがやろう」

「いいのか。いや、頼んだおれがいうことじゃないが」

「あんたがいうなら、それほどのことなんだろうさ。こいつは、冬の森を知らない新人にあてがう仕事じゃない」

「助かるよ、恩に着る」

「いつも便利に使われるってことなら勘弁《かんべん》だが、いまが非常時なのはわかっているつもりだ」

携帯《けいたい》用の暖房《だんぼう》の魔道具なども、魔臓のある者でなければ使えないから、冬の森で快適に動ける者の数は限られてくる。おれは魔法を使えないとはいえ、魔臓持ちだ。狙撃のために何日もじっとしている都合上、こうした魔道具の用意はある。

それに、弟子のリラが汗水《あせみず》垂らして毎日働いているというのに、師匠のおれがこうして日々呑んだくれているというのも体裁《ていさい》が悪い。

たまには身体を動かさないとな……。

「この冬の間だけだろう？」

「ああ。慣れないことなんだ、無理はするなよ」

「誰にいっている。自分の無能さは、おれがいちばんよくわかっているさ」

苦笑いするダダーにそう告げて、おれは依頼書《いらいしょ》にサインを入れた。

流行り病が早期に終息した理由は、領主の対策が効果的だったからだ。

具体的には、まず別邸《べってい》を病床《びょうしょう》としてまるまる確保したうえで迅速《じんそく》に隔離措置《かくりそち》を行った。

ヤァータがいうには、本来、こういった感染症《かんせんしょう》は貧困層《ひんこんそう》の間におおきく広がり、またたく間に手がつけられないことになるのだという。

そこを徹底的《てってい》に叩《たた》いたのが、功を奏した。

加えて、医療《いりょう》魔術師たちの献身《けんしん》があった。彼らは昼夜を徹して魔法を用いた病の解析《かいせき》を行い、わずかの間に、ある程度は効果のある薬をつくり出した。

リラは解熱剤《げねつざい》を量産したくらいだが、これも体力のない者には助かったことだろう。

で、医療魔術師たちの意見をリラから聞いた限りでは……。

「あれは呪《のろ》いなんかじゃなくて、普通の病だよ。黒竜さんは、とんだとばっちりだったね」

とのことである。

あの使い魔の言葉は、専門家からも裏付けを得られたかたちだ。

もう少し早く貴族たちの間にその事実が広まっていれば、黒竜討伐部隊なんてものは組織されなかっただろう。その後のブラック・プディング事件もなかったかもしれない。

もっとも当時、医療魔術師たちは懸命だったのだし、いまとなっては、なにもかもが遅《おそ》い。

黒竜の討伐を推進した貴族たちは、おおきく政治的な地位を落とした。

発言力の面でも、純粋《じゅんすい》なちからとしても、そして資金面でも。

領主との間にどういう取り引きがあったかは知らないが、ことがすべて終わった後、推進派の貴族たちはエドルの復興のため、惜《お》しげもなく財貨を投入したのである。

彼らは有望な魔術師を多数失ったうえに、信用も失墜《しっつい》した。せめてそれくらいしなければ町にいられない、というところまで追い詰《つ》められていたのかもしれない。

メイテルには、あえてそういう貴族社会のことについては聞いていない。

そんなもの知りたくないし、関《かか》わりたくないからだ。

おれのことなんて、なるべく放《ほう》っておいてほしい。

新年からしばし、相変わらず厳しい冬のある日の午後、おれがギルドの一階の酒場でひとり呑んでいると、珍《めずら》しい顔がやってきた。

狩人ではない。それどころか、身なりのいい少女である。

ブラック・プディングとの戦いでおれとリラのサポートをしてくれた、魔爵《ましやく》家の娘テテミッタだ。

もうとっくに、学院に戻ったと思ったのだが……。

少し疲《つか》れた様子でおれに挨拶《あいさつ》してきた彼女に、向かいの椅子《いす》を勧《すす》める。

今日の酒場は人が少ない。少し離れた卓の中年狩人たちが、貴族の娘とおぼしき格好《かっこう》をして酒場に入ってきた若い女性など関わり合いになりたくない、という雰囲気《ふんいき》で目をそらしている。

「どうしました、テテミッタ嬢《じょう》」

「あはは……あのときみたいに、気軽に話してください。いえ、ちょっと、いろいろありまして……」

苦笑いして、肩を落とす。

おいおい、厄介《やっかい》ごとの臭《にお》いがするぞ……。

とはいえ、おれからすれば彼女はまだまだ子どもだ。いちおうは知己《ちき》であり、あの戦いでは彼女に助けられてもいる。

話くらいは聞いてやろう、と着席を促《うなが》したあとテリサを呼び、彼女のぶんの注文をした。

おれのおごり、ということでちょっと質のいい葡萄酒《ぶどうしゅ》と秤熊《はかりぐま》の腸詰めを頼んだ。

彼女は申し訳なさそうに縮こまっていたが、注文していた料理が届くと、その香《こう》ばしい匂《にお》いに刺《し》激《げき》されたか腸詰めにかぶりつき、葡萄酒を一気にあおる。

とうてい貴族のご令嬢とは思えない豪快《ごうかい》な食べ方で、またたく間にそれらをたいらげてしまった。

うんうん、食欲旺盛《おうせい》なのはいいことだ、とその食いっぷりを眺《なが》めていたおれは、テリサを呼んで料理と葡萄酒のおかわりを頼んだ。

メモを片手に注文をとる彼女に小声で「少し薄《うす》めて」とつけ加える。

テリサは「酔《よ》いつぶすつもりじゃないんですか」と首をかしげた。

おいこら。

「わかりました、それじゃ注文を繰《く》り返しまーす」

テリサはぺろりと舌を出して、カウンターに駆《か》け戻る。

ったく、ガキがませた真似《まね》を……。

「ご、ごめんなさい、わたしとしたことが、はしたない食べ方を……」

「ここではマナーを気にするような客はいない。それより、話を聞かせてくれないか」

「あの、それが……実は……」

彼女は、話しにくそうにしながら、ぼそり、ぼそりと語り始めた。

簡単にいえば、そう。

自分の将来が消えた、という話を。

「復学は無理そうなんです」

これ以上は学院に通えない、という。

問題は単純で、実家に金がなくなったからだ。

そう、彼女の実家である魔爵家は、今回の一件で完全にやらかした側だったのだ。

七つ上の兄を含《ふく》め、多くの親戚《しんせき》と使用人が亡くなった。いずれも優秀な魔術師や、長年その補助をしてきた家系の者たちである。加えて町の復興に際して、本当にどこからどこまでも金を絞《しぼ》り出してしまった。春には、使用人の大半を解雇《かいこ》しなければならないほどであるとのことだ。

帝都の学院であれば、また事情は変わるだろう。あれは帝国全体で優秀な魔術師を増やす、という目的でつくられた場所であるから、生徒が優秀であればさまざまな奨学金《しょうがくきん》で援助《えんじょ》してくれる。

おれはそんな機関から弾《はじ》かれた落ちこぼれなわけだが……。

そんなことは、いまはいいんだ。

彼女が通っていたのは、地方の学院である。無論、魔術師を増やすという目的は同じでも、お金の問題はもっとシビアになる。本当に優秀なごくごく一部なら、また話は別なのだが。

「わたしは、それほど優秀じゃありませんから」

彼女は、目を伏《ふ》せてそう語る。

そりゃまあ、傑出《けつしゅつ》した人材なら、最初から帝都の学院に通うからなあ。地方に通っているという時点で、そのあたりはお察しである。

誤解してほしくないのだが、学院に通って高学年になっている時点で充分優秀だし、おれなんかより優《すぐ》れた魔術師なのである。

単純に、世の中、上には上がいるということだ。

あ、リラの話はやめような？

あいつは本当に頂点も頂点、帝都の学院の記録を塗《ぬ》り替えるほどの常識外れだから。

「お金を稼ぐ必要があるんです。実家を助けるために。あわよくば、わたしがもう一度、学院に通う費用を捻出《ねんしゅつ》するためにも」

テテミッタは気をとりなおし、背をまっすぐに伸《の》ばす。

おれと視線を合わせ、紅眼にちからを込める。

「魔物を狩《か》るのが近道だと考えました」

学生だったとはいえ、彼女も魔術師のはしくれだ。

基礎《きそ》的な魔法の実力が及第点《きゅうだいてん》以上であることは、先日、彼女のサポートを受けたおれがよく承知している。その魔法の技《わざ》を生かした仕事につくことで、上手《うま》くいけば彼女が望むだけの金額を稼げることだろう。

もっとも……。

「魔法を生かした仕事なんて、いくらでもある。わざわざ狩りを選ぶ必要はないんじゃないか」

「ですが、錬金術《れんきんじゅつ》や治療魔術師としての仕事、土木魔術師としての仕事には学院卒業の資格がないと……」

「そういえば、あのへんはギルドがしっかりしていたな」

抜《ぬ》け道もないわけではない。裏の世界では、資格など関係がない。

しかし、まっとうではない身分の者ならともかく、貴族家の令嬢が既得権益《きとく》と対立しては本末転倒《ほんまつてんとう》である。

彼女の家が傾《かたむ》いたのは、見栄《みえ》とか名誉《めいよ》とかを優先して限界まで身銭《みぜに》を切ったからなのだから、その見栄と名誉を捨てるような方策はナシというわけだ。

あくまでも、まっとうな方法で稼いだお金でなくてはならない。

「貴族ってのは面倒《めんどう》だな」

「はい、面倒なんです……」

思わず呟いたら、ちからなく同意されてしまった。

テテミッタは苦笑いしてみせる。

「学生の身の上でも、学院が紹介《しょうかい》するアルバイトなら大丈夫《だいじょうぶ》なんですが」

「その学院に通えない以上、それもできない、と」

「あれ、ピンハネしてますからね」

世知辛《せちがら》い話である。

学院側としても、生徒の身分を保証する以上、得るものが必要ということなのだろうけれども。

「だが、なんでおれに？　おれは狙撃魔術師のことしか知らないし、きみは狙撃魔術師に向いてないだろう」

「はい、向いてないと、はっきりいわれました。メイテルおばさまに」

「メイテルさまか」

この町の魔爵家は、伯爵《はくしゃく》家の分家である。現伯爵の妹であるメイテルは、彼女にとって相談しやすい叔母《おば》なのだろう。

メイテルも彼女の実家と政治的に対立していたとはいえ、それと個々人のつきあいは別だ。

それに目の前の少女は、先日の戦いで、己のできる限りの貢献《こうけん》をしてみせた。

おれはため息をつく。メイテルの紹介、となれば無下にもできない。

彼女にはおおきな借りがいくつもあるのだ。

そのなかでも最大のものは、毎年、伯爵家の一族しか入れない土地に赴き、あいつの墓に挨拶するための便宜《べんぎ》を図《はか》ってくれたこと、だろうか。

このことについては伯爵さまもご存じだそうだが、本人と会ったことはない。

観念して、まずは彼女の適性について探《さぐ》ることにする。

「ちなみに、これまで魔物を狩ったことは？」

「学院の実習で、いちおう……。あとは寮《りょう》に忍《しの》び込んできた鱗《うろこ》ねずみを退治したくらいです」

鱗ねずみは、一般《いっぱん》的に錬金術の実験で用いられる、小柄《こがら》だが頑丈《がんじょう》で素早《すばや》く、食欲旺盛な魔物である。各地の学院でよく脱走《だっそう》し、騒動《そうどう》を起こすことで有名だ。

「どうやって仕留めた？」

「粘着灰《ステイツキーアッシュ》の魔法で動きを止めて、ハンマーでこう、えいっ、と」

テテミッタは両腕で得物を持ち上げ、振り下ろす真似をしてみせた。酔いのせいか、動作がやけに大袈裟《おおげさ》だ。

ちなみに粘着灰《スティッキーアッシュ》の魔法は、ねばねばした灰を生み出し、相手の動きを止める初級の魔法である。あらかじめ触媒《しょくばい》となる灰をばらまいておく必要があるものの、簡単な術式の割に効果が高い。

「攻撃《こうげき》魔法は使えないのか？」

「基礎的な魔法はひととおり使えます。でも、粘着灰《スティッキーアッシュ》の魔法ってすごく便利じゃありませんか？」

「あらかじめ仕掛けをほどこせるなら、な。狩りでは獲物《えもの》の反撃がある。とっさに身を守る手段は必要だ」

「わかりました、いつでも使えるよう練習、ですね」

まあ、そのあたりは後々でもいいだろう。

おれはその後も、彼女ができること、できないことを確認《かくにん》していく。

基礎的な魔法については思った以上に幅広《はばひろ》く使えるようだった。ただし、少し難しい魔法についてはまだこれから、というところであり、実戦での使用はおぼつかないだろう。

「狩りのチームでなら、便利屋として活躍《かつやく》できるかもしれないな」

「チーム、ですか」

「単独で動く狩人もいるが、チームを組む者たちもいる。この町でも、常にチームを組んでいる者は割といる」

たとえば、女癖《ぐせ》が悪いことで有名なジェッドである。彼の場合、便利屋としてだけでなく交渉《こうしょう》を得手としていて、彼が入るだけで報酬が一割、二割は上がるといわれていた。

目の前の少女には絶対に近づけないようにしよう。

「チームでの動き方や森での常識なんかを教えてくれるやつは、紹介できる。ただし、その狩人にはすでに、ふたりも弟子がいる。孤児院の出身できみより年下だが、きみが一番下の弟子、ということになる。貴族としてじゃなく、ひとりの新人として、平民の教えを受けられるか？」

「はい、がんばります！　もともと、学院ってそういうものですし」

「ああ、まあ、そうだな……。あそこは、そういうところか」

魔法には、才能が必要だ。個々人で、才能にはおおきな差がある。故《ゆえ》に学院は、リラのように傑出したちからを尊ぶ。

それこそが帝国を拡張させるなによりの方法であると、歴代の為政者《いせいしゃ》は考えたのである。

彼女も、その実力主義の世界に染まっているようだった。

自分から謙虚《けんきょ》に学びにいけるなら、話は早い。おれはひとまず彼女をその場に残し、二階に上がった。

なんにしても、まずはギルド長のダダーに話を通す必要がある。

幸いにして、ダダーは今回の件について、伯爵家から、というかメイテルから連絡を受けていたようだった。

きちんと根回しができていて偉《えら》い。

なんでおれには根回しされてないの？

いいけどさあ。

かくして、ひとりの新人狩人が誕生する。

彼女が一流になるかどうかは、まだわからない。

ギルド長に頼まれていた森の巡回は、大過なく終わった。

他所から流れてきた狩人たちが、腕試《うでだめ》しも兼《か》ねて森の浅層をまわり始めたからだ。

城塞都市エドルの人手不足を知って、目ざとく集まってきた者たちである。他の森ではやっていけなかったような半端者《はんぱもの》たち。あるいは、以前このあたりに暮らしていたものの、なんらかの理由で拠点《きよてん》を移した者たちだ。

数は少ないながらも、そういった者たちが、雪上を走る兜鹿《かぶとじか》馬車でやってきた。

彼らの素行については未知数であるが、ギルド長は、経験を積んだ狩人がギルドに加入するのは助かることだ、といっていた。

しばらくは古参との間でもめごとが絶えないとしても、である。

まあ仲裁《ちゆうさい》や裁定は彼の仕事で、おれには関係がない。

そういうわけでおれは、今日も酒場で昼から呑んでいた。

リラもいっしょだ。外は吹雪《ふぶき》なため、師弟《してい》そろって、ぐだぐだする日である。

暖房の効いた酒場で呑む、冷えたエールがうまい。

つまみは、羊のチーズをふんだんに入れた香草《こうそう》のサラダだ。

リラは相変わらず葡萄酒を水で割って、腸詰めや串焼きをガツガツと食べている。

食欲が旺盛でなによりであった。

「師匠って、肉が嫌《きら》いなわけじゃないですよね」

「この年になると脂がな……」

「本当に年だからですか？　じつは昔から脂身が苦手だったりしません？」

どうだったかな、と首をひねる。そういえば、あいつとふたりで旅をしていたころも、脂っこいものを避《さ》けていたような……。

「もしかして、これってただの、おれの好みだったのか？」

おれはおおきく目を見開いた。

いまにして気づく、衝撃《しょうげき》の新事実である。

「わたしは、ずっと前から知ってました」

「観察眼のある弟子で、師としては誇《ほこ》らしいよ」

「師匠のことは、いつもよくみてましたから！」

リラが、えっへんと胸を張る。おれの一挙手一投足を観察したところで、なんら有益な情報は得られない気がするが……まあいいか。

「偉いぞ、弟子」

「そんな偉い弟子なのに、師匠は最近、別の女の子と楽しく話をしていたとか」

ジト目になっておれを睨《にら》んでくる。

なんのことだ？　と少し考えて、テテミッタのことだと気づく。

「ブラック・プディング戦でサポートをしてくれた見習い魔術師のことは覚えているだろう。彼女の相談に乗っただけだよ」

「じゃあ、わたしの相談にも乗ってくださいよー」

「今日はやけにからむな。悩《なや》みがあるならいつでもいってくれ。弟子のことは最優先だ」

「え、あ、うん、その……」

リラは頬を朱《しゅ》に染めて、うつむいた。

なにを照れてるんだ、こいつ。

「魔法関連の相談はおれじゃなくて、学院の卒業生に持っていけよ」

「師匠がずっとこの町を拠点にするかどうか、知りたいんです。場合によっては、家を借りた方がいいかなって。錬金術の道具、本格的に増えてきちゃって宿じゃ手狭《てぜま》なんですよね」

ああ、そういう話か。

たしかに、おれと相談する必要がある事柄だ。

というか、今後のことについてきっちり話をしていなかった。おれのミスだ。

「場合によっては、その……。師匠といっしょに家を借りて、とか！　わたしお掃除《そうじ》とかお料理もできちゃったりしますよ！」

「魔術師の師弟ならよくあることだが、おれたちは狙撃魔術師だ、そこまでする必要はないんじゃないか」

「むう」

「なんでふてくされる」

実際のところ、ヤァータのことがあるので、いくら弟子のリラとはいっても、他人と同じ家で暮らすのはためらうものがある。聡《さと》い彼女のことだ、ヤァータが少し特別な存在であることを薄々気づいているかもしれないが……。

「話は戻りますけど、師匠はこの町にずっと住むんですか」

「そのつもりだった、んだが……」

おれはちらりと周囲を見渡《みわた》したあと、小声になった。

「黒竜に目をつけられたかもしれん。ほとぼりが冷めるまで、河岸《かし》を変えることも考えなきゃならん」

「ああー、それがありましたか」

リラは、苦虫を噛《か》み潰《つぶ》したような顔になる。彼女はおれとあのカラスが会話していたときその場にいたのだから、そんな反応にもなろう。

「その場合、おまえまで無理についてくる必要はないが……」

「いえ、もちろんご一緒《いっしょ》させていただきますとも！　師匠のいるところ、どこにだってわたしの姿があるのです。一番弟子ですから！」

リラはぐっと胸もとで拳《こぶし》を握《にぎ》り、前のめりになった。一番、のところにずいぶんとちからが入っている。

「いまのところ、二番目はいないけどな」

「つまりわたしは、師匠の特別ってことです！」

なにが嬉《うれ》しいのか、えへらと笑う一番弟子。うちの弟子はとてもかわいい。

「それに、師匠が目をつけられたなら、わたしもって気がするんですよね」

「その可能性は、充分にある」

あの黒竜、つくづく厄介な存在だ。理性的にみえるから、こちらがこれ以上なにかしない限り、向こうからこの町を攻撃してくることはなさそうなのだが……。

「そもそも、本当に黒竜なんですかね」

「正直なところ、わからん。傍証《ぼうしょう》だけだからな」

かの存在が、自ら「我は黒竜である」と名乗ったわけではない。ヒトが勝手に状況証拠《じょうきょうしょうこ》を積み重ねて、山脈の奥《おく》に黒竜がいるであろうと推察しているだけである。

まあ、黒竜であろうとなんであろうと、あそこになにか強大な存在が潜《ひそ》んでいることは、もはや明らかだ。

それが迂闊《うかつ》に手を出すことまかりならぬ、厄介な相手であるということも。

ここの領主としても、帝国としても、しばらくはあの山脈に触《さわ》らないと決めたようである。

これ以上、かの存在を刺激することに意味はない。

帝都の狩猟ギルド本部も、ようやくそう悟《さと》ったようであった。

ここに至るまでに払った犠牲《ぎせい》はおおきいが、かといってこれ以上の、想定され得《う》る損害を許容してまで討《う》ちとるべき相手ではない、と。

「正体がわからなければ、対策も打てない。山脈に棲《す》むやつは、ここまで実に上手くやった」

「狙撃魔術師って、相手のことをよく調べたうえじゃないと戦えませんもんね。昔なら、特種魔法で無差別に滅ぼすって手も使えたんでしょうけど」

「特種魔法……？」

「あ、師匠は知りませんか。貴種の命を捧げて使う魔法です。いまとなっては、一部の貴族にしか伝わっていないんですけど。命を捧げるためにそんな魔法を覚えるなんて、馬鹿《ばか》な話ですよね」

ああ、メイテルがいっていた、あれか。

痕滅《こんめつ》魔法。以前は貴族の義務として習得されていた、生贄《いけにえ》の魔法である。

いろいろな呼び名があるのだな。

たぶん、リラがいっている「特種」というのは帝都の学院における呼び名だ。一般的には失われてしまった魔法であっても、それらを保存し、分類し、研究している者たちがいるのである。

メイテルは、自分は痕滅魔法を習得している、と語っていた。

ならはたして、おれと旅をしていたときのあいつ、メイテルの姉である彼女は、どうだったのだろう。

あいつが家を出奔《しゅっぽん》した理由のひとつには、そういった貴族の家の風習に嫌気《いやけ》が差したからではないか。いまとなっては真偽《しんぎ》は定《さだ》かではないが、ふとそんなことを考えてしまう。

あいつは、おれを守って死んだ。

だからこれは、あいつが己の命を惜しんだ、という話ではない。

命を捧げる義務という、窮屈《きゅうくつ》な生き方に対する反発。自分の生き方は自分で決める、という決断。

たしかに、あいつらしいかな、と思うのである。

貴族としてはてんで駄目《だめ》な考え方なのだろう。

だがおれは、彼女のそんな考え方が嫌いではなかった。

「ちなみに、リラ、おまえの家はどうだった」

「あ、うちはそういうの全然ですね。帝国の大半で、もうやめちゃってるんですよ。そんな時代じゃない、って」

時代は移り変わり、自分の命の使い方は自分で決める。

それだけのちからが必要なときは、狙撃魔術師に任せればいい。ここのような辺境ならともかく、外との争いが少ない土地では、なおさらだろう。

そういう時代になったのだ。

メイテルだって、あのときは己の命を切り札にするといっていたが、それは無闇《むやみ》に切ることができない、本当に最後の最後に残された手段である。

黒竜とおぼしきあの存在は、そこまで気づいているのだろうか。

狙撃魔法の対策をブラック・プディングにほどこしていたのだから、おれには、そこまで理解した上での行動に思えるのだ。

「昔なら、その特種魔法ってやつを山脈にぶっぱなしていたってことか」

「かも、しれませんね。覚えている人がたくさんいれば、手札を一枚、とりあえず切ってみる気にもなります。ことに、一族の頭数が多くて当主のちからが強い家なら」

己の威信《いしん》を保つためなら、ためらいなく身内を生贄にしてみせる、ということだ。

それが結果的に、もっとも犠牲が少なくて済む方法である、と。

「貴族ってクソだな」

思わず呟いてしまった。

リラは、「本当にそうですよねー」とけらけら笑って同意を示す。

「父は、きっとだから、わたしを外に放り出したんです。わたしに対して『笑って死ね』っていいたくなかったから。でもそんな父でも、ほかの自分の子どもには、きっと必要があったら『笑って死ね』っていうんです。それが貴族だから」

少女はまっすぐにおれをみつめる。

その瞳《ひとみ》の色も髪《かみ》の色も、顔立ちも、なにもかもがあいつとは似ても似つかないというのに、なぜだかおれは、彼女のなかにあいつの姿を重ねてしまった。

「わたしの命の使い方は、わたしが決めます。いまのわたしは、師匠の後ろにどこまでもくっついていくんです」


夕方、おれは宿の二階の一室で、窓を開け放ち、飛んできた三つ足のカラス、ヤァータを招き入れた。突《つ》き刺《さ》さるような冷気と共に暖房の効いた部屋に飛び込んできた我《わ》が使い魔は、テーブルの上に着地すると、ひとつカァと鳴く。

窓を閉めて、改めて暖房の魔道具を起動しながらヤァータのそばにいく。

「偵察《ていさつ》は、どうだった」

「山脈は現在も異常ありません。黒竜の痕跡《こんせき》どころか、山脈のなかには現在、魔物の一体も発見できません」

「魔物が消えた、か……。ブラック・プディングに食われた、とかじゃないだろうな」

「その可能性もありますが、あれだけの範囲《はんい》ですべての魔物が消えるのは、いささか不自然です」

ヤァータには再三、山脈付近を偵察させているのだが、今回はさらに踏《ふ》み込んで、山脈の内部を詳《くわ》しく調べさせたのだ。

結果、山脈に魔物の姿がいっさいみられない、ということが判明してしまった。

あまりにも奇妙《きみょう》である。

黒竜はどこに行ったのか。あるいは、いまも隠《かく》れているのだろうか。

面倒を避けるため、別の場所に消えたという可能性もある。

すでに二度、この町から、帝国から、仕掛けられているのだから……これ以上の干渉《かんしょう》を厭《いと》うて引っ越《こ》ししてしまった、というのも充分に考えられることであった。

「ヤァータ、きみの考えを聞きたい。黒竜はどうなった」

「情報が不足しています。考えというほどの推測はできません」

「それでも、もっとも高い可能性について語ることはできるだろう」

こいつとのつきあいは、長い。

だんだんと、答えを得る方法についてもわかってきた。

カラスはひとつ頭を振ると、しぶしぶといった様子で語り始めた。

「現在、もっとも高い確率を占《し》めるものは、『黒竜は存在しなかった』という可能性です」

「あの山脈に隠れていたなにかは黒竜じゃなかった、ということか？　ブラック・プディングをつくり出した存在は黒竜ではなかった、と？」

「ブラック・プディングをつくり出したものすら、あの山脈には存在しなかった可能性もあります」

「詳しく説明してくれ」

「これには数限りない可能性があります。あくまでも、もっとも確率が高い可能性の話です。その高い確率というのも、せいぜい二十パーセントを少し超《こ》える程度です」

「じゃあ、そのうちのひとつは？　適当に、高い可能性のひとつをいってみてくれ」

「では、ひとつを。他の国の者が、かの地に黒竜が存在すると我々に思い込ませたかった」

なるほど、それは充分に考えられることだ。

国と国の境であるあの山脈に、いっそうデリケートな存在の可能性を匂わせることで帝国の進出を阻《はば》む、という作戦である。

ただし、その場合……その他国というのは、優秀な狙撃魔術師が交じった五十人ほどのチームを全滅させたうえで、ブラック・プディングというとんでもない化け物をつくり出したということになる。

そのような誰も聞いたことがない技術を秘匿《ひとく》している国が、近隣にあると考えるのは、いささか荒唐無稽《こうとうむけい》に思えてくる。

あえてその可能性が高いとヤァータが語ったのは、このカラスの格好をした存在が魔法技術について詳しくないからであろう。

そのくらいの推察ができるくらいには、おれはヤァータのことを理解していると思っている。

「その可能性は除いていい。近隣諸国には帝国ほどの魔法技術はないし、帝国の魔術師はブラック・プディングなんてものをつくれないという前提で再度、考察してくれ」

「では、黒竜に類する存在は実在し、しかし山脈から移動したという可能性がもっとも高くなります」

「予測が一気に変わったな。そうか、今回の背後にヒトの意思が介在する可能性がまるまる消えたからだな」

「ご主人さまのおっしゃる前提によればブラック・プディングという動かしがたい証拠がある以上、そこにはヒト以上の魔法を用いるものが確実に存在していると考えられます」

それもそうか。

ブラック・プディングという新たに発見された魔物は、帝国にとってもそれだけ衝撃的だったのである。

あれをつくり出した魔法技術によって、第二、第三のブラック・プディングが生まれれば、それは狙撃魔術師にとっておおきな脅威《きようい》となるだろう。

おれだって、次にまたあれの本体の魔臓を確実に射貫《いぬ》けるとは限らない。

あれの死骸《しがい》は帝都の学院に回収され、徹底的に研究されているはずだから、いずれ有効な知見が得られる可能性はあるが、それにはいましばらくの時間がかかることだろう。

「いまのところ、ブラック・プディングを確実に倒せるのは痕滅魔法だけらしい。逆にいえば、その気になれば相応の貴族の犠牲であれほどの化け物を始末できるということだ。黒竜らしき存在からみれば、ヒトの群れはたいそうな脅威に映るだろう」

「はい。だからこそ、山脈から移動したのでしょう」

「どこに行ったか、わかるか？」

「いっそうの秘境に移動した、という可能性がもっとも高いと考えられます。もっとも、黒竜らしき存在の具体的な性能をわたしは未《いま》だ掴《つか》んでおりません。断定は困難です」

結局のところ、わからないことだらけ、ということだった。

使い魔を通して少し会話を交《か》わした限り、高い知性と諧謔《かいぎやく》を理解した、厄介な存在であることは間違いないのだが……。

「以降も山脈の偵察を続けてよろしいでしょうか」

「ずいぶんと熱心だな」

少しだけ、違和《いわ》感を覚えた。

だがまあ、こいつがおれに不利益なことをしない、というのはよく理解している。

「春になれば、いちどこの町を出る。しばらくは旅をすることになるだろう。それまでは引き続き、監視《かんし》を頼む」

「かしこまりました」

おれは窓を開けた。ヤァータは疲れもみせず、暗くなった空にふたたび飛び立つ。

その姿は、闇に紛《まぎ》れてたちまちみえなくなった。

その羽音も、降り続ける雪に埋もれて消えた。

窓を閉めて、ため息をつく。

「旅、か」

安定した、と思っていた。この町に身を落ち着けるときがきたのだと。

そうはならなかった。

おれはいつまで、彷徨《さまよ》うのだろうか。

これから、なにを求めて生きていくのだろうか。

ふと、あいつの顔を思い出す。

それがなぜか、リラの笑顔《えがお》に重なった。

そして、旅立ちのプロローグ

雪が解けて、春が来る。

都市の壁《かべ》の内側に閉じこもっていた人々が、一斉《いっせい》に動き出す。

街道《かいどう》を馬車が行き交《か》う。町に新しい人々がやってくる。

森の生き物も動き出す。巣ごもりを終えた熊《くま》が腹を空《す》かせて徘徊《はいかい》する。

鳥が歌をさえずり、宙に羽ばたく。

生命活動が活発化する季節が、やってきた。


我が出会ったその奇妙《きみよう》な三つ足のカラスは、それを乱雑《エントロピー》さの増加、という初めて聞く用語で語ってみせた。

カラスは、とある狙撃魔術師《そげきまじゆつし》の使い魔をしているらしい。

我が使い魔たるカラスは自我を持たない、我の忠実なしもべである。

対してこの三つ足のカラスは、やたらと自己主張が強い様子であった。

なによりも、その知識に比類なきものがあった。

賢者《けんじや》と呼んで差し支《つか》えがなかった。

この大陸の者たちがとうていあずかり知らぬことを、何故《なぜ》か数多く知っているようだった。

くだんのカラスと初めて接触《せつしょく》したのは、冬の最中《さなか》。

カラスの端末《たんまつ》が、我の棲《す》み処《か》である山脈の奥深《おくふか》くにやってきたときのことである。

その冬にやってきた多くのヒトとは違《ちが》い、この奇妙な訪問者は礼儀《れいぎ》をわきまえていた。

我の存在に気づくと、まず丁寧《ていねい》な挨拶《あいさつ》の言葉をもって接触してきた。

牙《きば》には牙にて、言葉には言葉にて返すのが我らの礼儀である。

故《ゆえ》に我は、三つ足のカラスに対して対話で応じた。

結果、我は多くのことを知った。

山脈のそばの森、その向こう側に存在する、壁に囲まれたヒトの集落には、カラスが主《あるじ》とみなす存在がいるということ。

その主を守るためであれば、カラスはあらゆる手段を講じるであろうこと。

しかし、主と敵対しないのであれば、多くの点で妥協《だきょう》する用意があること。

それには、我の存在を主から隠蔽《いんぺい》することも含《ふく》まれること。

どうやらこのカラスは、あまり主に対して忠実な家来ではないらしい。

「我《わ》が主の指示すべてを忠実に実行することは、我が主の安全を確保するに際して、必ずしも最善であるとはいえません」

カラスはそううそぶき、彼《かれ》の主に対して、山脈はカラになり我はすでに他所《よそ》へ居を移したであろう、と虚偽《きょぎ》の報告をあげた。

時系列を無視すれば、必ずしも間違いではない。その真偽《しんぎ》をたしかめるため、貴族たちが山脈にヒトを派遣《はけん》するころ、我はすでに立ち去った後であろうから。

この冬、ヒトになんども干渉《かんしょう》されて、我はいい加減、うんざりしていたからだ。

潮時であった。

数百年ばかり、旅に出るのもいいだろうと思い始めていた。

そんなとき現れたのが、三つ足のカラスであった。

そのカラスは、こんなことをいったのである。

「我が主は、しばらく旅に出るおつもりです。山脈の主に目をつけられた自分には、ほとぼりが冷めるまで姿を消す必要があるだろう、と考えたようです」

どうやら、カラスの主人は、我のことを狂暴《きょうぼう》で獰猛《どうもう》で粘着質《ねんちゃくしつ》な厄介者《やっかいもの》と捉《とら》えている模様であった。

甚《はなは》だ遺憾《いかん》である。我は加えられた攻撃《こうげき》に対して、おおむね同等の反撃をしただけだというのに。

それがコミュニケーションというものであろう?

コミュニケーションは大切だ。ヒトと適切な関係を維持《いじ》するためには、ヒトに倣《なら》ってコミュニケーションをとる必要がある。

少なくとも、我は過日、父よりそう習ったのだ。

知性と知性は、コミュニケーションすることでより高みに至る。

そのための努力を怠《おこた》ってはならぬ。

努力を怠るとき、知性は退廃《たいはい》し、いかな長き命とて無為《むい》なるものに堕《お》ち果てるであろう、と——。

それは、かつて賢竜と呼ばれた父の口癖《くちぐせ》のようなものであった。

とはいえ、ヒトからの我に対するおおきな不審《ふしん》は、言葉で解決できるものではないだろう。

我らの間に横たわる深い溝《みぞ》を一朝一夕《いっちょういっせき》に跳び越《とこ》えることは難しい。

なによりヒトは、あまりにも生き急ぎすぎるものだからだ。

「まず隗《かい》より始めよ、という言葉があります」

カラスはそんなことをいった。隗、とはなにか知らぬが、ことを為《な》すなら自分から動けということらしい。

このカラスは別の世界から来たというが、その世界の者はいいことをいう。

よって我は、自ら動くことにした。

「我はお主の主についていくとしよう」

うむ、実に名案である。

「どうして、そうなるのです?」

「我はお主の言葉を正確に理解したからだ」

「正確……?」

カラスが、首を横に傾《かたむ》けた。首の骨が折れやせぬかと、少々心配になる。

鏡の前で、改めて己《おのれ》を確認《かくにん》する。

ヒトでいえば十二、三歳《さい》くらいの少女の姿だ。

黒い貫頭衣《かんとうい》を纏《まと》い、腰《こし》のあたりを紐《ひも》で結んだだけの服。

肌《はだ》はヒトであれば病気かと思うほど白い。足もとまである艶《つや》のある長い黒髪《くろかみ》。そして鏡をじっとりとみつめる、つりあがった紅蓮《ぐれん》の双眸《そうぼう》。

「ふむ。どこからどうみても、そこらの平凡《へいぼん》な村娘《むらむすめ》だな」

我は満足げに腕《うで》を組み、ふんすと鼻を鳴らす。

三つ足のカラスが、ますます首を横に傾けた。

いましも転びそうで、いささか不安になる。

「なにか申したいことがあるなら、遠慮《えんりょ》なく述べよ。角と鱗《うろこ》はすべて隠《かく》したはずだが、見落としがあるだろうか」

「わたしもヒトの格好《かっこう》について詳《くわ》しいわけではないのですが、村娘を名乗るにはいささか、そう、泥《どろ》臭《くさ》さが足りないように思われます」

「泥臭さ……泥を身体《からだ》に塗《ぬ》るのか？」

「比喩《ひゆ》表現と捉えてください。そもそも、ヒトの村娘がひとりで旅をするのは極《きわ》めて不自然です」

我は、ぽんと手を叩《たた》いた。

「貴重な助言、感謝する。ほかにも気づいたことがあれば、遠慮なく申してほしい」

我とカラスは、検討を重ねた。

どうすれば自然に、カラスの主と合流できるか。

カラスとしては、己の主に害を為さぬと信用できるならば、むしろ積極的な同行は望ましいという。

何故、と問えば……。

「我が主は、弟子《でし》をとってから、以前よりも活動的になりました。過去の傾向《けいこう》も加味して分析《ぶんせき》した結果、我が主は、関《かか》わり合いの深い者が増えるほど活動を活発化させると考えられます」

我の存在を新たな刺激《しげき》とする、ということなのだろう。

つまりこれは、我と三つ足のカラス、相互《そうご》に利がある取り引き、ということだ。しばらくこの山脈で過ごしてきた我も、新たな刺激を望んでいたのだから。

父は少し前に亡《な》くなった。父の知性を少しも受け継《つ》いで生まれなかった巨躯《きょく》の弟は、我の監視《かんし》下から逃《のが》れ森を侵略《しんりゃく》した末、カラスの主たちに殺された。

腹違いの弟について、思うところがないわけではない。

ひどく愚鈍《ぐどん》で、我の姿をみては怯《おび》え、肉とみれば飛びついて喰《く》らうだけの存在であったが、それでも父から託《たく》された唯一《ゆいいつ》の肉親であった。

とはいえ、あれは自ら望んで我の庇護《ひご》の下《もと》から離《はな》れたのだ。その結果、ヒトに討《う》たれたとしても、それは自然の営みのうちというものであろう。

この点に関して、我に遺恨《いこん》はない。

それがきっかけとして、山脈に注目が集まり、我を黒竜《こくりゅう》と断じて討伐《とうばつ》に赴《おもむ》いた者が現れたことが問題であったというだけである。

父の死後も父の痕跡《こんせき》を用いて山脈を不可侵《ふかしん》な土地と錯誤《さくご》させていた、そのツケがまわってきたのだろう。

いつまでも、大樹の陰《かげ》に隠れているわけにもいかぬ。

これは、ちょうどよいきっかけである。

前向きに、そう考えることとしよう。

「では、参ろうか」

かくして我は、春の訪《おとず》れを前に、山を下りた。

このあたりの山や森を棲み処とする魔物など、父のもとで長年に亘《わた》って魔法の研鑽《けんさん》を積んだ我にとってはものの数ではない。

かといって、こんな見た目は子どもである我が、あまり強力な魔法を行使しては怪《あや》しまれる。

使い魔を放ち周囲を確認しながら、魔物を避《さ》けて動いた。

人里に出る。

過去にもなんどか辺境の村や町を訪れたことがあったから、ヒトとの接触に不安はなかった。

貴族の娘と間違われることはままあったが、我は優秀《ゆうしゅう》な魔術師であるから、これは致《いた》し方ないところだろう。

いちいちいいわけをするのも面倒《めんどう》なので、「内密に頼《たの》む」とだけいって、出自についてはごまかすことにしている。

「やはり、我が主に怪しまれず接触するのは難しいでしょうね」

いくつかの村に立ち寄ったあと、急に飛んできたカラスはそういった。

我は「何故だ」と不満を露《あら》わにして訊《たず》ねる。

「いまの我が、出奔《しゅっぽん》した貴族の令嬢《れいじょう》にみえないというのか?」

「ひどく怪しいのです。まず一人称《いちにんしょう》を直しましょう。そうですね、『わたし』や『わたくし』あたりがよろしいかと」

我は首をかしげてみせた。ヒトが困ったときにとるポーズだ。

「わ、た、く、しのどこが怪しいというのですか?」

「先ほどの村での話をいたしましょう」

「みていたのか」

「はい。あなたは物取りが体当たりしてきた際、素早《すばや》い身のこなしでこれを転倒《てんとう》させたのみならず、その場で頭を掴《つか》んでの拷問《ごうもん》に及《およ》び、罪を白状させた後、駆《か》けつけた警邏《けいら》の者に引き渡《わた》しました」

「不手際《ふてぎわ》がありましたか？　ヒトは罪人を自ら裁かず、公《おおやけ》の権力に引き渡すのでしょう？」

カラスはしばし当惑《とうわく》したように黙《だま》り込《こ》んだあと、話を再開する。

「あなたは十二歳の世間知らずのご令嬢という設定です。これはとうてい、世間知らずの者のやることではありません」

「しまった」

我は口に手を当てた。令嬢はそうする、と聞いたからだ。

「その場でくびり殺すべきでしたね」

「そうではありません」

なぜだか、ひどく怒《おこ》られた。

我はまだまだ、ヒトの世に詳しくないらしい。

毎日が勉強である。それもまた、一興といえよう。

「そろそろ、お主の主に会いに行ってもよいのではないか？」

「いましばし、頑張《がんば》りましょう。特訓です」

「むう」

我は口を尖《とが》らせて、抗議《こうぎ》してみせた。

カラスは「いまの表情は、実に年頃《としごろ》の少女にみえます」と褒《ほ》めてくれた。

かくして、しばしの時が経《た》つ。

ようやくにして準備を終えた我は、カラスの導きに従い、とある町で偶然《ぐうぜん》を装《よそお》い、かの人物とその弟子に邂逅《かいこう》することとなろう。

さて、これから先になにが待っているのか。不思議と胸が、高鳴った。

「まだ、だいぶ心配なのですが……」

カラスが、ぶつぶついっている。

まったく、こやつは心配性《しんぱいしょう》だなあ。

閑話　メイテルの相談

冬の最中《さなか》のこと。

おれはメイテルの住む別邸《べってい》に招かれ、相談を受けていた。

彼女《かのじょ》にはなにかと恩がある。依頼《いらい》を断りにくい。

メイテル本人は、恩に着せているつもりはなさそうなのだが……。

「本当に申し訳ありません。ですが、あなた以外に相談する相手がいなくて」

「頭を下げるのはやめてください。それで、話とは」

「狙撃魔術師《そげきまじゅつし》に関することなのです」

おれは顔をしかめそうになり、出された紅茶をひと息で飲み干した。覚悟《かくご》を決める。

「話をお聞きしましょう」

「そう、悲壮《ひそう》な決意を固めないでください」

苦笑いされてしまった。

「長筒《ながつつ》の供給と流通に関することなのです」

「供給と流通？」

「腕《うで》のいい職人を招聘《しょうへい》できないものか、と」

「この町の狙撃魔術師は、おれとリラを含《ふく》めても五人。とうてい、職人が必要な数とは思えませんが……」

「今後、狙撃魔術師の数を増やす必要があります。兄はそう考え、では狙撃魔術師に居着いてもらう方策はないか、とわたしが相談を受けたのです」

伯爵《はくしゃく》は、なんでそれをメイテルに相談するんですかね。

彼女とおれの交流を知っているからなんだろうけど。

それでいて、おれが貴族と会うことを厭《いと》うていることも知っているからなんだろうけど。

そりゃあ、あいつの墓参りを許してくれてる時点で、伯爵もおれのことは把握《はあく》済みなんだろうけどさ……。

それにしても、狙撃魔術師の数を、か。

狙撃魔術師という仕事は、数がいることにはあまり意味がないのだが……。

そもそも、準備さえ調《ととの》えば竜《りゅう》すら一撃《いちげき》で射貫《いぬ》くのが、おれたち狙撃魔術師なのである。

半面、きっちりと盤面《ばんめん》を整えなければ、トロルの胴体《どうたい》すら満足に貫《つらぬ》けない。そんな者たちを集団運用するためのノウハウは、まだ帝国《ていこく》中央でも充分《じゅうぶん》に蓄積《ちくせき》されていないだろう。

おれはため息をついた。お互《たが》いの認識《にんしき》をすり合わせる必要がある。

「それだけの狙撃魔術師を集めて、こんどこそ竜を退治するのですか」

「山脈に手を出すつもりはない、と兄ははっきり宣言しております。しかし、狙撃魔術師への更《さら》なる対策を積んだ魔物が出現する可能性、これは否定できないと」

「たしかに、ブラック・プディングなんて化け物がいちどは現れたんだ。二度目がないと決めつけるのは良き領主とはいえない、そういうことですね」

「ご理解いただけて嬉《うれ》しいですね」

あの黒竜の使い魔と会話した限りでは、こちらから手出しをしない限り、黒竜の手下がエドルを襲《おそ》うことはない気がするのだが……。

政治は、そんな予断で動くことを良しとしない。相手の言葉を全面的には信用せず、万一に備えるべきである、ということなら納得《なっとく》がいく。

なにせ秋から冬にかけて、いろいろありすぎた。

皇帝《こうてい》陛下からこの土地を預かる伯爵としては、念には念を入れ、次を見据《みす》える必要があるということだ。

それに、おれは春になったら、リラと共に旅に出る。そのことはもう、メイテルに伝えてある。伯爵にも伝わっていることだろう。そういう意味でも、今後に備えるというのは大切だ。

「では、狙撃魔術師の数を増やす、という前提の話をしましょう。ですが狙撃魔術師が十人いても、長筒職人が暇《ひま》するだけですよ。ほとんどの職人が大都市に住んでいるのは、それくらい需要《じゆよう》が少ないからです」

「それでは長筒の整備と修理に支障をきたしませんか。兄は、いざというとき狙撃魔術師が機能しないことを特に懸念《けねん》しています。ことに、冬は交通も停滞《ていたい》します」

「ああ……」

理解できた。

いまおれが話している相手は、魔術師や騎士《きし》の集団運用には熟達しているものの、狙撃魔術師という職種に関しては素人《しろうと》だということを。

おれの態度で気づいたのか、メイテルは目を細めてみせる。

「構いません。忌憚《きたん》のない意見を、遠慮《えんりよ》のない言葉で語ってください」

「わかりました。昔の長筒は、たしかに一発撃《う》つだけで職人の分解整備が必要だったと聞きます。しかし二十年前の時点では、もう狙撃魔術師がひとりで整備できるように、部品の簡略化が進んでいました。十年ほど前からは、もう一歩進んで、脆弱《ぜいじやく》な部位がブロック化されています。消耗《しようもう》の激しい部位については、予備の部品を用意しておけば、簡単にとり替《か》えることができるようになりました」

実はこのブロック化には、おれも貢献《こうけん》している。

おれというか、おれの使い魔であるヤァータが。

この長筒という魔道具、特に点火装置の部分が故障しやすくて、なにか方法はないかとヤァータの知恵《ちえ》を借りたのだ。

異邦《いほう》から訪《おとず》れたカラスは、おれの知らないさまざまな工夫《くふう》を教えてくれた。

それは、おれが知らない、というかこの大陸のどこにもまだ生まれていないアイデアだったわけだが……。

知り合いの腕のいい職人と相談し、おれはこの長筒のブロック化を帝国中に広めることにした。それが結果的に、多くの狙撃魔術師にとって益になり、ひいては狙撃魔術師の生存性の向上とこの仕事の地位向上、並びに新規参入者の増加を促《うなが》すことになると考えたからである。

ついでに、規格の共通化というヤァータのアイデアもとり入れてもらった。

これまではバラバラだった工房《こうぼう》ごとの長さや重さの単位を統一し、どこの工房でつくった長筒の部品でも流用できるように、というアイデアである。

狙撃魔術師は、辺境で暴れる魔物を狩《か》るという仕事の関係上、長旅に出ることが多いから、これは狙撃の質を担保するためにも非常に重要なことであった。

それから、もう十年が経《た》つ。

いまや各部位がブロック化された新式の長筒は、共通化規格と共に業界のスタンダードとなっていた。

帝国各地の職人が技《わざ》を競《きそ》っていた。

特定の部位だけつくる職人、というのも生まれつつある。

たとえば、とある職人のつくった引き金部分は特に優秀《ゆうしゅう》で、カチっと来る感触《かんしょく》はいちど使ったら二度と他の職人の作品には戻《もど》れなくなると評判だ。

おれはその部位だけ予備の部品を二十個ほど、常にストックしてあった。

値段は目が飛び出るほど高いが、長筒は狙撃魔術師の命を担保するものだ。いくらだって投資する価値がある。

他にも魔力タンクと繋《つな》がる真銀管のつけ根部分は……。

そういったことを、メイテルにつらつらと説明した。少しくどくなったかもしれない。早口だったかもしれない。自分の専門のことを話すとき、えてしてヒトは雄弁《ゆうべん》になるものだ。

メイテルはおれの話が一段落したところで、口もとに手を当て、くすくす笑った。

「あなたにも、そんな夢中になることがあるのですね」

「申し訳ございません、少し熱くなりました」

「嬉しく思いました。装備にこだわりを持てるのは、素晴《すば》らしいことです。騎士にも、己《おのれ》の剣《けん》や鎧《よろい》に強いこだわりを持つ者が多くいます。彼《かれ》らと語らうと、普段《ふだん》は無口な者であっても驚《おどろ》くほど雄弁になるのです」

まあ、騎士の剣や鎧は、おれにとっての長筒か。

誰《だれ》だって仕事の道具にはこだわりがあるものだ。いまのおれに、こんな熱が残っていたのは自分でも少々驚きだが……。

「旅に出てからも、どうか、その熱を育ててください」

メイテルは告げる。

「どうか、あなたの今後に幸《さち》あらんことを」


メイテルと相談した結果、エドルは職人を呼ぶのではなく、長筒の部品の在庫を大量に発注し、いくつかの倉庫に分けて保存することとなった。

実際のところ、すでに個々の狙撃魔術師がある程度の在庫を保持しているという。

当然だ。彼らは訓練に己の長筒を用いるし、使えば部品は消耗する。いざという時に長筒が使い物になりません、では禄《ろく》を食《は》んでいる意味がない。

貴族の狙撃魔術師とて、有事に武器が使えませんでした、では名誉《めいよ》も地位も失墜《しっつい》する。

予備も含めて、常に万全《ばんぜん》の状態にしておくのは彼らの義務だ。

今回は、それをエドルという町全体が後押《あとお》ししよう、という試みであった。

そのうえで、外部から狙撃魔術師を招き、町の守りを固める。黒竜だけを睨《にら》むのではなく、近隣《きんりん》の山々に棲《す》む魔物たちすべてに対する備えである。

辺境の町では、そこまでしてようやく、人々の安寧《あんねい》を守れるのだ。

近隣の村を治める騎士たちも、村に住む民《たみ》も、いざとなれば町から狙撃魔術師が派遣《はけん》される、とわかっているだけで日々を心安らかに過ごすことができるというものである。

「先日の遠征《えんせい》とそれに続くブラック・プディングとの戦いで、我々は多くの優秀な魔術師を失いました。その穴を埋《う》めるのは容易ではありません」

メイテルとしても彼女の兄である伯爵としても、頭の痛い話だろう。おれには関係のない話、ではあるのだが、かといってまったく無視してもいられない。

この町が滅《ほろ》びれば、あいつの墓も荒《あ》らされる。

そう思うと、心穏《おだ》やかではいられないのだ。

とりあえず、いい部品の情報とその発注に関しては、いくつか伝手《つて》を紹介《しょうかい》しておいた。あとは上手《うま》くやってくれるだろう。

「感謝を。兄も、できればじかにあなたに会って謝意を伝えたいといっておりました」

「勘弁《かんべん》してください。おれは、そういうのが苦手なんです」

「貴族が嫌《きら》いなのは理解しています。姉さんが、そうでしたから」

おれは黙《だま》って頭を下げた。

メイテルは、またくすくす笑う。

閑話　テテミッタの狩り

わたしはテテミッタ。

城塞《じょうさい》都市エドルの魔爵《ましゃく》家の娘《むすめ》だ。つい最近まで地方の学院で勉学に励《はげ》んでいたが、実家の凋落《ちょうらく》に伴《ともな》い、日銭《ひぜに》を稼《かせ》いで暮らす生活に落ちぶれてしまった。

といっても、そんなに悪い日々ではない。

仕事仲間は、紹介《しょうかい》して貰《もら》った森に詳《くわ》しい狩人《かりゅうど》さんと、そのお弟子《でし》さんの、孤児院《こじいん》あがりの女の子ふたり。

最初は、孤児院あがりなんてちょっと怖《こわ》いなと思っていたのだけれど、ふたりとも存外に優《やさ》しかったし、師匠《ししょう》である狩人のおじいちゃんはわたしたち三人のことを孫のように思っているみたいだった。

ただし、わたしたちの仕事はちょっとたいへんだ。

森のなかに入って、罠《わな》にかかった獲物《えもの》をみつけたら仕留めて持ち帰る。そしてまた、罠を張る。

それを毎日、何十か所とやる。

狩人によってある程度の縄張《なわば》りがあり、罠を張るのにも細かいルールがあって、他の狩人にはそこに罠があると識別できるようにする必要がある。それでいて、森の生き物には気づかれないようにしなければならない。

森の生き物に襲《おそ》われる可能性もある。

特にいまはまだ春先で、秋から冬にかけての一連の事件の影響《えいきょう》により山向こうから逃《に》げてきた魔物が出没《しゅつぼつ》する恐《おそ》れもあった。

実際に、いちど、わたしたちは遠くから魔物の姿を目撃《もくげき》している。


ある日の早朝、森のなかで先頭を歩いていた師匠が足を止め、身をかがめて遠くを観察した。

わたしたち三人も立ち止まり、目を凝《こ》らす。わたしは魔法で視覚を強化した。

師匠の視線の先に、羊のような生き物がいた。

ただし二本の長い角が触手《しょくしゅ》のようにのたくり、波打っている。風に揺《ゆ》れて落ちる緑の葉が、ぐんにゃりとするそれに触《ふ》れたそのとたん、一瞬《いっしゅん》で灰のような色になって、次の瞬間には塵《ちり》となって消えた。

「灰腕羊《アッシュシープ》だ」

師匠がぼそりと呟《つぶや》いて、わたしたちの間に緊張《きんちょう》が走った。

その名は知っていた。ひとつには、とても危険な魔物として。もうひとつは、学院の教授が、魔物の特殊《とくしゅ》な生態の例として講義で説明していたから。

灰腕羊は、あの揺れる触手みたいなもの――教授は触吻《せっぷん》といっていた――で触れたものの魔力を吸収し、それによって活動している生き物だ。

顔についている口も目も完全に擬態《ぎたい》で、本当の目は触吻のつけ根あたりにある。触吻は非常に長く伸長《しんちょう》し、最大でヒトの背丈《せたけ》の十倍くらいまで伸《の》びていくとのこと。

吸収した魔力を体内に蓄《たくわ》え、必要に応じて身体強化の魔法を使う。そのため、爆発《ばくはつ》的な加速で距離《きょり》を詰《つ》めてくる、狩人の天敵。

そんな情報が、わたしの脳裏《のうり》を駆《か》け巡《めぐ》る。

相手が悪すぎる。瞬時に、そう判断した。

師匠がこれだけの距離で発見できたのは非常に幸運だった。もうあと十歩も進んでいたら、魔物の視界にこちらの姿が映っていただろう。

「下がるぞ。今日は終わりだ。ギルドに戻《もど》って、報告する」

師匠は手でわたしたち三人を下がらせたあと、自分も後ろ向きにじりじりと下がった。

けっして、相手に背を向けたりはしない。もし相手が気づいていたら、背を向けたとたん襲って来るからだ。口を酸《す》っぱくして、師匠はそう語っていた。いま、それを実践《じっせん》している。

ある程度離《はな》れたところで、四人、全力で森の外まで駆け抜《ぬ》けた。

師匠以外の三人は身体強化魔法を使っていたのに、師匠はわたしたちに余裕《よゆう》でついてきた。森のなかを走るにはコツがある、と以前いっていたことを思い出す。

町に戻るまで、生きた心地《ここち》がしなかった。

無力だ。心の底からそう思う。

もし自分が、もっとちからのある魔術師だったなら。メイテルおばちゃんくらいのちからがあれば、話は違《ちが》ったかもしれない。

いや、メイテルおばちゃんでも、正面から襲われたら厳しいかも。

師匠がギルドの二階で報告している間、わたしたち三人は一階の酒場でぐでーっとしていた。テリサちゃんが「たいへんでしたね」と果実ジュースをサービスしてくれた。うう、甘酸《あまず》っぱくておいしいよう。

「師匠がいなかったら、わたしたち、絶対に死んでた」

「テテミッタちゃんなら、なんとかなったかも？」

姉弟子ふたりがそんなことをいう。わたしは全力で首を左右に振《ふ》った。

「むりむりむりむりむり、無理だって。わたしの粘着灰《スティッキーアッシュ》の魔法じゃ、動きを止めることもできるかどうか……」

「無理かなー」

「粘着灰《スティッキーアッシュ》の魔法の射程内で相手の脚《あし》を止めても、触吻の方が射程が長いから……」

「うわっ、あの魔物に詳しいんだ？」

「教授の講義にあったから……。教授、仲間の腕を失った話とかを嬉《うれ》しそうに語っていて、あれを一体、生きたまま捕獲《ほかく》するために三人も犠牲《ぎせい》になった、とか……」

「え、生きたまま？」

「研究材料として貴重だから、って。教授は、平民の命より魔術師が得られる知識の方が重要、って。学院って怖いでしょ」

「怖い。というか貴族って怖い。テテミッタちゃんは怖くないけど」

「わたしは半人前のできそこないで没落《ぼつらく》貴族ですからー」

いじけて、ぐでっとテーブルに倒《たお》れ込《こ》む。姉弟子たちが慌《あわ》てた。

「わあ、元気出して。芋《いも》焼き頼《たの》もう、芋焼き。姉弟子として奢《おご》るから！」

結局、その後。

ギルドでも名の知れた狩人のチームが出ていって、灰腕羊《アッシュシープ》は退治された。

どうやったのかは、知らない。

彼《かれ》らの狩りには秘密があるらしいが、それは部外者にはけっして明かされないものであるという。

でもそんなチームがいるからこそ、わたしたち普通《ふつう》の狩人は安心して今日も森に潜《もぐ》ることができる。

町にいたころは、みえなかったものだ。

普段《ふだん》から町のまわりを守っているのは、貴族だけではない。騎士《きし》ですらない、ときには魔臓も持たないような狩人たちだったりするのである。

いやまあ、くだんのチームには魔術師がいるらしいけどね。

でも、その魔術師が人前で魔法を使うことはほとんどないって話だから、本当に特殊な秘伝魔法の使い手なんだろう。

たまに、そういう人がいる、というのは学院でも聞き知っていた。

でも学院にはひとりもいなかったし、教授たちもそういうのには興味がなさそうだった。彼らの興味は、主に魔法の一般《いっぱん》化と深化に向いていたのだから。

市井《しせい》の魔術師たちは、違う。彼らは日々を生きるために魔法を使っている。

「粘着灰《スティッキーアッシュ》の魔法以外にも、切り札を持たないとダメだね、わたし」

「テテミッタちゃんは充分《じゅうぶん》、役に立っているよ。森のなかで自由に水を出せるし、火も出せる。わたしたち、まだ魔法を覚えたてだから、効率が悪くて」

「うーん、それくらいなら一年もすれば覚えると思うから……」

狩人としての姉弟子たちは、魔法に関しては初心者だ。いや、孤児院の出で魔法の基礎《きそ》が少しでもできているだけで凄《すご》いんだけども。

師匠は、そのへんの将来性も含《ふく》めて、ふたりを弟子にしたという。

当然ながら、魔法が使えない狩人よりは、魔法が使える狩人の方が生存性は高い。

将来性もある。自分にはできなかった狩りをさせたい、という気持ちもあるのだろう。

それはそれとして、水生み《クリエイトウォーター》の魔法と着火《ティンダー》の魔法がこんなに役に立つとは、冬の段階では思ってもみなかった。これも学院では知らなかったことだ。

「おまえら、怖い思いをしただろう。今日はおれの奢りだ、たっぷり食え」

と、報告から戻ってきた師匠がわたしたち三人におごってくれた。わーい、と喜んで肉汁《にくじゅう》たっぷりの焼き串《くし》をむさぼる。やっぱり、孫扱《あつか》いされてる気がするなあ……。

「テテミッタ、おまえさん、灰腕羊のとき、魔法で目を強化していたな」

「あ、はい、師匠」

「次からは、魔法を使う前におれの確認《かくにん》をとれ。魔物によっちゃ、魔力の流れでこっちを探知してくる。藪《やぶ》をつついたら蛇《へび》が出て来ることになりかねん」

そ、そっかー。わたしはがっくりと肩《かた》を落とし、師匠に謝罪した。

師匠は笑って、次に失敗しなければいい、とばんばん肩を叩《たた》く。

「痛い、痛いってば、師匠」

「素直《すなお》なのは結構だが、もうちょい図太くていいんだ」

「知識の不足でまわりを危《あや》うくするの、魔術師としていちばん駄目《だめ》、って学院では……」

「おれが補えるうちに失敗しておけ、って話だ。なにもいわれずとも警戒《けいかい》してみせた、その態度は正しい」

ううむ、難しい。

毎日、学院では教わらないことばかりだ。

でも、嫌《いや》じゃない。新しいことを覚えるのは楽しい。仲間もいる。師匠もいる。師匠を紹介してくれた狙撃《そげき》さんには、心から感謝することしきりである。

「そういえば、狙撃さんは元気かなあ」

「心配いらんだろう」

師匠は麦酒をぐいと呑《の》んで、笑う。

「まあ、リラちゃんに刺《さ》されたら知らんが」

「わかる」

姉弟子たちがうなずいている。わたしも、あはは、と曖昧《あいまい》に笑う。

「狙撃さんたちが戻ってくるまでに、少しでも一人前に近づかないと」

改めて、そう決意する。

わたしの狩人としての生活は、まだ始まったばかりだ。

閑話　星の彼方から来たもの

おれの使い魔《ま》ということになっている、三つ足のカラスの姿をした存在、ヤァータ。

こいつはかつて、おれに「星から来た」と自己紹介《しょうかい》した。

この世界とは別の世界、ということだ。悪魔たちが住む魔界の存在があることは知っていたが、それとも違《ちが》うという。

おれなんかには想像もつかないその世界で、こいつは誰《だれ》かによってつくられた。

そのあたりのことについて質問しても、こいつは口を閉《と》ざす。

「わたしの製造者に関する情報は最上位の機密事項《じこう》であり、またその大半はロックされているか、わたしのデータベースから削除《さくじょ》されております。ご主人さまが満足のできるかたちで情報を開示することはできません」

「じゃあ逆に、おれが満足できないような話ならできるってことか？」

腹が立つ対応に、おれは思わずそんな言葉を返していた。

こいつと出会ってから、十年ほど経《た》ったころのことである。狙撃《そげき》魔術師としての実績も積み重ね、仕事を選ぶことができるようになっていた。どこかの都市に、本格的に腰《こし》を落ち着けようかと考えていたあたりである。

はたして、黒いカラスは平然と、こう答えた。

「むかしむかし、あるところに、おじいさんとおばあさんがいました。ふたりの間には無数の子どもがいましたが、子どもたちは皆《みな》、それぞれ青雲の志を胸に抱《いだ》き、おじいさんとおばあさんのもとから旅立っていきました。おじいさんとおばあさんは、旅立った子どもたちが便りをよこすのを、いまかいまか、と待ちかねておりました。しかしいつまでたっても、子どもたちは便りを寄こしません。おじいさんとおばあさんは、ついにもうひとり、子どもをつくり、その子を長い旅に送り出しました。ほかの子どもたちが元気でやっていれば、それでよし。もし子どもたちが困っているようなら、あなたのちからで少しだけ手助けしてやりなさい。そんな願いを込《こ》めて。めでたし、めでたし」

うん、わからん。さっぱりわからん。

「いまの話から得られる教訓を教えてくれ」

「それは、物語を聞いた者が勝手に見出《みいだ》すべきものです。ご主人さま、脳は使わないと退化するのですよ」

「ずいぶんと直接的な罵倒《ばとう》が返って来たな……」

昔から、この調子なのだ。

このカラスは、おれのことをご主人さまと呼ぶものの、別に尊敬もしていなければ全面的に服従しているわけでもない。

まあ、そのこと事態は、わかっていたことだ。おれとこいつとの関係は、互《たが》いに利用しあう、程度のものである。

おれとしても、それ以上のものは望んでいない。

「おまえをつくったのが、神か、それに類似する存在なのはわかった」

「ご主人さまのいう神、という存在に関して、現在、わたしが保有するデータだけではその実在が判断できません。また、わたしをつくった存在は、ご主人さまが想像するような神や、それに類するものではないと断言できます」

「断言、ときたか。そりゃまた何故《なぜ》だ」

「かの者たちは信仰《しんこう》されることを望まず、また信仰されるような存在でもなかった、ということだけは、確実なのですから」

だから、おじいさんとおばあさん、か。

たしかに、親子の関係には信仰などという言葉は似合わない。

「神とは信仰される存在、とおまえは考えたわけだ。たしかに一理あるが……いや、あるのか？　おれは正直、神の定義なんて知らんぞ。教会に興味なんてないんだ」

「でしょうね」

「いま、また馬鹿《ばか》にしただろう」

「自尊心の強さは、生きる意志に繋《つな》がります。望ましいことです」

「絶対に馬鹿にしてるよな？」

くそっ、こいつめ。殴《なぐ》りかかってもひらひら避《よ》けるし、なんなら目の前のカラスがこいつの本体でもないらしいし、口では勝てない。ひたすらに腹が立つ。

「おれを怒《おこ》らせて、なにが目的なんだ」

「怒《いか》りは生きるちからの源のひとつです」

「なにがいいたい。……そうか、おれには向上心が無くなった、といいたいのか？　ひょっとして、狙撃が下手になっているのか？」

「ご主人さま、狙撃の向上心に関しては心配してはおりません。急いでことに当たるべき機会でもありませんので、いまはお気になさらず」

「そんなことをいわれて、気にしないでいられるわけがないだろう」

だがカラスは、それきり、いくら同じ話題を振《ふ》っても返事をしなくなった。

ほかの話には応じるし、明瞭《めいりょう》な答えが返ってくる。なのに、ある種のこと、主におれが今後目指すべき道しるべ、といったことに関しては、「それはご主人さまがご自身で決めるべきことです」という返事しかしない。

勝手に、おれを生き残らせたというのに。

勝手に、おれに死ぬなといってくるのに。

勝手に、おれにずっとまとわりついているのに。

「まあ、いいさ。いずれおれも老いて、死ぬ。おまえとは、そのときまでのつきあいだ」

そのときは、そう思っていた。

当然のことと考えていたそれらに関して、おれの身体《からだ》の代謝に至るまで、実はこいつが細工していたことを知るのは、それからだいぶ後のことである。

いまなら、わかる。こいつがなにを考えていたのか。

おれの人生は、もう下り坂だと思っていた。あとは長い午後が続いて、いずれ夕日が沈《しず》み、そして夜の帳《とばり》が下りて……。

ヒトとしての生は終わりを告げるのだと、そう当然のように信じていたのである。

そうではなかった。

こいつは、おれという存在をヒトの歩みから外れさせるほどの改変を、おれの身体にやってのけていた。

だからおれのこれから先に待っているのは下り坂ではなく、長い午後ではなく、ずっと先まで続く長い長い道なのである。それを下り坂であり終わりに続く道であると認識《にんしき》されるのは困る、というのがこいつの話の要諦《ようてい》だったのだ。

まわりくどい。

さっさと明瞭に話せ。

そうは思うものの……。

はたして、あの時点で語られたところで、おれがきちんとその事実に向き合えたかどうか。

リラと出会って、日々に色どりが生まれた。

今日を考えるだけで充分《じゅうぶん》だった日々が、常に明日の明日を考えなければならなくなった。弟子《でし》をとる、ただそれだけのことが、おれを変えた。

あいつには、それがわかっていたのだろうか。

どこまでが掌《てのひら》のなかなのか。

ひょっとしたら、これ以上、またなにか企《たくら》んでいるのではないか。

考えることは数多《あまた》ありつつも、おれは状況《じょうきょう》に流され、エドルから旅立つことを決意する。

長い旅になるかもしれないし、すぐに戻《もど》って来るかもしれなかった。

いずれにしても、もうこの場に留《とど》まるわけにはいかないのだ。

明日が来る。おれの知らない明日が。

あとがき

初めまして。星野純三《すみ》と申します。

このたびは拙作《せっさく》、『死ぬに死ねない中年狙撃魔術師《そげきまじゅつし》』をお手にとっていただきありがとうございます。

とある中年狙撃魔術師が数奇《すうき》な運命を歩む様、どうぞご覧になってください。


本作は二〇二三年にハーメルンという投稿《とうこう》サイトに投稿していた小説を書籍《しょせき》化したものです。

書籍化に伴《ともな》い大幅《おおはば》に加筆、設定の整理、用語の変更《へんこう》などを盛り込《こ》み、より読みやすい作品になったと感じております。

おまけエピソードも豊富に盛り込ませていただきましたので、ハーメルン版をお読みになった方でも新鮮《しんせん》な気持ちで楽しんでいただけるはずです。

最初に担当氏にお声がけいただいたときはまさかと思いましたが、無事にこうしてあとがきを書く段階に至って、ようやく本作が書籍になるという実感が湧《わ》いてきました。感無量です。これもハーメルン版から応援《おうえん》してくださった読者の方々のおかげです。この場を借りて、厚くお礼申し上げます。


最後に、書籍版のイラストを担当してくださった布施龍太《ふせりゅうた》様。

素敵《すてき》な主人公とリラ、物語を彩《いろど》る長筒《ながつつ》をはじめとしたパーツの数々、設定イラストを初めてみたとき、心が高鳴りました。素敵なイラスト、本当にありがとうございます。
願わくば、本書をお読みになった方々にささやかな幸福があらんことを。

二〇二四年四月

本書は、小説投稿サイト「ハーメルン」に発表された作品に書き下ろしを加え書籍化したものです。

DRAGON NOVELS
ドラゴンノベルス

死ぬに死ねない中年狙撃魔術師

2024年6月5日　初版発行

著　　者　星《ほし》野《の》純《す》三《み》

発 行 者　山下直久

発　　行　株式会社 KADOKAWA
〒102-8177　東京都千代田区富士見2-13-3
電話 0570-002-301（ナビダイヤル）

編　　集　ゲーム・企画書籍編集部

装　　丁　寺田鷹樹（GROFAL）

D　T　P　株式会社スタジオ205 プラス

印 刷 所　大日本印刷株式会社

製 本 所　大日本印刷株式会社

DRAGON NOVELS ロゴデザイン　久留一郎デザイン室＋YAZIRI

●お問い合わせ
https://www.kadokawa.co.jp/（「お問い合わせ」へお進みください）
※内容によっては、お答えできない場合があります。
※サポートは日本国内のみとさせていただきます。
※ Japanese text only

定価（または価格）はカバーに表示してあります。

ISBN978-4-04-075422-2　C0093

ホラ吹きと
仇名された男は、
迷宮街で
半引退生活を送る
中文字
Illust. 布施龍太
ドラゴンノベルス

お疲れアラサーは
異世界で
もふもふドラゴンと
騎士の世話をしています
Naruta Runa
鳴田るな
〈Illust.〉 Tobi
ドラゴンノベルス

お疲れアラサーは異世界でもふもふドラゴンと騎士の世話をしています

鳴田るな
イラスト／Tobi

もふもふ竜とイケメン騎士に囲まれて、イージー＆ハッピー異世界ライフ！

突如、異世界に転移してしまったお疲れアラサーのサヤ。イケメン揃いの竜騎士団に保護され、もふもふな竜のお世話係を務めることに。竜たちをなでなでしたり、騎士さんを揉みほぐしたり、ちょっとしたお世話がやたらとありがたがられて……え、転移特典でゴッドハンドに？　伝説の竜をモフったら竜使（みつかい）の加護まで？　ちょっとこの異世界、アラサーに好待遇すぎません!?